»... als wär jeder Tag der letz
Brigitte Reimann

ZUM BUCH

Brigitte Reimann gehört zu den herausragenden Gestalten der deutschen Literatur der Nachkriegszeit. Ihr ruheloses Leben, ihre ständige Suche nach der Wahrheit und ihre Werke haben selbst mehr als zwanzig Jahre nach ihrem Tod nichts von ihrer Faszination verloren.

ZUR AUTORIN

Margret Gottlieb studierte Germanistik, Geschichte und Volkswirtschaft in Bonn und Frankfurt am Main. Sie hat zahlreiche Gedichtbände veröffentlicht sowie Artikel für verschiedene Zeitschriften und Anthologien geschrieben. Sie lebt in Essen und hat vier Kinder.

MARGRET GOTTLIEB

»… als wär jeder Tag der letzte«

Brigitte Reimann

ECON & LIST TASCHENBUCH VERLAG

In der Reihe »Rebellische Frauen« sind bereits erschienen:

Annette Seemann
»Ich bin eine befreite Frau« – PEGGY GUGGENHEIM (TB 26512)

Jochen Schmidt
»Tanzen gegen die Angst« – PINA BAUSCH (TB 26513)

Leo Linder
»Ah, mein kleiner Herzog, du hast Angst?« – JEANNE D'ARC (TB 26514)

Barbara Leisner
»Unabhängig sein ist mein heißester Wunsch« – MALWIDA VON MEISENBUG (TB 26515)

Matthias Henke
»Süchtig nach der Sehnsucht« – EDITH PIAF (TB 26516)

Mariam Niroumand
»Westwärts, junger Mann!« – MAE WEST (TB 26517)

Max Gallo
»Ich fürchte mich vor gar nichts mehr« – ROSA LUXEMBURG (TB 26518)

Siegfried Obermeier
»Ein Weib mit ungeheuerem Talent« – ANGELIKA KAUFFMANN (TB 26559)

Katharina Zilkowski
»Le style c'est moi!« – COCO CHANEL (TB 26563)

Verena Joos
»Mutter Courage des Theaters« – IDA EHRE (TB 26568)

Ingeborg Drewitz
»...darum muß man nichts als leben« – BETTINA VON ARNIM (TB 26572)

Veröffentlicht im Econ & List Taschenbuch Verlag
Der Econ & List Taschenbuch Verlag ist ein
Unternehmen der Econ & List Verlagsgesellschaft, München
Originalausgabe
2. Auflage 1999

Umschlagkonzept: Büro Meyer & Schmidt, München – Jorge Schmidt
Umschlagrealisation: Tabea Dietrich, Constanza Puglisi, München
Titelabbildung: Brigitte Reimann, 1962;
Foto Bildarchiv Preußischer Kulturbesitz/Gerhard Kiesling
Gesetzt aus der Rotis, Linotype
Satz: Josefine Urban – KompetenzCenter, Düsseldorf
Druck und Bindung: Ebner Ulm
Printed in Germany
ISBN 3-612-26600-4

Eros, der mir die Glieder lähmt, treibt mich
süßbitter ist er, nicht zu zähmen, ein wildes Tier

SAPPHO

Du stimmst nicht zu?
Nein.
Aber du wirst schweigen.
Nein. Nein. Nein. Nein.

CHRISTA WOLF, »Kassandra«

INHALT

VORWORT

Biographen müssen Programme überwinden, die in der Regel allen Menschen von Jugend an eingepflanzt werden: die Intimität eines Menschen zu achten, etwa seine Briefe an andere Menschen nicht ohne seine Erlaubnis zu lesen, seine Tagebücher schon gar nicht; seinem Intimbereich nicht nachzuspüren, es sei denn, er vertraut sich uns an; darüber hinaus dieses Vertrauen nie zu brechen, das Anvertraute also keinem Dritten weiterzugeben.

Alle diese Tabus werden von Biographen verletzt. Sie werden zum Voyeurismus und zur Schamlosigkeit verpflichtet, legen offen, ziehen Schlüsse, die dem Wesen des Gegenstandes ihrer Neugier allenfalls nahe kommen. Zur Rechtfertigung führen sie an, daß es sich um einen Menschen von öffentlichem Interesse handelt.

Die Frage ist nur, ob dieser keine Rücksicht verdient, zumal er – da in der Regel gestorben – keine einfordern kann.

Wie ich bei meinen Recherchen erfuhr, geht alle Welt mit den Lebenden zurückhaltend um. Nicht sosehr aus eigenem Antrieb, sondern weil ihre Intimsphäre vom Gesetz geschützt wird.

Ist der Mensch des öffentlichen Interesses eine Weile tot, kann's losgehen, und jeder kann ihn nach Herzenslust beurteilen, diffamieren, über den grünen Klee loben und sich ein Bild machen.

Dieses wird mit ganz objektiv erscheinenden Zeugnissen belegt; die aber bestehen aus feindlich gesinnten, also boshaften oder diffamierenden, und aus freundlichen, des hohen Lobes vollen Äußerungen. Hinzu kommt die Beurteilung der Nachwelt, die mit ihren eigenen Moralvorstellungen in dieses Konglomerat von widerstreitenden Ansichten eingreift und letzte

Hand anlegt an das Bild eines Menschen, der sich ihr entziehen oder erschließen könnte.

Als authentischer Zugang erscheinen Werk, Tagebücher und Briefe. Aber auch hier drohen Fußangeln. Schließlich verdächtigen wir die Verfasser, wenn auch mit einem gewissen Augenzwinkern und nicht in brutaler Offenheit, daß sie ein Auge auf die Nachwelt hatten, als sie Briefe oder Tagebücher geschrieben haben. Daraus folgt, daß wir beiden, Briefen wie Tagebüchern, nicht rückhaltlos vertrauen können. Daraus folgt aber auch, daß dann, wenn Tagebücher und Briefe mit ebendiesem Augenzwinkern auch des Verfassers für die Nachwelt bestimmt waren, diese sozusagen indirekt ihre potentiellen Biographen legitimieren.

In der nun schon ehrwürdigen Vergangenheit sind Biographen mit diesem Verdacht sehr taktvoll umgegangen. Sie haben im wesentlichen die Vorgaben, die ihnen vom Gegenstand ihrer Neugier gemacht wurden, übernommen. Sie hatten noch Ehrfurcht vor dem Genialischen und trauten ihm nichts Allzumenschliches zu oder waren zumindest zu respektvoll, es zu benennen. Auf diese Weise entstanden Biographien von Übermenschen, denen alles Allzumenschliche fernlag.

So hätten diese Biographen niemals Goethe des Geizes bezichtigt, obwohl sie das Beispiel Eckermann vor Augen hatten. Sie hätten auch niemals gewagt, ihm zu unterstellen, daß er dem eigenen Ruhm nicht eben zimperlich auf die Sprünge geholfen hat oder daß es gar mit seiner Moral ... o nein, das denn doch nicht! Da hatte die gute Seele Friederike Kempner, der »Schlesische Schwan«, viel verlacht (doch immerhin recht langlebig), ein schmallippiges Sprüchlein bei der Hand:

> Auch Goethe war nicht unfehlbar,
> Was auch die Goethe-Jünger meinen:
> Was sich nicht schickt, schickt sich für keinen,
> Für jeden das, was recht und wahr!

Und hier muß ich einschreiten. Für Goethe und andere Begnadeten ist eben doch eine Friederike-Kempner-Beurteilung oder besser der Geist, der aus ihr mieft, unakzeptabel.
An dieser Stelle nun kommt meine Brigitte Reimann ins Spiel. Auch für sie möchte ich eine ähnlich beschränkte Beurteilung ihres Lebens ablehnen. Ihre exzessive Lebensführung ist mit ihrer Begabung in einem ursächlichen Zusammenhang zu sehen. Ihr leidenschaftliches Temperament war ein Auslöser für ihre Arbeit und der Grundstoff für ihre Rebellion gegen Ungerechtigkeit und Muckertum. Gerade hier war sie exzessiv.
Gewiß gab es immer Schriftsteller von ruhiger Wesensart – und eben die anderen ... Wem das Leben mehr Höhen und Tiefen – und eben auch mehr Freuden und Leiden – beschert hat, ist abzusehen. Brigitte gehörte zu den »anderen«.
Biographen begeben sich an Hand von Fakten in ein vergangenes Leben. Aber die Fakten sind nicht alles. Ohne eine Beziehung zu dem ausgeforschten Menschen, ohne die Bemühung, in sein Wesen einzudringen, wird dies anfechtbar sein.
Brigitte Reimann hat Tagebücher von außerordentlicher Offenheit hinterlassen. Wir wissen nicht, ob sie für uns bestimmt sind, ob wir uns zu schämen haben, wenn wir uns ihrer bedienen. Wer aber beckmesserisch an das Leben dieses Ausnahmemenschen herangeht, nun, der kommt schließlich auch nicht umhin, sich zu schämen.

1. KAPITEL

Die Neuendorfer Straße

1933 – ein Katastrophenjahr. Der Beginn des schwärzesten Abschnittes deutscher Geschichte, das Jahr der »Machtergreifung« der Nationalsozialisten.

In diesem Jahr brannte der Reichstag. Die Kommunisten wurden der Brandstiftung angeklagt. Sie haben es stets empört geleugnet und ihrerseits die Nationalsozialisten bezichtigt, diese Brandstiftung selbst begangen zu haben, um sie als Vorwand zur Verfolgung und Vernichtung der Linken zu benutzen.

In der Tat war bereits alles dazu vorbereitet: Schon am darauffolgenden Tag unterschrieb der senile Reichspräsident Hindenburg – erschreckt und verwirrt vom hysterischen Geschrei der Rechten – die »Notverordnung des Reichspräsidenten zur Abwehr kommunistischer staatsgefährdender Gewaltakte«.

Damit wurden die wichtigsten Grundrechte außer Kraft gesetzt.

Burg bei Magdeburg, Geburtsort von Brigitte Reimann, ist ein altes Städtchen, das 948 in einer Stiftungsurkunde des Kaisers Otto I. zum ersten Mal erwähnt wird. Bedeutung und Wohlstand erlangt es, weil es an einer Handelsstraße liegt. Im Dreißigjährigen Krieg wird es nahezu vollständig zerstört und im Jahr 1687 dem Kurfürstentum Brandenburg zugeordnet. Das Städtchen pflegt seine Tradition und ehrt seine berühmten Bürger. Carl von Clausewitz, in Burg geboren, hat dort eine Gedenkstätte. Auch auf Theodor Fontane ist Burg stolz, der dort als Apothekenhelfer tätig war, und in neuerer Zeit schließlich haben die Bürger von Burg der Stadtbibliothek den Namen von Brigitte Reimann gegeben.
Im Städtchen Burg herrscht noch ein gemäßigtes politisches Klima. Berlin mit seiner Hektik ist weit.
Es ist ein heißer Julitag. Die Stadt bereitet sich auf ein Autorennen vor. Entlang der Strecke werden Straßensperren errichtet. Am Sonnabend werden 500 Rennfahrer mit Manfred von Brauchitsch als Star durch Burg brausen. Die Bürger rüsten sich zum Tanz in den Burger Bierhallen. An diesem Freitag, dem 21. Juli 1933, wird den Reimanns »ein gesundes, kräftiges Töchterchen« geboren. Die Eltern, Mutter Elisabeth und Vater Willi, nennen es Brigitte.
Der Vater ist gelernter Bankkaufmann, Sohn eines Druckereiarbeiters, und entstammt einer alteingesessenen Burger Familie. Er arbeitet nicht in seinem Beruf, sondern in Druckerei und Kunstverlag seines Freundes Paul Hopfer.
Im Verlag bearbeitet er die Reihen »Deutsche Bauten« und »Heimbücher der Kunst«. Offenbar wird er durch seine Artikel, die von Zeit zu Zeit im Kreisblatt erscheinen, oftmals auch als Journalist ausgewiesen. Wieweit er auch politische Beiträge über sein Fachgebiet hinaus erstellte, ist nicht recht auszumachen. Einen nicht unbedingt ernstzunehmenden Hinweis liefert uns später, nach dem Krieg, 1947, die schnoddrige Bemerkung eines Mitschülers von Brigitte: »... der ihr Vater ist doch so'n Nazi!«

Im übrigen wird den Eltern nachgesagt, daß sie ihre Kinder, soweit es ging, vor politischen Einflüssen schützten.
Die Mutter Elisabeth ist eine rheinische Frohnatur, ihre Eltern stammen aus dem Rheinland und sind von Köln nach Burg gezogen. Sie wird von allen, die sie kennen, als heiter, mitfühlend und liebenswert geschildert. Sie ist das ausgleichende, harmonisierende Bindeglied in der temperamentvollen, vom Vater her ein wenig cholerischen Familie.
Die Reimanns bekommen noch drei Kinder. Lutz wird 1934 geboren. Er ist der Bruder, mit dem Brigitte besonders innig verbunden ist. Seine »Republikflucht« wird sie später in ihrer in der DDR vielbeachteten Erzählung »Die Geschwister« verarbeiten. Bruder Uli wird 1941 und Dorli 1943 geboren. Sie sind »die Kleinen« und spielen in Brigittes Leben erst später eine Rolle.
Die Geschwister lieben einander. Alle zusammen bilden sie eine laute, lärmende, diskutierfreudige Familie. Die Besucher und Freunde der Kinder sind oft erschrocken, wenn die Reimanns loslegen, weil sie glauben, daß sie einem grundsätzlichen Familienzerwürfnis beiwohnen, doch wenige Augenblicke später sind alle wieder versöhnt. Ihre Verbundenheit jedenfalls wird nicht durch unterschiedliche Auffassungen und kontroverse Diskussionen beschädigt.
Die Kindheit Brigittes ist harmonisch. Kein reiches, aber ein gesichertes Elternhaus, ein wenig abgelegen vom Trubel, an einer ungepflasterten Straße, einem idyllischen Sommerweg gelegen. Bruder Lutz erzählt, »da konnte man moddern, kieseln, Kluterschlacht machen und Humpelmal«.
Die Familie kann sich erlauben, in Urlaub zu fahren, Freunde zu empfangen, und lebt ohne Sorgen.
Die Erziehung der Kinder bestimmen zwei Faktoren; von der Mutter her ist sie katholisch geprägt, vom Vater her preußisch. Der Mutter wird zudem ein Zug ins Puritanische nachgesagt. Diese Elemente werden Brigittes Leben beeinflussen. Sie wird unter ihnen leiden und sie nie ganz beherrschen.

Lutz Reimann erklärt in einem Interview in der *Federlese,* die Heide Hampel im Literaturzentrum Neubrandenburg herausgibt: »... es war noch keine Kindesmißhandlung, etwas mit dem Rohrstock zu bekommen.«

Bruder Lutz erzählt auch, und er wiederholt es an anderer Stelle (es muß ihn schon ein bißchen gewurmt haben!), daß *er* und nicht Brigitte die Windeln der kleinen Dorli gewechselt habe, wenn die Mutter außer Haus war – während Brigitte alle Bücher las, deren sie habhaft werden konnte, und von dem profanen Geschehen um sie herum keine Notiz nahm.

Brigitte wächst zu einem schönen Mädchen heran, einem »Schwarzfellchen«, mit dicken schwarzen Zöpfen und jenen Augen der Verführerin, denen die Männer scharenweise verfallen werden. Sie ist unbekümmert, fröhlich, sportlich, frühentwickelt und gesund.

1943 wird der Vater eingezogen; er kommt erst 1947 aus der Gefangenschaft zurück. In diesem Jahr auch trifft Brigitte die erste Katastrophe ihres Lebens: Mit vierzehn Jahren erkrankt sie an Kinderlähmung. Mehr als 40 Tage dauert der Klinikaufenthalt.

Sie lernt bei den physiotherapeutischen Behandlungen die zwei Jahre ältere Irmgard Weinhofen kennen, die, an Fischvergiftung erkrankt, den gleichen Prozeduren unterworfen wird. Es entwickelt sich eine Freundschaft, die trotz räumlicher Trennung bis zu ihrem Tod fortdauern wird. Die Famile darf sie nicht besuchen, sondern nur durch ein Krankenhausfenster betrachten. Nach dem Krankenhausaufenthalt muß sie wochenlang zur Rehabilitation nach Magdeburg.

Bruder Lutz erzählt mit sichtbarer Bewegung, wie sehr es ihn und die anderen getroffen habe, als sie so bewegungslos dalag.

Sie hat Glück, daß sie überlebt. Aber ein Hinken bleibt zurück, ein Bein ist leicht verkürzt.

Lutz Reimann bezeichnet nach ihrem Tode diese Krankheit als

einschneidend: »Nun war da ein Bruch, der alles veränderte, der sie erst dazu brachte, daß sie schrieb. Denn einerseits war sie nun auf sich allein gestellt, auf ihre Gedankenwelt, und versuchte, dem Ausdruck zu geben. Und andrerseits mußte sie sich nun immer wieder bestätigt fühlen... Nicht nur, daß sie... schriftstellerisch begabt war, sondern auch, daß sie als Frau angenommen und begehrt wurde. Das war wie ein Opium, das sie haben mußte. Aber ausgelöst, glaube ich, durch diese spinale Kinderlähmung.«

Das mag so sein, wenn auch Brigittes Leidenschaftlichkeit und Lebenslust von Anfang an in ihrem Charakter beschlossen waren. Aber es ist sicher der bedenkenswerte Versuch einer Erklärung für ihre Lebensgier, ihre Unrast und ihre Ängste, die ihr Leben wie in einem Wirbelsturm umtreiben.

Am 11. November 1959 vernichtet sie alle Tagebücher der Jahre 1947 bis 1953. Offenbar schämt sie sich der Mädchenschwärmereien, aber sie trauert ihnen auch nach: »Drei Bücher über meine erste richtige Liebe (Klaus, mein Gott! hat es ihn wirklich gegeben? Der schöne blonde Junge, der heute einen Bauch und beginnende Glatze und ein Kind hat)... meine überströmend begeisterten Bekenntnisse... Ich habe meine Kindheit und Jugend verbrannt, meine Erinnerungen, an die ich nicht mehr erinnert werden will.«

Nun, da denkt doch jeder, daß hier der neugierigen Nachwelt ein Schnippchen geschlagen wurde. Aber wie die *dea ex machina* taucht eine Freundin aus Kindertagen auf: Veralore Schwirtz. Sie überliefert uns Briefe aus ebenjener Zeit.

1944, Brigitte ist elf Jahre alt, flüchtet Veralore mit ihrer Mutter aus dem Osten und kommt nach Burg. Die beiden Mädchen werden unzertrennliche Freundinnen. So eine richtige Mädchenfreundschaft, mit zärtlichen Umärmelungen, dem Geflüster und Köpfezusammenstecken (blond und schwarz), mit den Geheimnissen, die nur ihnen gehören.

1947 wird Veralore krank – Tuberkulose. Sie wird in den Harz

verschickt. Die Freundinnen hoffen, sich nach einem halben Jahr wiederzusehen. Aber die Mutter geht mit ihrer Tochter in den Westen, nach Pyrmont, wohin der Vater nach dem Krieg entlassen worden ist. Die zwei sind untröstlich, aber sie bleiben sich treu. Es entsteht eine Brieffreundschaft, die dauern wird, bis Brigitte ihre erste Ehe eingeht, und die die Zeit erhellt, die sie mit den vernichteten Tagebüchern aus ihrer Erinnerung verbannen wollte.
Sie schreiben sich in der ersten Zeit, vor Brigittes Krankheit (sie ist vierzehn und voll in der Pubertät), Backfischbriefe, wie wir sie alle kennen: über Gott und die Welt. Das andere Geschlecht spielt im Anfang noch keine wesentliche Rolle. Vielmehr zerrt der liebe Gott an ihrem Gewissen und zwingt sie zum Gehorsam. Brigitte macht sich lustig über die Russenliebchen und die »aufgedonnerten Figürchen« auf dem Schulhof, die sich – der Höhepunkt der Verruchtheit – Dauerwellen machen lassen wollen.
Als PS schreibt sie am 11. Juni 1947:
»Stell Dir vor, Ulla Sch. ist als einzige in der Klasse in der F.D.J.!«

Die DDR ist noch nicht gegründet worden, Deutschland in vier Besatzungszonen der Siegermächte geteilt: in die amerikanische, die englische, die französische und die sowjetische. Dort eben gibt es die Jugendorganisation der SED, die FDJ. Die SED ist hervorgegangen aus dem nicht ganz freiwilligen Zusammenschluß der beiden linken Parteien: der SPD und der KPD.
Die Zeit ist hart, es sind die Hungerjahre, die Zeit der Schieber und Tauschgeschäfte. Mutter Reimann hat Mühe, ihre vier Kinder zu ernähren. Es herrschen Not und Mangel an allem. Bruder Lutz versucht, mit seinen kindlichen Kräften in dieser Zeit die Mutter zu unterstützen.
Am 4. Oktober 1947 kommt der Vater heim aus russischer Gefangenschaft, abgemagert und fremd. Unmittelbar darauf befällt Brigitte die Kinderlähmung.

Es spricht vieles für die Erklärung, die Bruder Lutz ihrem Verhalten unterlegte. Gewiß wäre Brigitte nie ein Mauerblümchen geworden, aber ohne die Auswirkungen der Krankheit hätte sie sich möglicherweise nicht so extrem entwickelt.
Sie, die brillante Sportlerin, das übermütige, lustige Mädchen, humpelt nun mühsam umher. Ein Bein fühlt sich eisig an, wird mit schmerzhaften Elektrobehandlungen und Massagen belebt. Es ist nirgendwo die Rede davon, aber es ist anzunehmen, daß Brigitte nicht untätig war. Sie wird gegen diese Behinderung mit aller Kraft angegangen sein. So wie sie es auch später in ihrem Leben gehalten hat, das von extremen Willensanspannungen beherrscht sein wird. Nie hat sie sich gefügt, wenn es in ihrer Macht stand, etwas zu ändern. Und auch wenn es nicht in ihrer Macht stand, hat sie gegen ihr Schicksal gewütet.

2. KAPITEL

Der schwarze Panther

Ein Jahr später meldet sie ihrer Freundin, daß es ihr »mittelbrillant« gehe, daß man »fast nichts mehr« merke, »wenn man nicht direkt scharf drauf sieht«, daß sie zwar schwimmen kann, fast wie früher, aber nicht rennen.
Statt dessen hat sie ein Laienspiel geschrieben, das ihr in der Schule einen gewissen Ruhm einbringt. In der Klasse gilt sie als rasanter, durchsetzungsfähiger Dickkopf, als leidenschaftlich und kämpferisch: »der schwarze Panther«.
Seit 1949 gibt es die DDR als neues Staatsgebilde. Brigitte läßt sich nach anfänglichem Zögern von den Ideen des Sozialismus mitreißen. Wie bei ihrer leidenschaftlichen Grundstruktur nicht anders zu erwarten, beteiligt sie sich nun begeistert an der Jugendarbeit der FDJ: »Ich stürze mich von einer Funktion in die andere.«
Später wird sie über diese Zeit in ihrem letzten großen Roman

»Franziska Linkerhand« schreiben: »Es gab Zeiten, Ben, da waren wir wie besessen, radikal, intolerant bis zur Grausamkeit, wir verleugneten uns, hielten uns Augen und Ohren zu und sagten ja, ja, ja zu allem ...«

Sie findet keine Freundin wie Veralore mehr. Die Mädchen sind ihr zu klatschsüchtig, zu neidisch. Gewiß ertragen sie nur schwer ihre Überlegenheit und Unbekümmertheit.

Freunde dagegen findet sie leicht, zu leicht...

Sie ist in »Liebesdingen« nicht pingelig. Klaus, der schließlich das Rennen macht, dem sie das Küssen beibringt und der ihr fester Freund wird, ist nicht der einzige, den sie erhört. Sie bleibt nur bei ihm aus »Gewissensbissen«, um ihm seinen »Glauben an die Mädchen« nicht zu nehmen. Aus der Gewöhnung an ihn wird jedoch eine engere Verbindung als geplant: »Wie bei jedem Liebespärchen gingen wir langsam weiter – Du verstehst, na ja, und dann war das Ganze mehr so eine erotische Fessel.« Aber Unberührtheit, die man für den einen, einzigen zu bewahren hatte (wobei natürlich Irrtümer nicht ausgeschlossen werden konnten), war ein Gebot der Zeit, und sie akzeptiert es.

Doch wie es in ihrem Leben immer sein wird: Sie ist nicht nur eine leidenschaftlich liebende, sie ist immer auch eine arbeitende, eine schreibende Frau. Als Veralore sie bittet, ihr doch einmal ein Stück zu schicken, erfahren wir – sie ist gerade 17 Jahre alt –, was sie alles so verfaßt hat und was überall verstreut ist: zwei Laienspiele in Berlin, zwei Agitationsspiele in Leipzig, drei Laienspiele und der 1. Akt eines künftigen Schauspiels in Halle. Außerdem schreibt sie Artikel für Zeitungen; wir erfahren, daß sie einmal 100 Mark für einen erhielt. Zudem arbeitet sie in der Schule in ihren Funktionen, veranstaltet Kulturabende. Ihre Aktivitäten sind erstaunlich vielfältig.

Sie setzt sich mit Veralore auch politisch auseinander, schreibt von ihren kleinen Erfolgen, Berichten in der Zeitung, in denen sie als Nachwuchstalent bezeichnet wird. Sie verteidigt die DDR vor den allzu platten Darstellungen, wie sie im Westen gebräuchlich sind: »... denke um Gottes willen nicht, weil ich nun Kommunist bin ... wäre es mir nun nicht mehr möglich, mit einem Menschen anderer Weltanschauung so richtig, wie Du Dich ausdrückst, ›von Mensch zu Mensch‹ sprechen zu können. Ich habe fast das Gefühl, Du glaubst, ein politischer Mensch könne überhaupt keine Seele haben.«

Die Liebe zwischen zwei Menschen erscheint ihr wie ein »biologischer Prozeß«, geradezu »tierisch«. Diese Einschätzung der körperlichen Liebe hängt wohl mit einem traumatischen Erlebnis zusammen, das sie in ihrem Roman »Franziska Linkerhand« verarbeitet hat. Bei einem Spaziergang mit ihrem Freund in den Abendstunden – Franziska ist fünfzehn Jahre alt – schreibt Brigitte: »Sie sahen gleichzeitig das keuchende weiße Tier am Wegrand, sie konnten nicht umkehren, wagten es auch nicht, vielleicht weil es ein Geständnis an den anderen gewesen wäre, und ihre Füße trugen sie weiter und blindlings darauf zu wie auf ein Verhängnis. Das keuchende Weiße fiel auseinander, mit einem feuchten, schnalzenden Laut, wie die Schalenhälften einer überreifen Frucht.«

Die Freundschaft ist damit beendet, obwohl der Junge, genau wie Franziska, völlig unschuldig an diesem Erlebnis ist und ebenso erschrocken wie sie: »Franziska starrte ihn an, im Ohr noch das entrückte Stöhnen ... und ihr graute, als wäre er Fleisch von diesem nackten schwitzenden Fleisch.«

Ihre erste Mensis wird ebenfalls im Roman thematisiert. Sie wird von vielfältigen Ängsten geschüttelt: *»Sie haben mich,* dachte Franziska, von panischer Angst erfaßt. Sie fühlte sich gefangen und dem Kreis der Frauen ausgeliefert, ihrem Zyklus, der sie dem Mond unterwarf und dem Karussell ihrer Pflichten, das sie zwang, jeden Morgen den tückischen, nie zu besiegenden Staub von den Möbeln zu wischen, jeden Mittag fettiges Geschirr in das heiße Spülwasser zu tauchen; neun Monate lang, geplagt von Übelkeit, einen Fremdkörper mit sich herumzuschleppen ... und in einem Kreißsaal zu brüllen –... Ein Gefäß, dachte sie, ich bin ein Gefäß geworden.«

Brigitte ist nun siebzehn Jahre alt und mit Klaus »schon« seit einem halben Jahr zusammen. Sie schreibt ihrer Freundin Veralore: »Es ist oft eine entsetzliche Qual, wenn wir vorm letzten Schritt stehen und uns doch mit äußerster Anstrengung zurückreißen ...: ›Du darfst nicht!‹ ... kannst Du das nachfühlen, was es heißt, von der Sinnlosigkeit eines solchen Wortes überzeugt sein und dennoch danach handeln zu müssen?«

Doch hindert sie die Freundschaft mit Klaus nicht, auch anderen schöne Augen zu machen. Sie vergleicht es mit Brot und Salz. Klaus sagt sie, er sei das Brot, der Freund, den sie brauche, aber auf das Salz könne sie nicht verzichten, das gebe den pikanten Beigeschmack.

Die beiden »Lager«, in denen die Freundinnen leben, geben immer wieder Anlaß zu Auseinandersetzungen zwischen ihnen. Veralore muß wohl ein wenig geprotzt haben mit dem guten Leben, das sie im Westen führt und das sie nicht mit dem im Osten eintauschen möchte. Brigitte setzt ihr hart zu: »... Du siehst nicht die gesellschaftlichen Verhältnisse, die dahinter stehen. Um eines materiellen Vorteils willen gibst Du eine wunderbare Sache auf ...«

Als Veralore ihre Sympathie für Klaus äußert, weil er »unpolitisch« sei, kommt sie ihr mit der Bibel und Dantes »Göttlicher Komödie«, in dessen Hölle die gemarterten Seelen anzutreffen seien, die »im Leben kein festes Ja oder Nein sagen konnten«.

Brigittes Stellung in der Familie war zu dieser Zeit recht problematisch. Das fing schon früher an. Sie war selten bereit, an Familienfeiern teilzunehmen oder sich bei Besuchern als brave Tochter vorführen zu lassen. Lieber las oder schrieb sie, hörte Platten oder Hörspiele – vorwiegend über Kernspaltung und atomare Bedrohung. (Diese Hörspiele, zu denen sie meistens ihre Schwester zuzog, haben sie lange in Angstträumen verfolgt.)

Ihre Schwester Dorli berichtet davon, daß ihr alle Familienfeiern zuwider waren. Natürlich mißfiel das vor allem der Mutter, wie es den meisten Müttern mißfällt, wenn ihre Kinder nicht den Erwartungen entsprechen. Und Brigitte brachte ihren Zorn und ihre Wut oft lautstark zu Gehör.

Die Selbständigkeit und das autonome Selbstverständnis ihrer Tochter trieben die Mutter oft zur Verzweiflung; es gab herbe Auseinandersetzungen, wenn Brigitte, die ja immer eine auffallende Erscheinung war, sich schminkte, bevor sie das Haus verließ. Aber Brigitte setzte sich stets durch. Später beklagte sie sich darüber, daß sie den Kampf für alle Geschwister austragen mußte und die Mutter ihr zu wenig Toleranz erwiesen habe.

Veralore schreibt sie: »Freilich stehe ich dieser ›Erziehung‹ sehr skeptisch gegenüber – bei mir hat sie nichts geholfen. Ich habe in der Gesellschaft gute Manieren – aber das ist auch alles. Innerlich haben meine verehrten Eltern nichts an mir ändern können ... Musik, Malerei, Dichtung – das sind die drei Einflüsse, die vielleicht wirklich am meisten einen gewöhlichen Sterblichen verändern.«

Brigitte ist unter Schmerzen erwachsen geworden. Es könnte sein, daß es ihr nie so ganz oder erst sehr spät gelungen ist.

Die Mutter, die ihre Kinder nach Aussage aller Nahestehenden von Herzen liebt, bringt für dieses Kind wenig Verständnis auf. Offenbar hat sie unablässig versucht, Brigitte zu einem in ihren Augen »normalen« Verhalten zu bewegen, und nie akzeptiert, daß diese Verhaltensweisen ihrem Kinde nicht abzuerziehen waren, weil sie zu ihrem Wesen gehörten. Sie war der Hühnerglucke vergleichbar, unter deren Brut ein Entlein aufwächst, das ihr zu Wasser davonschwimmt, während die Glucke am Ufer verzweifelt schreiend hin und her rennt.

Der Kampf zwischen beiden muß lange gedauert haben und ist wohl von beiden zäh geführt worden. Brigitte hat keine Kompromisse gemacht und ihrer Mutter sicher manche Schmerzen zugefügt. Sie hat bei all ihrer trotzigen Gegenwehr, die ja einem

existentiellen Bedürfnis entsprang, diese Kämpfe traumatisch erlebt und schwer verwunden. Im Grunde ihres Herzens überzeugt, daß ihre Mutter im Recht sei – sind doch alle Menschen in ihrer Umgebung anders als sie –, entwickelt sie bleibende Minderwertigkeitsgefühle. Bei aller Unsicherheit gibt es jedoch einen stahlharten unveränderbaren Kern in ihr, der unangreifbar ist und sich allen Erziehungsversuchen entzieht.
Elisabeth Reimann führt Kreuz und Priesterschar, Hölle und Fegefeuer gegen Brigittes sexuelle Freizügigkeit, ihren Leichtsinn und ihre Selbständigkeit ins Feld und kämpft mit Unverständnis und Mißachtung gegen die Schreibversuche ihrer Tochter; also gegen deren verzweifelte Versuche, ihrer in den Grundfesten erschütterten Persönlichkeit ein Fundament zu schaffen.
Elisabeth Reimann hat niemals, auch nicht nach Brigittes Tod, ein Buch ihrer Tochter gelesen.
Brigitte hat diese Pubertätsmutter, sicher nicht in genauer Abbildung ihrer eigenen, aber doch mit Zügen aus dem selbsterfahrenen Mütter-Töchter-Streit, in der Franziskamutter porträtiert: »Frau Linkerhand lauerte hinter der Jalousie ... Für ein paar Minuten Verspätung setzte es Ohrfeigen und Verhöre ... oder wehleidige Szenen und Muttertränen, wir wollen doch nur dein Bestes ... die konnte einen mürbe machen, Rebellion ersticken, totreden, weichklopfen.«
In einem Gespräch mit Klaus Steinhaußen im *Sonntag* (Nr. 21/1963) wird sie dem Interviewer auf eine Frage sagen: »Ich schreibe nur schwer etwas, was mich nicht ganz persönlich angeht. Ich meine nicht Autobiographie im engeren Sinne, sondern Selbsterlebtes, Nacherlebtes.«
Der Vater mischt sich in das Erziehungsgeschehen wenig ein: aus Unvermögen oder aus einer hilflosen Mißbilligung der Vorgänge zwischen den beiden Frauen, aus der Furcht, zwischen die Fronten zu geraten, oder einfach aus Bequemlichkeit. Später wird das Verhältnis zwischen Brigitte und ihrer Mutter sehr

liebevoll sein und – nach nunmehr abgeschlossenen Erziehungsversuchen – ungetrübt.
Was abzusehen war, geschieht: Sie schreibt der Freundin, daß sie sich von Klaus »verführen« ließ. Ihre Schuldgefühle sind groß. Cäsar und der »Bellum gallicum« spielen dabei eine Rolle und eben die Stelle, an der Cäsar davon spricht, »daß die germanischen Jünglinge und Jungfrauen sich so lange wie möglich (mindestens bis zum 20. Jahr) ihre Keuschheit erhalten haben und nur dadurch so kräftig, gesund und voll ausgereift sind«.
Nun, Cäsar ist im Jahr 1950 nicht mehr so sehr aktuell; viel mehr sind es die preußische und katholische Erziehung, die puritanisch gefärbte Umgebung, der Klatsch und die Furcht vor der drohenden Schande, die die Ängste hervorrufen, und nicht zuletzt natürlich die fehlende Aufklärung und die begrenzten Möglichkeiten zur Verhütung.
Außerdem wäre es wohl abwegig, Brigitte mit den germanischen Jungfrauen zu vergleichen. Einmal schreibt sie der Freundin: »Noch eine nette Entdeckung haben wir gemacht. Ich bin ein Halbblut, d. h., ich habe Mongoleneinschlag... Den Urheber haben wir auch schon festgestellt – einen asiatischen Seitensprung vor etlichen Generationen...«

3. KAPITEL

Der Mensch, den man entweder verdammt oder auf die Schulter hebt

Das Ulbricht-Regime übernahm bei Amtsantritt die stalinistischen Methoden in vollem Umfang. Die Bespitzelung der Bevölkerung, die Unduldsamkeit gegen ein von der Linie abweichendes Verhalten waren in den ersten Jahren der DDR an der Tagesordnung. Ganz besonders scheußlich wirkten diese Verfolgungen gegenüber Jugendlichen. Brigitte berichtet von einem solchen Ereignis.

Weihnachten 1950 teilt sie Veralore mit, es sei »was in ihr kaputtgegangen«. Die sogenannte NKWD, so berichtet sie, hatte während der Schulstunden einen Jungen festgenommen, den Brigitte als zwar oppositionellen, etwas frechen, aber harmlosen, albernen und unbedeutenden, sogar etwas dummen Burschen schildert, der »nie ›staatsfeindlicher Umtriebe‹ fähig wäre«. Sie ist fassungslos: »Ein Bursche, den man gut kannte, mit dem man zwei Stunden zuvor noch gesprochen und gelacht

hatte, war plötzlich verschwunden ...« Und im selben Brief später: »Warum befleckt man eine große Sache mit – vielleicht mit dem Blut eines halben Kindes? Vielleicht habe ich damals in meiner Erregung die Dinge ... schlimmer gesehen, als sie sind ... Ich habe tagelang geweint vor Verzweiflung, war in der Schule nicht mehr zu gebrauchen und verstieg mich schließlich in solche Raserei, daß mich immer zwei gute Freunde eskortierten, die mir manchmal mit Gewalt den Mund zuhielten, z. B., als ich es wagte, während der Anwesenheit der Kommandantur im Schulgebäude ... laut zu fluchen, zu schimpfen und zu spotten – mit derselben unüberlegten Maßlosigkeit, mit der ich vorher alles geliebt, verteidigt und propagiert habe ... Alle, die mich wirklich gern haben, fürchten für mich meiner zügellosen Leidenschaftlichkeit wegen, die mir noch einmal das Genick brechen könnte.«
Ihre Freundin muß von solchen Briefen, in denen alle Leidenschaften eines hinreißenden und liebenswerten Menschenkindes sich prall und voller Lebendigkeit darboten, überwältigt, manchmal auch überfordert gewesen sein. Sie schreibt ihr: »Du bist der Mensch, den man entweder verdammt oder auf die Schulter hebt!«
Brigitte reagiert erschrocken. Die Vorstellungen der Freundin von einem so »armseligen« Wesen, wie sie es sei, verblüffen sie. Ihre schriftstellerische Begabung leugnet sie nicht, fürchtet aber, daß sie nur eine »Pubertätsbegabung« sein könnte.
»Meine Leidenschaftlichkeit halte ich nur für einen Fluch, bin aber zu schwach, dagegen anzukämpfen.« Sie unterbreitet ihr alle Zweifel an sich selbst, ihre Minderwertgefühle, ihre vermeintlichen Unzulänglichkeiten. Eine schonungslose Beurteilung der eigenen Persönlichkeit, die im wesentlichen auf sexuelle Schwächen abhebt.
Ausgemacht ist auch, daß sie sich häßlich findet, zu üppig, außerdem hinkend. Und bei Erwähnung ihrer übergroßen Intelligenz kommt ihr der Matheunterricht in den Sinn, der nicht gerade ihre Stärke ist.

Das alles wird in depressivem Ton verkündet und ist nicht etwa eine Herausforderung zum Widerspruch.
Gewiß kann sich ihre Einschätzung punktuell verändern, das ist bei ihr durchaus möglich, aber diese Grundtendenz zieht sich durch ihr Leben und wird sie bei aller Lebendigkeit und aller Lebensfreude noch oft niederdrücken.
Die Mutter, der sie von der Defloration erzählt, macht ihr eine furiose Szene. Sie ist außer sich und verbietet ihr jeden weiteren Umgang mit Klaus. »Sie hat sich heute morgen wie eine Verrückte aufgeführt.«

Als Delegierte des Kreises wird sie zu einem Kongreß für Deutsch-Sowjetische Freundschaft nach Berlin geschickt. Sie findet die Stadt faszinierend, fürchtet sich davor, wieder in die Langweiligkeit Burgs zurückzumüssen. Sie lernt Menschen und Schicksale (natürlich auch – wie immer – begeisternde und begeisterte Männer) kennen, die sie lehren, ihre eigene kleine Welt zu relativieren. Sie erweitert ihren Horizont und meint nun, eine Überlegenheit gewonnen zu haben, die sie natürlich weit überschätzt.
1951 macht sie Abitur.
Sie und Klaus haben eine Trennung versucht. Es tritt auch eine Entfremdung ein, aber – wie abzusehen – auch eine Versöhnung. Es kommt, wie es kommen muß bei einer unaufgeklärten Generation wie der ihren. Cäsars Beobachtungen sind – was die Auswirkungen betrifft – offenbar doch nicht ganz von der Hand zu weisen, und für junge Liebende ist auch in der Mitte des 20. Jahrhunderts noch keine Aufhebung der Tabus in Sicht. Sie wird schwanger. Das Abitur, die Vorbereitung für die Abifeier, ihre politischen Funktionen, die Aufnahmeprüfung für die Theaterschule in Weimar wären eigentlich auch ohne diese Katastrophe Belastung genug gewesen.
Eine Flasche Rotwein »rettet« sie angeblich. Die Eltern verzeihen ihr angesichts des bestandenen Abiturs (und sicherlich auch

angesichts der »bereinigten« Situation). Bei ihr bleiben tiefe Scham und Selbstverachtung zurück.

Sie gibt die Theaterausbildung in Weimar auf. Warum? Aus plötzlicher Abneigung. Wohl auch, wie Lutz Reimann berichtet, aus Heimweh. Sie bittet den Vater, sie noch ein Jahr lang zu Hause zu lassen.

Während dieser Zeit fehlt es in der DDR an ideologisch zuverlässigen Lehrern. Sie bewirbt sich, wird als Deutschlehrerin angenommen und muß einen Kursus in Staßfurt an einem Institut für Lehrerausbildung absolvieren. Es ist eine anstrengende Zeit. Zwölf Unterrichtsstunden täglich lassen den Absolventen kaum Freizeit. Natürlich findet Brigitte Wege aus der strengen Zuchtanstalt. Zwar wird abends um elf Uhr das Tor geschlossen, aber es gibt schließlich Fenster. Sie findet natürlich einen Freund: mit dunklen Augen und schwarzem Haar, »... ein so leidenschaftlicher Mensch ist mir noch nie begegnet«. Die beiden verloben sich – heimlich – und bleiben doch den fleischlichen Versuchungen gegenüber standhaft. Helly, so heißt der Angebetete, will sich nach Burg versetzen lassen, damit sie einander immer nahe sind.

Veralore, die ihr ihre Lebensweise vorhält, antwortet sie, zurück in Burg: »Ich bin so entsetzlich ruhelos... Meine Vergnügungen können mich nicht befriedigen, meine Arbeiten nicht ausfüllen.«

Die »Verlobung« erweist sich als nicht sonderlich dauerhaft. Helly schreibt zwar glühende Liebesbriefe, schafft es aber nicht, nach Burg versetzt zu werden. Die Beziehung verläuft im Sande. Ihre Vergnügungssucht treibt sie um, ihre Stimmungen wechseln von Übermut zu tiefer Verzweiflung über ihre Unfähigkeit, für irgendeinen Menschen noch etwas zu empfinden.

Sie verlängert ihre Lehrerinnenzeit um ein zweites Jahr, nachdem sie sich vergeblich um einen Studienplatz für Dramaturgie bemüht hat.

Sie ist von einer rücksichtslos gegen sich selbst gerichteten Ehr-

lichkeit in ihren Briefen an die Freundin, obwohl sie spürt und fürchtet, daß die nicht mehr das Verständnis wie früher für sie aufbringt. Sie vergleicht sie mit einer Vestalin.
»Man muß selbst einmal ›schlecht‹ gewesen sein, um ›schlechte‹ Menschen – wie beispielsweise mich – verstehen zu können – und nicht nur ihnen verzeihen zu können«, schreibt sie. Dabei sieht sie wiederum den Grund für ihre »Schlechtigkeit« nach christlichem Muster in ihrer Sexualität. All ihre wunderbaren Eigenschaften der Begeisterungsfähigkeit, der stürmischen Bereitschaft, sich für andere einzusetzen, ihre Kompromißlosigkeit im Kampf für Gerechtigkeit und Menschenwürde, das alles bedeutet nichts für sie, ist sozusagen selbstverständlich und nicht erwähnenswert.

Im Kanu-Klub, in dem ihr Bruder Lutz Mitglied ist, hat Brigitte eine Begegnung, die Jahre ihres Lebens bestimmen wird. Sie trifft Günter, einen Arbeiter, der einen starken Eindruck auf sie macht: »... ein großer, bildhübscher Bengel mit wildem Lokkenschopf«, in den sie sich »schrankenlos verliebt«.
Sie schreibt in dieser Zeit an ihrer »Denunziantin« und findet einen geachteten Mäzen, den Schriftsteller O. B. Wendler, der sie fördert und mit ihr arbeitet. Sie nimmt seine Kritik an ihrem Pennälerstil, wie sie es nennt, an und arbeitet an sich.
Die Zeit der Vergnügungen ist vorerst vorbei. Ihre Rastlosigkeit, die aus überschüssiger Lebenskraft entsteht, wird gebunden. Sie sitzt nach ihrer Arbeit in der Schule täglich bis zwei oder drei Uhr nachts an ihrer Erzählung.
Günter, ihr Schwarm, ist für ein halbes Jahr nach »Texas« (Johanngeorgenstadt) zum Erzbergbau beordert worden. So kann sie sich ganz ihrer Arbeit widmen. Sie wird aufgenommen in den Verband Junger Autoren, der an den Schriftstellerverband angegliedert ist. In diesem Kreis ist sie die einzige junge Kollegin und natürlich der umschwärmte Mittelpunkt. Hier findet sie Menschen ihres Alters, die die gleichen Interessen haben

wie sie und mit denen sie sprechen, mit denen sie aber auch feiern und flirten kann. Begeistert schreibt sie über eine »strahlende Zukunft«, in der sie sich als Schriftstellerin bewähren will: »Ich könnte mir auf dieser Erde wahrhaftig kein höheres und reineres Glück erträumen.«
Günter, den sie heiraten wird, ist mit seinem Leben zufrieden und erträumt sich ein Glück im Winkel. »Dieses Spießerglück würde mich töten!« schreibt sie.
Trotz dieser Warnsignale zieht sie keine Konsequenzen. Sie ist glücklich, »so glücklich und zufrieden wie nie bisher«. Dieses Glück aber bezieht sich in der Hauptsache auf ihre Arbeit, die ihr auch Zeiten des Zweifels und der Mutlosigkeit bereitet, aber »Zufriedenheit ist Stagnation und damit aller Laster Anfang«.
Ihren »Piraten«, wie sie Günter nennt, liebt sie nach wie vor, aber sie schreibt auch an Veralore, »daß er recht ungebildet ist... literarisch ohne jeden Geschmack«. Sie hat ihm erklärt, daß sie ihn nicht heiraten kann. Seitdem trinkt er.
Sie schreibt in diesem letzten Brief an die Freundin, am 12. September 1953, auch über ihren Bruder Lutz, den sie fast noch mehr liebe als Günter. Lutz hat sein Abitur als einziger mit der Note »Eins« bestanden und ist zum Studium nach Rostock gegangen. Sie vermißt schmerzlich die Unterhaltungen und Diskussionen mit ihm.
In ihren Nachbemerkungen schreibt Veralore Schwirtz, daß nach der kommentarlosen Zusendung der Heiratsanzeige der Briefwechsel abbrach. »Ich habe niemals wieder einen Menschen getroffen, der mir ein solches Vertrauen und eine derartige Mitteilungsbereitschaft entgegengebracht hat wie Brigitte Reimann.«
20 Jahre später schreibt Veralore Schwirtz, einer spontanen Eingebung folgend, einen Brief an Brigitte, den diese mit einem vierzehnseitigen Bericht über ihr Leben, elf Monate vor ihrem Tod, unter Schmerzen beantwortet.
»Es war einmal eine höchst lebendige Frau, die zweimal ein Stu-

dium begann, zweimal den Hochschulen entlief, aus Rebellion gegen ihre Herren Lehrer, provisorisch Lehrerin wurde, während sie ihr erstes Buch schrieb (diese ›Frau am Pranger‹ – Herrje, damals war ich beinahe noch ein Kind), eine Menge Männergeschichten hatte, eine Menge Dummheiten beging – die sie bis heute nicht bereut –, viermal heiratete, kein Kind wollte ... weil sie Schreiben für wichtiger hielt ... es war einmal eine Schriftstellerin, die zu früh und zuviel Erfolg hatte, manchmal hungerte und manchmal wahnsinnig viel Geld verdiente ... an eine große Sache glaubte und an einer großen Sache zweifelte ... die in jungen Jahren ... eingesperrt werden sollte ... mal ganz unten und mal ganz oben war ... kurzum: es war einmal, und es war gut so ...«

4. KAPITEL

Der Pirat

Am 17. Oktober 1953 hat Brigitte Günter D. geheiratet, trotz aller warnenden Vorzeichen und gegen besseres Wissen. Beide waren zwanzig Jahre alt, und Brigitte wird in ihrem Tagebuch diese Ehe immer wieder als glücklich bezeichnen, als könne sie dies durch die Beharrlichkeit ihrer Behauptungen erreichen.

Günter ist nach ihren Beschreibungen ein hübscher Bursche, aber offenbar nicht entwicklungsfähig (sie hatte das schon früher festgestellt), und es ist nicht auszumachen, was sie zu diesem Schritt veranlaßt hat. Vielleicht wollte sie den Eltern und den Freunden der Familie eine endlich gefestigte Tochter vorstellen, vielleicht auch war es der euphorische Gedanke, ihre bürgerliche Herkunft zu überwinden, indem sie einen Arbeiter heiratete; wir wissen es nicht. Nun, Kalkül war ihre Sache nicht, dagegen aber Unüberlegtheit und Spontaneität.

Die Ehe ist von Anfang an unglücklich, wenn auch aufgehellt durch Zeiten der Verliebtheit. Es bleibt ihre Arbeit. Aber auch mit der will es nicht mehr recht vorwärtsgehen. Sie erwartet ein Kind, und die häusliche Misere, ihre Schreibhemmung, die mit ihrem Zustand zusammenzuhängen scheint, versetzen sie in tiefe Depression. Aber ganz unterkriegen läßt sie sich nicht; sie bleibt die alte Brigitte, wenn sie am 13. November 1953 der Autorenvereinigung schreibt:

»Ich werde mich in nächster Zeit eines schweren Disziplinverstoßes gegen die AG schuldig machen, indem ich ihren Befehl, bis zum 13. Dezember »Die Denunziantin« nach Eurem Geschmack umzuarbeiten, mißachten werde. Ich habe mehrmals erklärt, daß ich nicht daran denke, auch nur das Geringste an der Eva und ihrem Verhalten zu ändern – das geht einfach gegen mein Gewissen und würde mir das Mädchen gründlichst verekeln.« Über die strittigen Stellen wird nichts berichtet.

(Eva, eine Oberschülerin und begeisterte FDJlerin, beschuldigt einen Lehrer, reaktionäres Gedankengut zu verbreiten. Niemand glaubt ihr, denn der Lehrer ist sehr beliebt. Erst als er sich abfällig über den antifaschistischen Kampf äußert, entlarvt er sich. Er flieht daraufhin nach Westdeutschland.)

Insgesamt bleibt Brigittes Verfassung depressiv. Am 12. Januar 1954 schreibt sie:

»Ich hatte gestern ... eine Frühgeburt im sechsten Monat. Das Kind ... ist gleich gestorben. Ich bin sehr unglücklich. Ich habe nicht geahnt, daß man wahrhaft Mutter wird erst in dem Augenblick, da das Kind seinen ersten Schrei tut.«

Die Krisen in ihrer Ehe reißen nicht ab. Sie leidet, bis sie nach einem fürchterlichen Ehestreit Gift nimmt. Sie wird gerettet und versöhnt sich wieder mit ihrem Mann. Aber offenbar hat sie sich, trotz aller gegenteiligen Versicherungen, die sie im Tagebuch niederschreibt, von ihm innerlich schon gelöst.

Die Auseinandersetzungen mit dem Verband über ihre »Denun-

ziantin« gehen weiter. Es wird ihr auch vorgeworfen, sie wolle mit ihrem Schreiben Geld verdienen.
Es gibt diese hartnäckig sich behauptende, von schwärmerischen oder anderen Geistern vertretene Verachtung gegenüber der Umsetzung geistiger Erzeugnisse in Geldeswert bis auf den heutigen Tag. Die moralische Entrüstung verschont dabei auffällig die eigenen, durch den Empfang von Gehältern geregelten Umwandlungen geistiger Arbeit in Bares und konzentriert sich auf Schriftsteller, Künstler im allgemeinen und – vor allen anderen – auf die armen Poeten.
Die »Denunziantin« erfüllt die moralische Forderung eines Verzichts auf Arbeitsentgelt in vollem Umfang. Sie wird nie veröffentlicht.

Sie beginnt, »Die Frau am Pranger« zu schreiben. Es fehlen ihr Anregungen und Aussprachen mit kompetenten Kollegen, die sie im Verband Junger Autoren nicht findet. Sie lernt Georg Piltz in Berlin kennen, der sich für ihre Arbeit interessiert. Er schlägt ihr eine Zusammenkunft vor, die er schließlich brieflich terminiert. Sie wollen sich in Rheinsberg treffen. Bei ihrem Mann, der sie eifersüchtig bewacht, erreicht sie nach einer zähen Auseinandersetzung, daß sie nach Rheinsberg fahren darf.
Piltz ist acht Jahre älter als sie, Kunsthistoriker, Kritiker und Schriftsteller. Er nimmt sich ihrer als Schriftstellerin an (wenn auch nicht nur). Sie ist begeistert von seiner intellektuellen Überlegenheit, seinem Wissen, seiner Urteilsfähigkeit; selbst sein Sarkasmus und sein zeitweiliger Zynismus erscheinen ihr anbetungswürdig. Sie verliebt sich in ihn.
Er arbeitet mit ihr, lehrt sie, eigene Wege zu gehen, nicht nach Parteiregeln zu schreiben, Menschen zu gestalten, die darüber hinaus Gültigkeit haben. Auch Piltz ist entzückt von ihr. Die Tage in Rheinsberg sind unbeschwert und voller geistiger Anregung für Brigitte. Nachts schlafen sie miteinander. Sie ist glücklich.

Es ist ihr ernst. Sie gesteht ihrem Mann alles und stellt ihm frei, sich scheiden zu lassen. Günter, der ihre versteckten Tagebücher regelmäßig aufspürt und zu lesen pflegt, ist schon unterrichtet, aber nach einer Szene sichert er ihr schließlich volle Freiheit zu, wenn sie nur bei ihm bleibt. Er glaubt, daß sie noch zu jung sei und sich ihre Unreife in ein bis zwei Jahren in Beständigkeit wandeln wird. Eine schöne Utopie! Diese Ehe werden Eifersucht und Verzeihen, Zank und das, was sie Liebe nennen, bis zum Ende beherrschen.
Anläßlich ihrer Arbeit im Verlag Neues Leben trifft sie sich mit Georg Piltz in Berlin. Ihr Verhältnis zu ihm festigt sich. Am 22. September 1955 verabreden sie sich in Burg, und die beiden schlafen miteinander. Aber ihr Beisammensein wird durch Günter jäh unterbrochen. Er bricht schließlich die Tür auf, während die beiden auf die Veranda flüchten. Eine klassische – und auch in Trivial- und Schundromanen strapazierte – Situation. Nun, der weitere Verlauf ist eher zivilisiert. Georg Piltz erklärt, Brigitte heiraten zu wollen (bisher wußte sie noch nichts davon). Günter lehnt brüsk ab, erklärt, eher werde er sie »anschmieden«. Ihr wirft er vor, noch vor kurzem mit ihm geschlafen und ihn ihrer Liebe versichert zu haben.
Am nächsten Morgen trifft sie sich wieder mit Georg. Er beschwört sie, Günter zu verlassen und nach Berlin zu kommen, und sie willigt ein. Es erscheint ihr in diesem Augenblick alles ganz einfach und klar. In der Nacht aber taucht Günter bei ihr auf. Beide wohnen nach wie vor bei ihren Eltern, weil sie nach zwei Jahren Ehe noch immer keine Wohnung zugeteilt bekommen haben. Günter steigt in der Regel durchs Fenster ihres Zimmers, das sich im Erdgeschoß befindet, so auch jetzt. Es gibt eine schlimme Szene. Brigitte reagiert – wie später noch oft bei Überforderungen – mit einem Schreikrampf. Das ganze Haus läuft zusammen. Günter versucht, sie zu beruhigen und zu trösten, nimmt sie in die Arme und bleibt in der Nacht bei ihr.

Georg Piltz hat Familie, Kinder, erwägt aber trotzdem, sich scheiden zu lassen. Doch sein Leben ist schon turbulent genug. Er ist politisch umstritten, weil er gegen Enge und Dogmatismus in Literatur und Politik ankämpft, also unbequem ist. Sie treffen sich noch wenige Male als Liebespaar, aber die eigenen Sorgen und Ärgernisse verändern Piltz, beschädigen das Bild, das Brigitte von ihm hat. Sein Charme wird von gallebitteren Stimmungen überdeckt. Brigitte fürchtet gar – ohne Grund –, daß er von einer Reise nach Westdeutschland nicht zurückkommen werde.

Piltz bittet Brigitte wiederholt, eine Wahl zwischen Günter und ihm zu treffen, sich also endlich zu entscheiden.

Brigitte wird von einem Gefühl großen Mitleids mit Günter beherrscht, das sie lange Zeit von einer Trennung abhält. Sie glaubt, daß er ohne sie unglücklich und hilflos ist und fühlt sich für ihn verantwortlich. Auch hat sie Skrupel, Georg Piltz' Kindern den Vater zu nehmen und eine Familie zu zerstören. Ihre Bedenken und ihre Unentschlossenheit sind jedoch bereits Indizien für das Nachlassen ihrer Gefühle. Der Zauber ist vergangen, die Beziehung versandet. Piltz zieht sich schließlich zurück; denn dieses faszinierende Menschenkind, in das er sich vernarrt hat, nimmt die Männer, wie sie ihm zufallen. Und sie schwirren um Brigitte herum wie die Wespen um den Pflaumenkuchen. Sie klagt, daß sie nicht »nein« sagen könne. Sie hat recht. Aber sie nimmt nur die, in die sie sich verliebt. Sie kennt kein Kalkül. Ein Irrtum aber, anzunehmen, daß sie mit all diesen Männern schläft. Sie beendet die Lieben jeweils, bevor sie richtig beginnen: »... habe ich erst einmal einen Mann gehabt, der mir gefiel, habe ich ihn geküßt und seine Geständnisse gehört, bin ich im Nu ernüchtert. Krankhaft!«

Es ist eine Zeit der Erfolge, auch in beruflicher Hinsicht. Die Verbesserungen an »Frau am Pranger« sind abgeschlossen, der Verlag hat das Buch zum Druck freigegeben. Er bietet ihr einen

Vertrag an für ihr neues Buch »Kinder von Hellas«, das sie noch gar nicht fertiggeschrieben hat. Es ist der Verlag Neues Leben, in dem ihr »kleiner Lewerenz« arbeitet, wie Brigitte ihren Lektor nennt.

Nun, wenn er sich damals nicht in einem verspäteten Wachstum befand (immerhin war er zwei Jahre älter als Brigitte), konnte diese Bezeichnung wohl nicht seinem Körperwuchs gelten. Als ich ihn aufsuchte – er hatte sich sofort liebenswürdig für meine Recherchen zur Verfügung gestellt –, erwartete ich einen kleinen jovialen und war überrascht, einen Mann von mehr als einem Meter achtzig anzutreffen. Er hatte mir seine Wohnung in Berlin-Lichtenberg genau beschrieben: Gleich an der S-Bahn, Plattenbauweise. Eingang von hinten. Ich hatte so Gelegenheit, diese Architektur einmal von innen zu studieren. Sie hat viel Ähnlichkeit mit unseren Wohnhochhäusern und ist auch von außen nicht wesentlich von ihnen zu unterscheiden. Allerdings gab es Blumen- und Büchergeschäfte, Einkaufspassagen und einen regen Menschen- und Autoverkehr; alles, was eine lebendige Infrastruktur kennzeichnet.

Die Wohnung lag im 4. oder 5. Stock. Ich meldete mich über das Haustelefon, und Walter Lewerenz holte mich ab und führte mich in sein Arbeitszimmer. Breite Fensterfront, die Wände voller Bücher – Schreibtisch und Sitzgruppe. Der Tisch war schon gedeckt, und er kochte uns einen superstarken schwarzen Tee. Leider war seine Zeit begrenzt, weil er seine Frau abholen mußte. Doch ich erfuhr einiges Interessante, besonders auch über die Lektoratsarbeit an der »Franziska Linkerhand«, Brigittes letztem Roman, der ein Fragment bleiben mußte, weil sie das letzte Kapitel nicht mehr vollenden konnte. In einer Brigitte Reimann gewidmeten Ausgabe der *Federlese,* einer Zeitschrift des Literaturzentrums Neubrandenburg, hatte ich versteckte oder auch direkte Kritik an der Lektoratsarbeit, die Kürzungen betreffend, entdeckt, und ich war interessiert an seiner Stellungnahme. Die erhielt ich denn auch – mit Verve und nicht zu knapp. Ich werde an anderer Stelle davon berichten. Schließlich ließ er es sich nicht nehmen, mich an die S-Bahn zu bringen, nicht ohne die Versicherung, daß er mir jederzeit für Auskünfte zur Verfügung stehe und dann hoffentlich ohne den Zeitdruck, unter dem wir standen.

Mit dem Verlag des Ministeriums des Inneren schließt sie einen Vertrag für ein Abenteuerheft ab: »Der Tod der schönen Helena«. Dies ist eine Kurzform des in Arbeit befindlichen Werkes »Kinder von Hellas«. Sie hat diesen Stoff erweitert und auf Anraten von Georg Piltz verändert.

Der Verlag Neues Leben, der sie als *seine* Autorin betrachtet, ist nicht sehr erbaut von den Kontakten zur Konkurrenz. Bruno Peterson, der Verlagsleiter, läßt sie zu sich bitten, und »da war er sehr liebenswürdig«. Sie befassen sich mit ihrem neuen Buch (»Kinder von Hellas«), das vom griechischen Befreiungskampf handelt. Er erklärt ihr, »... daß die Meinungen über den griechischen Befreiungskampf heute geteilt seien, auch wisse man nicht, wie sich unsere Beziehungen zu Griechenland entwickeln werden ...« Sie empört sich darüber: »... als ob Literatur von politischen Tagesfragen abhängig sei ... außerdem geht es um das Schicksal meiner Liebenden, ihren menschlichen Konflikt.«

Sie arbeitet weiter an »Kinder von Hellas«.

Die *Berliner Zeitung* bringt in mehreren Folgen einen Vorabdruck ihrer Erzählung »Die Frau am Pranger«. Es ist die Geschichte von Alexej und Kathrin. Kathrin ist die Frau eines vitalen, derben Bauern, immer noch mädchenhaft und schüchtern und ohne Zuneigung für ihren Mann. Sie ist neben der Schwester des Bauern, die – robust wie er – die Arbeit auf dem Hof während des Krieges meistert, ohne Durchsetzungsfähigkeit, ein wenig blutlos, blaß und zart. Der Bauer ist Soldat, er liebt seine Frau auf seine Weise, sie aber lebt immer in Angst vor seinen Umarmungen – von Urlaub zu Urlaub. Erst als der kriegsgefangene Russe Alexej auf den Hof kommt, der den beiden

Frauen zur Hand gehen soll, erfährt sie, was Liebe zwischen Mann und Frau sein kann. Sie wächst an dieser Liebe ohne Zukunft und setzt sich als Bäuerin gegen die dominante Schwester durch. Der tragische Ausgang ist vorprogrammiert. Die Leidenschaft der beiden jungen Menschen bleibt kein Geheimnis. Sie werden entdeckt und von der Schwester angezeigt. Der Bauer wird seine Schwester deshalb vom Hof weisen, und sie wird sich aus Verzweiflung ertränken.

Als sie schon entdeckt worden sind, in Erwartung der Schergen, fragt Kathrin ihren Liebsten: »Glaubst du an Wunder, Aljoscha?« – »Es gibt keine Wunder, es gibt keine Geschenke«, sagt Alexej. »Du mußt Korn säen für fünftausend Brote. Du mußt aufs Meer fahren und zehntausend Fische fangen für die Hungrigen. So ist das.« Aber Kathrin überzeugt ihn davon, daß es Wunder gibt: Sie erwartet ein Kind von ihm.

Sie wird es im Konzentrationslager gebären. Sein Vater ist da schon tot – ermordet in einem KZ. Kathrin kommt nach dem Kriegsende in das Dorf zurück, die Menschen sind geflohen, ihr Mann gefallen. Sie wird neu beginnen und Alexejs Sohn großziehen.

Brigitte ist in dieser Zeit oft mit mehreren Projekten beschäftigt. Ihr Arbeitseifer ist phänomenal; sie versucht, Geschichten in Zeitungen unterzubringen, nicht zuletzt, um ihrer angespannten finanziellen Situation aufzuhelfen, immer aber in zähem Ringen bemüht, ihren Stil zu verbessern.

Zur Leipziger Messe erscheint »Die Frau am Pranger« als Buch.

Ihr Erstling hat noch nicht die Qualität ihrer späteren Arbeiten. Sie selbst findet es nicht mehr gut genug geschrieben und meint, es wirke nur durch die Geschichte. Zwar hat das Buch Erfolg, wird von der Kritik freundlich aufgenommen, vor allem aber vom Publikum, und die Auflage ist schnell vergriffen. Aber ihr gefällt es nun nicht mehr, sie ist »quälend unzufrieden und möchte es noch einmal ganz neu schreiben«.

Die fünfziger Jahre sind die Jahre der großen Umerziehung des deutschen Menschen in beiden deutschen Staaten.
Während den westeuropäischen Ländern die Kolonialreiche zerfallen, machen sich die Westdeutschen an die Arbeit. Mit Hilfe des Marshallplans entsteht das sogenannte Wirtschaftswunder, das die Menschen aus der DDR in Scharen in den Westen locken wird. Die Menschen, aus tiefstem Elend auferstanden in eine trüb aussehende Zukunft – »aus Ruinen«, wie es in der DDR-Hymne heißt –, machen sich im Westen an den Aufbau ihres zerstörten Landes. Der Erfolg bleibt nicht aus. Die Wirtschaft floriert – nach der Währungsreform werfen die alten Markenfirmen über Nacht in einer Weise, die an biblische Vermehrungswunder erinnert, ihre Waren auf den Markt, den sie bis dahin dem Schwarzmarkt überlassen hatten – und es klappt: Sie werden gekauft.
Das Wirtschaftswunder erzeugt eine westliche Mentalität der Besitzgier. Der legitime Wunsch nach besseren Lebensumständen artet in eine öde Ausschließlichkeit aus. Die Sprache, verräterischer Seismograph der geschichtlichen Vorgänge in einem Lande, macht dies durch zunehmende Verrohung erkennbar. An der Umgangssprache erkennt man die Überlegenheit der Sieger.
Jean Améry nennt die Nachkriegssprache in seiner »Geburt der Gegenwart« (1961). »... ein Neudeutsch, das auf Argot-Niveau herabsank, indem es die meisten Sprachelemente des Hitlerreiches absorbierte und sie mit dem amerikanischen Zufluß zu vereinen verstand.«
Das am 17. August 1956 verkündete Verbotsurteil des Bundesverfassungsgerichts gegen die KPD gibt einen Eindruck von der Verschlechterung im Verhältnis der beiden feindlichen Brüder zueinander und macht die im Westen fortschreitende Verengung von Freiheitsrechten in einem Klima der Restauration deutlich. Den Westdeutschen wird dies nicht bewußt; sie vermissen in ihrer Mehrzahl ihre Freiheiten auch nicht, da

sie zu sehr mit der Vermehrung ihres Wohlstands beschäftigt sind.
Der Osten Deutschlands kann mit den wirtschaftlichen Erfolgen des Westens nicht Schritt halten. Statt Wohltaten, wie die mit dem Marshallplan verbundenen Geldspritzen, zu empfangen, die den kranken Westteil gesunden lassen, muß die DDR Reparationen in großer Höhe an die Sowjetunion leisten und lange Zeit den Riemen eng schnallen. Hinzu kommt das ängstliche Mißtrauen der Regierung gegen das eigene Staatsvolk, ideologische Reglementierungen und Bespitzelungen auch von Linken, die der vorgegebenen Linie nicht pedantisch folgen. So werden alle Ansätze von Eigeninitiative weitgehend zerstört, die das Land auch für ökonomische Erfolge dringend benötigt.
Den Schriftstellern gilt die besondere Aufmerksamkeit der Regierung. Literatur sei wirkungslos? In der DDR jedenfalls wird sie von den Regierenden ernst genommen – und mit Recht. Die Leser entwickeln ein feines Gespür für verborgene Aufmüpfigkeiten. Sie erspüren in der ihnen zugänglichen Literatur mit einer Sensibilität ohnegleichen Hinweise auf ihre Bedürfnisse und ihre Probleme. Viele Anspielungen und Bezüge entgehen den Prüfungskommissionen. Zudem sitzen ja immer auch hier Menschen unterschiedlicher Auffassungen. Die Leser stimmen ab mit dem Geldbeutel, dem Kauf der Bücher, die durch Mund-zu-Mund-Propaganda mit einer Schnelligkeit bekanntwerden, die jeden Werbefachmann aus dem Westen mit blankem Neid erfüllt und die Wirkung jeder Waschmittelreklame in den Schatten gestellt hätte.
»Die Frau am Pranger« ist ein solches Buch. Noch nicht aufmüpfig (obwohl die, die im Westen gelebt haben, das schwerlich beurteilen können), nicht literarisch bemerkenswert, aber spannend und flüssig geschrieben, und das ist in der oft ermüdend ideologisch beflissenen DDR-Bücherwelt schon etwas. Brigitte Reimann ist in diesen Jahren der künstlerischen Entwicklung

noch nicht so sehr politisch kritisch, hat zumindest – wie sie klagt – noch keinen gefestigten Standpunkt, wie ihn ihre späteren Tagebuchaufzeichnungen ausweisen.
»Die Frau am Pranger« wird im Jahr des Erscheinens sogar als Taschenbuch gedruckt, bei der herrschenden Papierknappheit ein Erfolg, der nur wenigen Schriftstellern zuteil wird. Unermüdlich sucht Brigitte ihre Fehler auszumerzen, verbannt die vielen Adjektive, ändert auch die Geschichte an manchen Stellen, um sie noch packender zu machen, und bringt durch ihre dauernden Änderungen den Verlag und den »kleinen Lewerenz« zur Verzweiflung.
Ende August 1956 fährt sie von Burg nach Berlin. Sie ist schwanger und findet einen Arzt, der einen Eingriff bei ihr vornimmt. Sie nimmt sich keine Zeit für eine Erholung, sondern arbeitet an einem Film-Exposé für die DEFA, Titel: »Auf totem Gleis«. Das Exposé ist nicht mehr verfügbar. Sie schreibt es innerhalb von drei Tagen. Es wird gut bezahlt.
Inzwischen ist ihr neues Buch »Die Kinder von Hellas« erschienen. Anstoß zu der Beschäftigung mit der Thematik des griechischen Befreiungskampfes während des Zweiten Weltkriegs gab ein Arbeitskollege von Günter, Christos Ziplakis. In einem Brief vom 10. Mai 1955 schreibt sie über ihn: »Das ist ein Mensch ...! Es geht fast über menschliches Begreifen, was dieser junge Bursche – er ist auch erst einundzwanzig – schon erlebt hat ... Am tiefsten hat mich das Schicksal seiner Schwester Maria erschüttert.«
Bevor sie »Die Kinder von Hellas« schreibt, verfaßt sie zu dieser Thematik noch die kleineren Erzählungen »Waffen für Tanassis« und »Der Tod der schönen Helena«.
In Griechenland gewann der König zwischen 1935 und 1936 die Macht zurück und errichtete eine faschistische Diktatur mit freundschaftlichen Kontakten zum deutschen Nationalsozialismus. Trotzdem überfielen 1940 die italienischen Faschisten Griechenland. Die Griechen schlugen die Aggressoren zurück.

Ein Jahr später besetzten dann die Deutschen das Land. Es bildete sich eine Volksarmee gegen die Aggressoren, die von britischen Truppen unterstützt wurde. Nach Beendigung des Zweiten Weltkrieges ließen die Briten sehr bald ihren ehemaligen Verbündeten fallen und entwaffneten die Volksarmee. Die Kommunisten in den verbleibenden Partisanengruppen, durch ein Gesetz von 1936 immer noch mit dem Tod bedroht, wurden von den Truppen der neuen griechischen Regierung Karamanlis mit britischer und amerikanischer Hilfe bekämpft. Brigittes Erzählung umfaßt das Jahr vom Sommer 1948 bis zum Sommer 1949.
Nach mehreren traumatischen Erlebnissen, dem Tod ihres Bruders Nicos, Willkürhandlungen betrunkener Regierungstruppen, entschließt sich das Mädchen Helena, fünfzehn Jahre alt, mit ihrem zuerst noch zögernden Bruder Tanassis zu den Partisanen zu gehen. Die sind um diese Zeit bereits in einer verzweifelten Lage und leben in Berghöhlen. Helena trifft dort einen Jungen, Costas, wenig älter als sie selbst, der sie an ihren von den Faschisten getöteten Bruder Nicos erinnert. Die beiden jungen Menschen verlieben sich heftig ineinander, und Costas träumt im schrecklichen Winter 1948, in dem sie beinahe erfrieren und kaum noch etwas zu essen haben, von einem Leben mit Helena auf einer einsamen, sonnenbeschienenen Insel. Für Helena bleibt es ein schöner Traum, Costas aber wird immer stärker von dem Wunsch beherrscht, diesen Traum zu verwirklichen. Bei einem Einsatz entfernt er sich und verrät die Gruppe an den Feind. Ohne daß er es gewollt hätte, werden zwei Partisanen getötet, einer davon Tanassis, Helenas Bruder. Sie selbst bleibt verschont. Helena wird gegen ihren Willen in die Tat einbezogen, bleibt aber letztlich bei Costas. Als sie das ganze Ausmaß des Verrats begreift, will sie die Einheit warnen, aber Costas hält sie mit Gewalt zurück; daraufhin sticht sie ihm ihr Messer in die Brust. Trotzdem folgt er ihr. Er wird zum Tode verurteilt. Helena wird verbannt. Sie kämpft bei einer anderen Einheit heldenhaft und findet dort den Tod.

Die Erzählung wird vor allem vom Publikum freundlich aufgenommen und erfährt mehrere Auflagen.

In Berlin lernt Brigitte Ernst kennen, der eigentlich Karl Heinz Berger heißt – einen »Frauenfeind«. Sie findet ihn zunächst abstoßend, und ihre Abneigung scheint auf Gegenseitigkeit zu beruhen. Anläßlich eines Besuches mit Kollegen in seiner Wohnung bleibt sie als einzige zurück und verbringt die Nacht bei ihm. Er gesteht ihr seine Zuneigung, und sie ist auch nicht unbeeindruckt: »Es ist gut, Macht zu fühlen über einen Mann, der sich hartnäckig wehrt gegen diese Macht, sie nicht anerkennt und sich ihr doch beugt.«

Sie schlafen miteinander, und sie ist hin- und hergerissen zwischen Abneigung und Faszination. Während ihres Berlinaufenthalts wohnt sie bei ihm. »... die Tage in Berlin ... es war ein Trubel, eine Hatz, ein Geflirr – und viel Liebe. Am schönsten war das Verlagsfest.« Der Verlag Neues Leben feierte zehnjähriges Bestehen. »Ich konnte mich nicht retten vor Männern.«

»Ernst« Berger will sie heiraten, aber sie will nicht, sie sieht diese Verbindung realistisch und weiß, daß sie mit ihren gegensätzlichen Naturen kein gemeinsames Leben bestehen würden. »Selbst, wenn es den Frosch nicht geben würde.« (So nennt Brigitte ihren Mann Günter.) Sie verabschieden sich voneinander, und Brigitte fährt von Berlin nach Potsdam, nach Sacrow, zum Autorenseminar der DEFA im Lieselotte-Hermann-Heim.

Das Heim ist wunderschön gelegen, einsam, in einem großen Park, der an Wälder und Seen grenzt. Jetzt, im milden Oktober 1956, glänzt alles rot und golden, morgens scheint die Sonne in Brigittes Dachstübchen. Sie fühlt sich wohl.

Sie befreundet sich mit Wolfgang Ebeling, einem DEFA-Dramaturgen. Sie verstehen sich sehr gut, aber verlieben sich natürlich auch und schlafen miteinander.

Eine zunächst freundlich-väterliche Rolle spielt Max Walter Schulz, ein Schriftsteller, neun Jahre älter als sie. Er hält die

Hand über die jungen Liebenden, ist aber nicht ohne Kalkül. Brigitte schildert ihn als ihrer beider Vertrauten und Beichtvater, »ein bißchen amüsiert ... über unsere Leidenschaft«. In einer ihrer Depressionen, nach dem Abschied von Wolfgang Ebeling, der nach Berlin zurückkehrt, kommt er in ihr Zimmer, und sie leeren eine Flasche Schnaps miteinander. Der Alkohol scheint überhaupt eine große Rolle zu spielen und wird auch in Brigittes Leben zum Seelentröster werden. Max Walter Schulz gesteht ihr seine Verliebtheit, will aber die Situation nicht ausnützen – *noch* nicht. Er wird fortan von Brigitte zärtlich »Joe« genannt. Wolfgang Ebeling wartet unterdessen in Berlin auf sie, aber sie fährt nicht zu ihrer Verabredung, und das ist Joes Stunde.

»Ich habe wie immer zuerst nur gespielt, bewußt ihm den Kopf verrückt, und am Ende hat es mich selbst ergriffen ... bin erfüllt von einer sanften, warmen Zärtlichkeit für ihn.« Aber sie schreibt auch: »Aber er ›hat‹ mich nicht, in den schönsten, innigsten Minuten nicht, irgendwo bleibt in mir eine unberührbare und unberührte Stelle ... Ich will es auch nicht, ich will mich behalten ...« Sie schreibt auch, sie werde immer mehr zur Männerfeindin – »... ich hasse das Besitzenwollen der Männer und ihre Jägerinstinkte, und wo ich kann, verwunde ich, um mir meine Selbständigkeit zu bewahren und zu beweisen.« Sie wird mit ihm schlafen, aber: »Ich habe es ihm schwergemacht; er hat mir einmal gesagt, wie schön es sei für einen Mann, eine Frau zu demütigen, sie niederzuringen, bevor man sie nimmt. Das habe ich ihm nicht vergessen; und als er selig war, mich in den Armen zu halten, habe ich ganz kalt zu ihm gesagt, er solle sich nur nicht einbilden, er habe mich jetzt.«

Günter besucht sie am Wochenende in Sacrow. Er wittert – durch schmerzliche Erfahrungen sensibilisiert –, daß Joe nicht nur ein Kollege, sondern ein Nebenbuhler ist. Sie quälen sich. Brigitte beweist in dieser Beziehung einmal eine Hellsichtigkeit, die sie nicht immer hat. »Günter«, schreibt sie, »... glaubt, eines Tages fände ich wieder zurück zu ihm ... Aber ich weiß, daß

immer wieder andere kommen werden – denn der Grundfehler liegt in unserer Ehe, weil wir geistig nicht zusammenpassen ... Schmerz wird sich an Schmerz reihen und Enttäuschung an Enttäuschung – bis einer von uns beiden an diesem Höllenleben kaputtgeht, oder bis wir uns trennen.«
In Sacrow jedoch wird weiter geflirtet und getrunken, und ihre Liebe zu Joe festigt sich. Sie ist die einzige Frau unter all den Männern, und es wird ihr oft zuviel: »Komplimente und Beteuerungen ... zärtliche Worte und süße Lügen ... daß es mich nachgerade ankotzt ...«
Aber das gilt für das Fußvolk, nicht für die Hauptleute. »Da ist ›Jerry‹, seit fünf Tagen ist er hier, seit fünf Jahren oder seit Jahrhunderten ...« Es handelt sich um Herbert Nachbar. Dreierbeziehung – bis Joe schließlich abreist. »Vielleicht waren diese Tage mit Joe die besten meines Lebens.« Auch später noch wird Brigitte sich an diese Begegnung mit Max Walter Schulz, dem Joe von Sacrow, erinnern. Mit Bedauern, daß sie sich diesen für sie wichtigen und interessanten Menschen nicht als Freund erhalten hat.
Trennungsschmerz. Die Beziehung zu Herbert Nachbar – Jerry –, dem Dritten im Bunde, ist problematisch. Sie schlafen nicht miteinander, erst am allerletzten Tag. »Jerry und ich haben kein Talent zum Glücklichsein und – zum Glücklichmachen ... Noch einige wenige dieser schrecklichen Szenen – und wir gehen gemeinsam aus dem Leben. Nein, ich gehe nicht. Ich habe Hunger auf das Leben, ich trinke meinen Becher aus bis zur Neige.«
Brigittes Orientierungslosigkeit, ihre Irrungen und Wirrungen in dieser Zeit sind groß. Die Männer, die sie umflattern, geben ihr keinen Halt, treiben sie vielmehr in diese kurzen Abenteuer, gegen die sie sich – überwältigt von der eigenen Leidenschaftlichkeit – nicht wehren kann. Sicher ist sie nicht nur Opfer männlicher Begehrlichkeit, aber sie ist es *auch*. Dieses Geflecht ist schwer zu entwirren.

Ihre Affären, so existentiell beschrieben, unbeeinträchtigt von eben vorausgegangenen Erfahrungen, gehören mit der naiven Gläubigkeit, mit der sie erlebt werden, viel eher der Erlebniswelt eines Kindes an als der einer intellektuellen Frau. Eines Kindes, weil sie immer wieder den ungebrochenen Glauben an die Illusion des vollkommenen Glücks beweisen, die unbekümmerte Projektion von Wünschen auf den Gegenstand der Verzükkung; denn sie nimmt viele dieser Beziehungen ernst, hält Verliebtheiten wie bei Georg Piltz für die »große Liebe« und ist ein schwankendes Rohr in stets aufs neue auffrischenden und wieder abflauenden Südwinden.

Am letzten Abend in Sacrow erfahren sie, daß Harich verhaftet worden ist.

5. KAPITEL

Das Schwein U.

Wolfgang Harich ist Chefredakteur der *Deutschen Zeitschrift für Philosophie*, außerdem Philosophiedozent und Lektor beim Aufbau-Verlag. Er hat eine Gruppe gebildet, die für einen reformierten Sozialismus und eine entstalinisierte SED eintritt.

Stalin war am 5. März 1953 gestorben, und der Parteisekretär Chruschtschow erhob auf dem XX. Parteitag der KPdSU im Februar 1956 schwere Vorwürfe gegen ihn und gegen den von ihm beförderten Personenkult.

In der Folge fand eine Entstalinisierung statt, die große Hoffnungen, besonders unter den Intellektuellen der Warschauer-Pakt-Staaten, weckte. Allerdings sollte sich zeigen, daß die ostdeutschen Intellektuellen die Rechnung ohne den Stalinisten Ulbricht gemacht hatten. Harich hatte in seinem Programm eine entstalinisierte SED und einen reformierten Sozialismus

gefordert. Er wurde staatsfeindlicher Umtriebe bezichtigt und zu zehn Jahren Zuchthaus verurteilt.
»Ich dachte, die ganze Literatengruppe sei aufgeflogen.« Zu ihr gehören unter anderen »Ernst« Karl Heinz Berger, Walter Lewerenz und Georg Piltz. Georg Piltz wird aus Protest gegen die Verhaftungen von Chefredakteur Heinz Zöger vom *Sonntag*, dessen Stellvertreter Gustav Just und von Walter Janka, dem Leiter des Aufbau-Verlages, seine Arbeit beim *Sonntag* niederlegen. Janka, Kampfgenosse und Freund von Anna Seghers, wird zu fünf Jahren Zuchthaus verurteilt.
»Wir waren verrückt vor Angst und Zorn«, schreibt Brigitte. »Der Geist bei uns lebt illegal.«
Herbert Nachbar, der Jerry von Sacrow, der ihr dort erklärt hatte, daß er »zugrunde gehen werde an dem Zwiespalt unserer Zeit«, bittet sie, nicht mehr anzurufen, weil er glaubt, daß man ihn im Zusammenhang mit der Harich-Affäre überwacht.
Sie geht sehr streng mit ihm ins Gericht – offenbar hat sie von ihm ähnliche Konsequenzen erwartet, wie Georg Piltz sie gezogen hatte, und einen ebensolchen Bekennermut. Piltz – seiner Ämter ledig – lebt nun als freier Schriftsteller und Kritiker.
Der Stalinismus ist in der DDR unangefochtener denn je.
»Die Rückschau für das Jahr 1956 – unerfreulich. Doch immerhin sind zwei Bücher erschienen: ›Die Frau am Pranger‹ und ›Die Kinder von Hellas‹ ... Ich habe einen Filmvertrag ... Ich habe ein paarmal Ehebruch begangen, ich habe geliebt und war glücklich und unglücklich – alles in guter Mischung ... Ich bin Mitglied des Schriftstellerverbandes geworden und – Frieden auf Erden!«
Die Tagebuchaufzeichnungen 1957 beginnen erst gegen Ende April: »Inzwischen habe ich hart gearbeitet und mich – ich glaub's selbst kaum – fast gar niemals verliebt ... Vorhin habe ich in diesem Tagebuch gelesen. Lieber Gott, welch ein Geschwätz! Von meinen beiden ersten Büchern bin ich abgerückt, ich habe sie verstoßen wie ungeratene Kinder.«

Die »Denunziantin«, ihre erste und immer wieder verbesserte Erzählung, ihre immer wieder angebotene, nie gedruckte Produktion, wird wieder einmal abgelehnt mit der Begründung, daß es zwar unduldsame Funktionäre und auch diese antihumanen Praktiken im Strafvollzug gegeben habe, doch die Ausschließlichkeit der Darstellung verdecke das Positive usw. ...

Die Angst geht um.

Sie schreibt: »Die ›Denunziantin‹ war konterrevolutionär (d. h., ich bin ein halbes Jahr zu spät gekommen, nachdem das Schwein U[lbricht] bereits einen wiederum neuen, schärferen Kurs eingeschlagen hatte) und unterstützte angeblich – ich habe es mir schriftlich geben lassen – die Tendenzen der Leute, die die kapitalistische Ordnung wiederaufrichten wollen. Die Erzählung ›Joe und das Mädchen auf der Lotosblüte‹ wird ebenfalls nicht angenommen. Beurteilung – dekadent, morbid, skurril ... Ich hatte es mir nicht versagen können, in einem als Liebesgeschichte getarnten Buch politische oder allgemein weltanschauliche Ungezogenheiten zu begehen.«

Erst im August 1957 schreibt sie wieder in ihr Tagebuch und berichtet über einen Besuch des Staatssicherheitsdienstes (Stasi genannt): »... ich hab kein sauberes Gewissen, ich kann den Mund nicht halten und sage in der Öffentlichkeit Dinge, die nicht für jedermanns Ohren bestimmt sind. Für Harich ... habe ich plädiert; Janka habe ich verteidigt, wo ich nur konnte; als Kantorowicz in den Westen ging, hab ich ihm einen Brief geschrieben, der ein einziger Verstoß gegen den Artikel 6 war, und seine Erklärung, die er über den SFB abgegeben hatte, vervielfältigt und an meine Freunde verteilt.«

Kantorowicz war Leiter des Germanistischen Instituts der Humboldt-Universität und flüchtete im Juli 1957 nach Westberlin. In einer Rundfunkansprache über den Sender Freies Berlin am 22. August 1957 begründete er seine Flucht. Er wurde der Boykotthetze bezichtigt. Die Rede wurde einen Tag später im *Tages-*

spiegel in Westberlin veröffentlicht. Eine Schreibmaschinenabschrift davon fand sich in Brigittes Nachlaß.

Der Artikel 6 der DDR-Verfassung besagt: Boykotthetze gegen demokratische Einrichtungen und Organisationen ... sind Verbrechen im Sinne des Strafgesetzbuches.

Sie bekommt Besuch von der Staatssicherheit und glaubt sich schon verhaftet. Das Herz rutscht ihr »eine Etage tiefer«, obwohl sie die Stasi schon erwartet hat und sich vorstellte, daß sie den Schergen ohne Angst entgegentreten würde. Als sie sich eine Zigarette anzündet, zittern ihre Finger.

Dieser Vertreter der Stasi ist jedoch sozusagen von der Werbeabteilung. In freundlichem Plauderton unterhält er sich mit Brigitte vier Stunden lang. Er gibt sich als eine Art Meinungsforscher aus. Sie soll nicht Spitzeldienste leisten. Kettner, so heißt der Stasioffizier, erklärt ihr, daß der Staatssicherheitsdienst nicht nur da sei, um Feinde zu entlarven, sondern auch, um Ansichten zu erforschen, um Bedürfnissen nachzugehen und die Ursachen für Mißstände aufzuspüren.

Sie schreibt: »Kettner ist ein guter Psychologe, und er hat mich wunderschön eingewickelt – wobei ich mir all die Zeit bewußt war, eingewickelt zu werden.« Sie soll über Stimmungen in ihren Kreisen berichten und damit einen Beitrag leisten, Fehler und Mißstände, die zu Unzufriedenheit führen, zu beseitigen. Auch »... glaube ich, die ich selbst verzweifelt bin und schwankend und bis zum Haß abgeneigt und enttäuscht (ich hab daraus keinen Hehl gemacht), ein bißchen beitragen zu können, wenn es darum geht, die gute, saubere Sache des Sozialismus von all dem Dreck zu befreien, der ihr anhängt.«

»Ich hab eine Erklärung unterschreiben müssen, in der ich mich zu strengstem Stillschweigen verpflichte ... und mich bereit erkläre, berechtigte Klagen über Fehler und Unzulänglichkeiten an den SSD [Staatssicherheitsdienst] weiterzuleiten, damit Abhilfe geschaffen wird. So ein etwas zweideutiges Sätzchen über ›Feinde‹ hab ich abgelehnt; Namen werde ich nie nennen, und zudem gehen meine und des SSD Meinung über ›Feinde‹ auseinander. Unsere Diskussion über Harich beispielsweise endete mit Remis.«

Sie bekommt den Decknamen Caterine. Kettner macht in seinem Bericht geltend, daß B. R. von Wert für die Stasi sei, da sie zu dem Personenkreis gehöre, die im Schriftstellerverband negativ diskutieren.

Die »Verpflichtungserklärung« verweigert sie, macht sie schon bei Abschluß zu einer »Bereitschaftserklärung«, in der sie festlegt, worüber sie zu berichten gedenkt: »Ich werde alle mir bekanntwerdenden und das Ministerium für Staatssicherheit interessierenden Mißstände und Unzulänglichkeiten der gleichen Dienststelle mitteilen.« Gleichzeitig erklärt sie, daß sie keinerlei Berichte über Personen erstellen werde.

Allerdings scheint ein Gespräch über den Schriftsteller Wolfgang Schreyer zwischen dem Stasioffizier und Brigitte abgelaufen zu sein. Da dieses Gespräch nicht im Wortlaut überliefert worden ist, sondern von dem Offizier als Gedächtnisprotokoll wiedergegeben wurde, kann man nur vermuten, wie es zustande gekommen ist; möglicherweise wurde es in provozierender Absicht von dem Stasioffizier eingeleitet. »In Gesprächen und Diskussionen sowie persönlichen Debatten mit dem GI [Gesellschaftlicher Informant] wurde festgestellt, daß Schreier [Schreyer!] positiv zur Deutschen Demokratischen Republik steht. Nach der Stellungnahme Schreiers zu Harich, Kontorawitsch [Kantorowicz!] und Jahnke [Janka!] befragt, gibt der GI an: Schreier lehnt das Programm Harichs vollkommen ab.« In diesem Ton der Verteidigung Schreyers geht es in dem Protokoll weiter.

In einem Tagebucheintrag vom 28. September 1957 sinniert sie: »Wenn ich genau überlege – und ich grüble seit zwei Tagen unablässig –, warum ich mich auf diese Geschichte eingelassen hab, und wenn ich meine künstlerische Abenteuerlust streiche, bleibt am Ende wirklich ... wieder mal mein rosarotes Ideal ...«

Dann wird Günter Domnik verhaftet. Er hat in volltrunkenem Zustand einen Volkspolizisten verprügelt und muß sechs Monate hinter Gitter. Das MfS (Ministerium für Staatssicherheit) setzt sie unter Druck und verspricht gleichzeitig Hilfe für ihren Mann und Erleichterung seiner Haftbedingungen. Diese Affäre kommt der Stasi wie gerufen. Es ist nirgendwo davon die Rede, aber der Verdacht drängt sich auf, daß diese Prügelei zwischen Günter und dem Volkspolizisten nicht von ungefähr kam. Es paßt einfach zu gut und ist zu exakt terminiert, als daß kein Verdacht auf ein entsprechendes Arrangement aufkäme. Es ist natürlich eine Gelegenheit, den widerstrebenden, spröden GI in den Griff zu bekommen.
Brigitte macht unter diesem Druck Abstriche von ihren Vorbedingungen und erstellt zwei Personenberichte.
Am 16. Dezember berichtet sie über einen seit Jahren zurückliegenden Versuch der Autoren Manfred Bieler, Heinz Kahlau und Jens Gerlach, eine unabhängige Zeitschrift zu gründen, in der vorzugsweise jungen Autoren eine Chance zur Veröffentlichung geboten werden sollte, auch mit experimentellen und eigenwilligen Arbeiten, zum Beispiel lyrischen Formen, die man nur als Ausdruck dekadenter, existentialistischer und sogar nihilistischer Lebensbetrachtung verstehen könne.
Zum Schluß heißt es in dem Bericht, daß der GI die negative Aussage abzuschwächen versuchte, indem er berichtete, daß der Lektor im Verlag Neues Leben, der um Unterstützung des Projekts gebeten wurde, die jungen Leute »dank seiner ausgezeichneten Bildung und seines Weitblicks« nicht ernst nahm.
In dem später verfaßten Brief an den Schriftstellerverband, in dem sie ihre Stasianwerbung öffentlich macht, erklärt Brigitte, diesen Bericht zwar unter Druck, aber in der Überzeugung verfaßt zu haben, daß er keinen Schaden mehr anrichten könne. Sie konnte aus vorherigen Gesprächen mit dem Stasioffizier entnehmen, daß das MfS bereits über alle Diskussionen informiert war, die sich mit diesem Projekt befaßten.

Bei ihrem zweiten Bericht über eine Person vom 19. Dezember 1957 handelt es sich um einen angehenden Lyriker, der ihr aus der Arbeitsgemeinschaft Junger Autoren bekannt war. Er war nach halbjähriger Untersuchungshaft aus der Bundesrepublik in die DDR geflüchtet. Brigitte bezeichnet seine Lyrik als dekadent und ihren Eindruck von ihm als negativ. Er betone zu sehr sein politisches Märtyrertum, er trage zu dick auf in seinen Gedichten. Er benehme sich unkollegial und überheblich.
Die Motivation für die Wahl dieser zweiten Person war Brigittes Überzeugung, daß dieser Mensch ein Informant der Stasi war. In ihrem Brief an den Schriftstellerverband schreibt sie, daß Wolfgang Schreyer ebenfalls überzeugt war, hier einen mehrfachen Grenzwechsler vor sich zu haben, der mit den Geheimdiensten beider Seiten Kontakt gehabt habe.
In der Folge verweigert Brigitte alle Informationen, erscheint nicht zu Verabredungen und erklärt schließlich am 20. Februar 1958, daß sie keine Lust mehr zur weiteren Zusammenarbeit habe. Doch so einfach ist das nicht.
Die Stasi läßt Brigitte nicht los. Sie wird immer wieder aufgefordert, Berichte zu liefern. »... obwohl ich hundertmal nein gesagt habe, kommen sie immer wieder... und drohen und machen Versprechungen.« Schließlich erscheint in ihrer Akte ein Vermerk, der besagt, daß das Verhalten des GI den Eindruck mache, gesteuert zu sein: »Eine weitere Zusammenarbeit erscheint als unzweckmäßig.«
Anfang des Jahres 1958 hat Brigitte sich rückhaltlos ihrem Freund Wolfgang Schreyer anvertraut. Beide beraten sich lange, aber da der Druck der Stasi auf Brigitte das ganze Jahr 1958 über nicht nachläßt, kommt Schreyer schließlich zu dem Schluß, daß der Verband sich diese dauernden Verdächtigungen – auch andere Schriftsteller werden bedrängt – nicht gefallen lassen kann. Zwei Mitglieder des Vorstandes werden zunächst eingeweiht, und man faßt den gemeinsamen Beschluß, daß Brigitte sich mit einem Schreiben offiziell an den Verband wenden solle.

Sie schreibt einen wahrheitsgemäßen Brief, wie oben schon in Teilen erwähnt, an den Schriftstellerverband, mit dem sie naturgemäß ihre Verpflichtung zur Geheimhaltung verletzt. Es findet eine Aussprache zwischen MfS und Schriftstellerverband statt, und im November 1958 kommt sie endlich von ihrer Verpflichtung frei. Am 18. November heißt es: »Der GI ›Caterine‹ ist aus Gründen der Dekonspiration abzuschreiben.«
Das Horrorstück ist jedoch noch nicht beendet. Am 19. Dezember kommt es noch einmal zu einer Aussprache, an der auf Drängen der Magdeburger Autoren auch Brigitte Reimann teilnehmen soll.
Vor dieser Aussprache läßt ein gewisser Oberst Knoppe, Leiter der Bezirksverwaltung des MfS Magdeburg, Brigitte Reimann vorführen; er droht, sie wegen Bruchs der Schweigepflicht einzusperren, falls sie ihren Bericht an den Schriftstellerverband nicht restlos widerrufe. Brigitte weigert sich. Daraufhin wird sie erkennungsdienstlich behandelt und einer Hafttauglichkeitsuntersuchung mit schamlosen Erniedrigungen unterzogen. Körperliche Reize wie auch Mängel (ihr leichtes Hinken) werden zynisch kommentiert. »Geduzt und geduckt, sollte sie sich den Befehlen fügen, in einen Zustand völliger Recht- und Hilflosigkeit versetzt, ohne daß es Spuren hinterließ – weder auf der Haut des Opfers noch in den Akten; die blieben frei davon ...« Soviel laut Wolfgang Schreyer, der behauptet, Brigitte habe diese traumatischen Erlebnisse verdrängt.
Die sogenannte Aussprache im Schriftstellerverband wird zu einer einseitigen wüsten Bedrohung und Beschimpfung von seiten des Obersts Knobbe: »... es war erschütternd für mich, zu sehen, wie rechtlos ich war gegen diesen lauten, groben, brutalen, brüllenden Landsknecht. Mißtrauen als Prinzip ... Wofür arbeite ich, da alle meine Arbeit, meine Mühe, mein Kämpfen um Klarheit nichts gelten?« Er verdächtigt Brigitte, eine Agentin des Westens zu sein, die den Skandal absichtlich angezettelt habe, um die Stasi in Verruf zu bringen, und endet mit der For-

derung nach Ausschluß Brigittes aus dem Verband. Wolfgang Schreyer, so schildert es Brigitte, bleich und zitternd vor Zorn, haut die Faust auf den Tisch und erklärt: »Wenn Brigitte rausgeworfen wird, gehe ich auch!« Er verbittet sich zudem den Ton und die massive Einmischung des Obersts. Der wendet sich darauf in rüdester Form gegen Wolfgang Schreyer. »Er hat sich wacker für mich und dann für sich geschlagen, und er ist nicht zu Kreuze gekrochen... Brennecke [der Leiter der Arbeitsgemeinschaft Junger Autoren in Magdeburg], der Vorsichtige, wagte, dem Oberst zu sagen, daß er durch dieses Verhalten an Vertrauen eingebüßt habe. Diese Mißbilligung der Schriftsteller und ihre Verteidigung für mich stimmten ihn einigermaßen kleinlauter.«

»Aber was wird nun?... Ich bin ganz zerschlagen.«

Brigitte hat diese Zeit nur schwer verwunden. Sie will zwischenzeitlich, getrieben von Angst und Abscheu, sogar in die Bundesrepublik flüchten. Wolfgang Schreyer hält sie zurück. Noch am 31. Dezember 1958 schreibt sie: »Ich habe jeden Tag auf meine Verhaftung gewartet; jedes Auto macht mich nervös.« Aber sie ist nicht gebrochen. Sie wird sich zukünftig weiterhin widersetzen, ihr Gewicht als Schriftstellerin, ihre Popularität einsetzen und gegen Ungerechtigkeit, Lügen und Dummheit kämpfen. Zwar wird die Angst sie eine Weile begleiten, die sich bei diesem Zusammenstoß mit der Macht in ihr festgesetzt hat, aber ihr innerer Widerstand ist ungebrochen. Sie wird sich nicht abhalten lassen, ihre Kritik an Fehlentwicklungen und Machtmißbrauch vorzubringen.

6. KAPITEL

Daniel, Daniel

Nach der Verhaftung ihres Günter, der nun im Gefängnis sitzt, hat sie Treue zu ihm gelobt. »... es ist in der Tat unfair, einen Gefangenen zu betrügen, der sich nicht wehren kann.« Und wenn sie sich verliebt, was nicht vermieden werden kann, so begeht sie doch keinen Ehebruch. Sie schreibt fleißig und trinkt viel. Ein Romanvorspiel erscheint im Maiheft *Neue Deutsche Literatur,* und der Aufbau-Verlag macht ihr Hoffnung, den ganzen Roman zu verlegen: »Wie man nur tut«. Für diesen hatte sie bereits einen Vorvertrag am 20. Dezember 1957 abgeschlossen. Der Roman ist nicht erschienen.
Dieses Jahr 1958 ist nicht nur das Jahr der tiefsten Niederlage und Demütigung, die ihr bisher widerfahren sind, sondern auch das Jahr der ganz großen Chance, ihrem Leben einen Halt und jenen Zusammenhang zu geben, der ihm bisher gefehlt hat.

In diesem Jahr trifft sie in Petzow, einem wunderschönen Schriftstellerheim, der früheren Villa von Marika Rökk, Siegfried Pitschmann, den sie bei seinem zweiten Namen Daniel, Dan nennt. In der DDR gab es für Schriftsteller solche Heime, wo sich Kollegen treffen und austauschen konnten, wo sie über ihre Arbeit sprechen, arbeiten und sich erholen konnten. Der Aufenthalt war kostenlos.
Mein Treffen mit Siegfried Pitschmann fand in Potsdam statt. Noch an der Haltestelle am Platz der Einheit, wo ich mich nach dem Café erkundigte, in dem wir uns treffen wollten, kam er auf mich zu und fragte, ob ich es denn wohl sei. Daniel Pitschmann (Siegfried paßt wirklich nicht zu ihm) ist ein jünglinghaft schlanker Mann mit jenen nervösen Händen und der zurückhaltenden Art, wie Brigitte ihn schildert. Er hat mir fünf Stunden lang, sozusagen bis zur Erschöpfung, Auskunft gegeben.
Ich habe ihn natürlich unter anderem nach der ersten Begegnung mit Brigitte gefragt, denn immerhin war sie schicksalhaft für beide.
Im Schriftstellerheim waren alle voller Erwartung auf den nächsten Tag, an dem Brigitte erscheinen sollte. »Was, du kennst Brigitte noch nicht? Da wirst du was erleben!« Als er am Morgen in der Halle am Kamin saß, kam Brigitte, umgeben von Bewunderern, und stürzte mit dem Ruf: »Gibt es denn keinen Jazz?« auf das Radio zu. Daniel erhob sich daraufhin aus seinem Sessel, stellte den Sender ein und erklärte: »Das ist David Oistrach, meine Dame, er spielt Beethoven.« Brigitte war erschrocken. Hier war sie offenbar ins Fettnäpfchen getreten.
Er schilderte sie als eine schöne, zierliche junge Frau mit herrlichen Augen, Glutaugen. Ganz dunkel, feurig, mit einem merkwürdigen Blick, den er sich später durch ihre extreme Kurzsichtigkeit erklärt. Sie war schön anzusehen und sehr anziehend. Doch war er nicht gewillt, »das Rennen« mitzumachen. Er hielt

sich zurück, und offenbar war das die richtige Taktik – wenn es denn eine war. Brigitte wurde auf ihn aufmerksam. Bei ihr hört sich das so an: »Es gibt einen Menschen hier, der mich vom ersten Tag beunruhigt hat, weil ich in seinen Augen unsere Verwandtschaft gefunden habe und sein potentielles Irresein – einer dieser Menschen, die im Selbstmord enden oder im Wahnsinn ... Und welch eine große Begabung! Siegfried – er ist alles andere als der Hörnerne; ein junger schöner Mensch mit bezaubernd schönen Augen und mageren nervösen Händen ... Niemals habe ich so stark das Gefühl gehabt, dem Menschen begegnet zu sein, der mir ganz entspricht.« Und später: »Ich liebe ihn, es ist sinnlos, sich dagegen zu wehren.« Nach sechs Tagen schreibt sie dann: »Heute weiß ich, daß er sich ganz an mich verloren hat ... es traf mich mitten ins Herz, als er sagte, er liebe meinen Gang, der süß und aufregend sei. Das hat mir noch niemand gesagt.« Daniel erklärte dazu, ihre Eigenart, sich zu bewegen, habe offenbar mit ihrer leichten Behinderung zusammengehangen, die sie auf diese Weise kompensieren wollte, was ihr in aufregender Weise gelang.

Sie träumen von einer gemeinsamen Zukunft, wenn sie beide geschieden wären. Sie werden zusammen arbeiten, Bücher schreiben, auch Drehbücher – und zusammen berühmt werden. »Wir sind Geschwister – nur anders, mehr als Geschwister ... Es war kein Verlangen da, nichts von körperlicher Begierde, das ist das Schlimmste.« Sie sollte sich besser kennen.

Noch träumt sie tatsächlich von einer Liebe zu dritt mit ihrem armen gefangenen Günter.

Sie halten Verbindung über Petzow hinaus. Daniel schreibt ihr Liebesbriefe: »... den schönsten, ekstatischsten Liebesbrief, den ich jemals empfangen habe – und Ekstase liegt über unserem ganzen Verhältnis zueinander ...«

»Daniel ... Es ist mir unfaßbar, daß jemand mich so schrankenlos liebt, mit dieser Hingabe und Zärtlichkeit ... die meinen lesbischen Neigungen entgegenkommt ... ich bin bei Dan auf alles

gefaßt, und es gäbe nichts, was mich entrüsten oder überraschen könnte.«
Beim zweiten Treffen in Petzow arbeiten sie zusammen, und es macht sie beide glücklich. Sie werden von den anderen als Paar respektiert. Brigitte lernt Günter Caspar, den Cheflektor des Aufbau-Verlages kennen, der mit Daniel arbeitet. »Die meisten Leute nennen ihn einen Snob; uns gegenüber zeigt er echte Wärme und Anteilnahme«, die sie auf die Achtung vor einem »gewissen Können« zurückführt.
Die große Liebe zwischen Daniel und Brigitte wird überschattet von ihren Scheidungen und von der völligen Mittellosigkeit der beiden. Sie warten auf Günter, der nun bald aus dem Gefängnis entlassen wird, und fürchten sich vor den drohenden Auseinandersetzungen. Frau Pitschmann dagegen ist entgegenkommend, die Ehe ist schon seit längerer Zeit keine mehr.
Brigittes Liebe wird durch die Belastungen nicht beeinträchtigt: »... ich war sexuell ganz verkorkst, ganz dumm und unerfahren und verbogen ... Früher glaubte ich, man müßte das Körperliche vom Seelischen trennen, jetzt weiß ich, daß es eine untrennbare Einheit ist.«
Doch Klagen wie: »Wir haben kein Geld mehr und wissen nicht, wie es weitergehen soll ... Wir haben keinen Pfennig mehr ...« häufen sich. Aber sie lachen darüber: »Wenn wir nur zusammen sind, läßt sich alles ertragen.« Und wieder in Burg: »Ich muß ihn wiederhaben, sobald als irgend möglich. Ich kann nicht arbeiten, nicht atmen ohne ihn.«
Günter kommt frei und wird sogleich über alles unterrichtet. Er ist zunächst ganz ruhig und macht ihr keine Szenen, ist nur sehr traurig und begreift beinahe, daß Dan besser zu ihr paßt als er. Er genießt seine neue Freiheit. Die Zeit im Gefängnis war fürchterlich, der Strafvollzug demütigend und entwürdigend. Allerdings wird sich erweisen, daß dies auch für die Trennung Brigittes von Günter gelten sollte.
Zunächst hat sie Mitleid mit ihm, der beteuert, nie wieder eine

andere Frau lieben zu können, fühlt auch Schuldbewußtsein und läßt sich aus Mitleid hinreißen, noch einmal mit ihm zu schlafen. »Doppelter Ehebruch!« Sie befindet sich in einem quälenden Zwiespalt, aber ihr Platz ist bei Daniel, der am 9. Juni kommt. Sie verabschiedet sich von Günter, sie packen gemeinsam seine Koffer.

Daniel zieht ein. Günter gibt jedoch keine Ruhe, noch ist er ja auf dem Papier mit Brigitte verheiratet, und eines Abends sucht er sie auf. Daniel zieht sich zurück, weil er ihre Aussprache nicht stören will. Der angetrunkene Ehemann, noch nicht geschieden, aber ausgeschieden, verlangt, sie solle noch einmal mit ihm schlafen. Brigitte bleibt standhaft. Er ist ihr zuwider, und sie hat Angst vor ihm. Er versucht, sie zu vergewaltigen, und läßt schließlich von ihr ab, als sie laut um Hilfe schreit. Aber die ganze Nacht lang quält er sie weiter, bedrängt sie immer wieder und würgt sie schließlich, daß sie denkt, es sei alles vorbei.

Erst gegen Morgen geht er endlich.

Wieweit die Erfahrungen im Strafvollzug diese Brutalität ausgelöst haben, sei dahingestellt, auch wieweit sich diese Gewaltbereitschaft schon vorher, während ihres Zusammenlebens, abgezeichnet hat. Auch wenn der Alkohol bei diesen Exzessen eine Rolle gespielt haben mag und sicher auch die Verzweiflung über den nun endgültig erscheinenden Verlust, so machen diese Ausfälle doch Charakterzüge deutlich, die die Trennung erleichtern. Trotzdem muß Günter auch liebenswerte Seiten gehabt haben, denn allen Familienmitgliedern fällt der Abschied von ihm schwer.

Daniel wird von der Familie zunächst mit Mißtrauen, fast mit Ablehnung aufgenommen. Nur die Mutter kommt ihm freundlicher entgegen. Nach einiger Zeit wird er jedoch als Mitglied der Familie akzeptiert. Die Mutter, Daniel immer besonders gewogen, erklärt der Tochter augenzwinkernd, sie habe mit Daniel »ein Schnäppchen« gemacht.

Die beiden sind arm. Daniel muß bei Brigitte in dem einzigen Zimmer wohnen, das ihnen im Haus zur Verfügung steht. Sie trennen ihre Arbeitsplätze vor dem Fenster mit einem Bücherschrank, verständigen sich mit kleinen Botschaften, die sie sich über den Schrank zuwerfen. Sie leben von Margarinebroten und Bouillonwürfeln. Manchmal fehlt selbst dafür das Geld, und der Vater hilft aus und leiht ihnen etwas. Die Eltern haben selbst nur ein bescheidenes Einkommen. Sie mußten sich nach dem Krieg eine neue Existenz schaffen. Der Vater arbeitet nun in seinem erlernten Beruf als Bankkaufmann in einer Abteilung für die Finanzierung volkseigener Betriebe in Burg. Dazu gehören so unterschiedliche Firmen wie das Walzwerk, die Knäckebrotfabrik, das Waschmittelwerk und Schuhfabriken. Er muß diese Firmen mit dem Fahrrad aufsuchen. Die Entlohnung ist so mager, daß die Eltern nicht davon leben können und die Mutter eine Halbtagsstelle als Sekretärin eines Sonderschuldirektors annehmen muß.
Gewiß hat Elisabeth Reimann früher als alle erkannt, wie notwendig dieser Mann Daniel für Brigitte ist, wie dringend sie seine geduldige Liebe braucht und welche Chance seine Fähigkeit zu Selbstlosigkeit und Befriedung ihrer unruhigen, unbedenklichen, aufbrausenden Tochter bietet.
Brigitte schreibt: »Wo stünde ich heute, wenn er nicht gekommen wäre? Ich habe zu früh Erfolg gehabt, den falschen Mann geheiratet, in den falschen Kreisen verkehrt; ich habe zu vielen Männern gefallen und an zu vielen Gefallen gefunden ... Ich habe alle Umarmungen vergessen.«
Die letzte Eintragung Brigittes für 1958: »Ich beschließe jetzt für mich dieses letzte Jahr, das mein schlimmstes und herrlichstes war – und alles, was herrlich daran war, kam von Daniel. Ich habe gefunden, was ich suchte, was will ich mehr?«

Sie heiraten Anfang Februar 1959 in Petzow, wo sie sich kennengelernt haben. Die nächste Zeit ist mit angestrengter Arbeit angefüllt. Die Geldnot bleibt ihnen treu. Brigittes Arbeiten werden nicht angenommen, sosehr sie sich auch bemüht, sie unterzubringen. Sie kämpft im Verlag mit Caspar, dem Cheflektor, versteht die Kritik an ihrer Arbeit nicht, will die Arbeit von zwei Jahren vernichten.

Daniel widerfährt noch Schlimmeres. Sein Roman wird der sogenannten harten Schreibweise verdächtigt, einem Stil, der sich – Todsünde an sich – an amerikanischen Vorbildern orientiert, einem »Weltbild ohne Perspektive«, und – Höhepunkt der Todsünde – die sozialistische Perspektive ausklammert. In seinem Roman schildert er einen Musikstudenten, der in Schwarze Pumpe arbeitet, einem Braunkohle-Kombinat zwischen Spremberg und Hoyerswerda. Dort liegt das größte Braunkohlenveredelungswerk Europas mit Brikettfabriken und Industriekraftwerken. Daniel hat dort selbst als Betonarbeiter geschuftet, kennt also die Zusammenhänge sehr genau. Er beschreibt den Weg dieses jungen Mannes aus einer bildungsbürgerlichen Existenz zum Sozialismus aufgrund seiner eigenen Erfahrungen.

Das Buch wird vor dem Druck verrissen, und zwar von recht einfältigen Kollegen, die die unterschwellige Ironie, die Daniel schon im Titel einführt: »Erziehung eines Helden«, nicht begreifen, die ironische Sicht des Autors auf diesen »Helden« nicht nachvollziehen können, von »Wehwehchen eines Intellektuellen« reden und das Manuskript als »nicht sozialistisch« einstufen.

Daniel Pitschmann ist ein langsamer Arbeiter, seine Schreibweise ist skrupulös und sorgfältig, er braucht seine Zeit. Nach zwei Jahren harter Arbeit trifft ihn der Verriß doppelt schwer. Er nimmt Gift, wird aber gefunden und von Vater Reimann ins Krankenhaus gebracht, wo man ihm den Magen auspumpt.

Caspar, sein Lektor, der ihn schätzt, ist außerstande zu helfen. Er ist ohnehin politisch verdächtig und »trinkt sich langsam zu Tode«.

Brigitte hat große Angst um Daniel; er ist in einem fürchterlichen Zustand. »Er hält sich für ... einen Versager, der nie imstande sein wird, ein Buch zu beenden.« Sie wendet sich an Erwin Strittmatter, den ersten Sekretär des Schriftstellerverbandes.

Strittmatter kommt sofort, besucht Daniel im Krankenhaus und versucht, ihm Mut zu machen. Er soll an seinem Buch weiterarbeiten. Strittmatter, »er ist feinfühlig und kein Dogmatiker«, hilft auch materiell, verspricht ein Stipendium, das über die größte Not hinweghelfen soll.

Die beiden beschließen, nach Hoyerswerda zu gehen und als Schriftsteller an der Basis zu arbeiten. Zu dieser Zeit war die Verbindung der Schriftsteller mit den Produzierenden politisch erwünscht, getreu dem sozialistischen Realismus, von dem – so Daniel Pitschmann – kein Mensch wirklich eine Vorstellung hatte. Diese Zusammenarbeit von Kunstschaffenden und Werktätigen wurde bezeichnet als »Bitterfelder Weg«. Bitterfeld ist ein Ort zwischen Hoyerswerda und Spremberg, gelegen in einem riesigen Braunkohlenabbaugebiet. Eine Brigade von Arbeitern in Bitterfeld hatte die Idee entwickelt, daß die Künstler an die Basis gehen sollten, wo sie die Produktion hautnah erleben konnten, und daß Arbeiter und Künstler dort miteinander lernen, arbeiten und leben sollten nach den Leitsätzen der sozialistischen Ethik.

Am Ende des Jahres schreibt sie: »Das Abenteuer Schwarze Pumpe rückt uns auf die Haut, und ich fürchte, wir sind ihm nicht gewachsen.«

In Hoyerswerda sind im Anfang zahlreiche Probleme zu bewältigen. Brigitte erfaßt ein krankhaftes Heimweh. »Ich bin sechsundzwanzig, du lieber Himmel!« Es ist schon ein phänomenaler Unterschied: Das liebe, freundliche Burg, das der Zweite Weltkrieg verschont hatte, mit der Neuendorfer Straße, am Stadtrand gelegen, in idyllischer Ruhe. Dagegen ist Hoyerswerda ein gigantisches Neubauprojekt, ohne gewachsene Strukturen, mit hohen Mietshäusern, ohne den Geruch nach Heimat.

Nachdem die Wohnung – zwei Zimmer, eine kleine Küche, ein

Bad – eingerichtet ist, lebt es sich aber schon freier als daheim in dem einen kleinen Zimmer, das sie und Dan im Elternhaus bewohnten.

Alles in allem – eine glückliche Zeit. Sie verlieren wohl auch dank Brigittes unerschöpflicher Vitalität und Arbeitskraft, mit der sie den armen Daniel unaufhörlich antreibt, ihren Willen zum Durchhalten nicht.

Ihre Arbeitsweisen sind so grundverschieden wie ihre Temperamente. Während Daniel seine Sätze unzählige Male überarbeitet und verbessert, bis er endlich zufrieden ist, auch manchmal dazu neigt zu resignieren, schreibt Brigitte drauflos, ist hinterher eventuell unzufrieden und verbessert oder verwirft, bleibt aber zäh an der Arbeit und beutet sich aus bis zur Erschöpfung. Sie treibt Daniel an, verlangt von ihm eine ähnliche Arbeitsweise, setzt ihr Tempo als Richtschnur. Das führt unweigerlich zu Spannungen. Oft streiten sie sich; bricht Daniel aus dem Joch aus, ist die gemeinsame Arbeit gefährdet.

Daniel hat oft über Brigittes Arbeitsegoismus geklagt. Wenn sie an einem Buch arbeitet, ist sie unzugänglich, abweisend und schlecht gelaunt, sobald beim Schreiben nicht alles nach ihren Vorstellungen abläuft. Die Mahlzeiten werden dann hastig im Stehen eingenommen oder ganz vernachlässigt. Die Partnerschaft ist gespannt und wenig liebevoll. Daniel erträgt diese Zustände mit Geduld, wenn auch nicht ohne sporadisches Aufbegehren. Hier sind die Rollen vertauscht, die Mascha Kaléko in einem Gedicht beschreibt (Auszug):

> Meine Herren, wir sind im Bilde.
> Nun, Wagner hatt' seine Cosima
> Und Heine seine Mathilde.
> Die Herren vom Fach haben allemal
> Einen vorwiegend weiblichen Schatz.
> Was uns Frauen fehlt, ist »Des Künstlers Frau«
> Oder gleichwertiger Ersatz.

Nun, Brigitte hat ihren Daniel, wenn auch nicht ganz so aufopferungsvoll – weil mit eigener Produktion beschäftigt – wie die oben genannten Damen.
Die Geldknappheit bleibt ihnen treu. Sie bekommen für ihre Kulturarbeit zusammen ein Salär von etwa 200 Mark. Einmal in der Woche, nicht regelmäßig, arbeiten sie in der Brigade, die Stunde für 1,56 Mark. Das bedeutet für zwei Personen Armutsniveau. Sie könnten das ändern, aber sie möchten sich auf keinen Fall in die Abhängigkeit eines Angestelltenverhältnisses begeben, in dem sie obendrein ihre eigene Arbeit, das Schreiben, vernachlässigen müßten.
Als Gegenleistung für ihr Gehalt betreuen sie einen Zirkel schreibender Arbeiter. Sie müssen Manuskripte lesen, sich auseinandersetzen. Ihre Zeit wird gebunden, immer mehr lädt man ihnen auf – ein Teufelskreis.
Oft sitzen sie stundenlang mit der Klubleitung oder den Gewerkschaftsführern zusammen und hören sich das Geschwätz an über die Werktätigen und die Kultur der werktätigen Massen, das – wie jeder weiß – ohne Konsequenzen bleibt. Schließlich explodiert Brigitte, sagt ein paar unangenehme Wahrheiten, sagt sie sehr laut und unverblümt, »redet sich um Kopf und Kragen«, geniert sich auch dann nicht, wenn »hoher Besuch« ansteht.
Daniel hat ein ruhiges Temperament und versucht, sie zu bremsen. Später wird er gestehen, daß ihm dieses Einmischen und Mitreden bei Dingen, die sie persönlich nichts angingen, unangenehm war und ihm übertrieben erschien. Brigitte habe sich stets mit Verve und ohne Vorsicht für andere eingesetzt, Ungerechtigkeiten bekämpft und keine Kompromisse gemacht. Auch wenn es um Fehlentscheidungen in Sachdingen ging, habe sie gekämpft bis zur Erschöpfung. Nun gehören ja gerade diese Charaktereigenschaften zu den Zügen, die wir an ihr bewundern – schließlich sind sie ein Teil ihres Wesens, der sie unverwechselbar macht. Gewiß ist ein Mensch, der danach unter

Strom steht, nicht leicht zu ertragen, aber hier sei keine Distanzierung erlaubt.
Brigitte beginnt mit einem Mädchenroman. Lewerenz, »der Kühle, Skeptische«, aber auch als »der beste Lektor, den ich bisher kennengelernt habe: klug, warmherzig und aufrichtig« apostrophiert, ist begeistert vom ersten Kapitel und besucht sie in Hoyerswerda. »Nach einer Flasche Wodka tauten wir auf. Daniel ... konstatierte, daß alle meine Lektoren ungebührlich verliebt in mich seien.«
Nach der langen, langen Durststrecke endlich ein Erfolg. Ihr erstes gemeinsam verfaßtes Hörspiel, »Ein Mann steht vor der Tür«, wird als bestes in der nationalen Runde des internationalen Hörspielwettbewerbs ausgezeichnet. »Als das Telegramm mit den Glückwünschen kam, tobten wir herum wie Irre, lachten und weinten.«
Es ist allerhöchste Zeit. Das Preisgeld, 4000 Mark, ist die vorläufige Rettung aus der Misere.
Privat allerdings haben sie eine schmerzliche Begebenheit zu verkraften: Lutz, der Lieblingsbruder, ist mit seiner Frau und seinem Sohn Oliver, dem »Krümel«, in den Westen gegangen. »Spüre zum ersten Mal schmerzlich und nicht nur mit dem Verstand – die Tragödie unserer zwei Deutschland ... welch ein literarisches Thema! ... Im Prinzip verurteile ich sein Handeln – aber Lutz ist mein Bruder, ich liebe ihn ... Ich bin sehr traurig.«
Sie schreibt, Lutz sei ein Wirrkopf, der die seiner Meinung nach ungerechte Beurteilung der Parteigruppe und die daraus entstehende Zurücksetzung im Beruf nicht verkraftet habe. »Er wollte vor der Partei nicht katzbuckeln – er wird es vor seinen Kapitalisten tun müssen«, schreibt sie.
Die ersten Briefe von Lutz aus dem Flüchtlingslager Marienfelde klingen enttäuscht. Er wird für seine Arbeit auf der in der Nähe des Lagers gelegenen Werft schlecht bezahlt, ist praktisch, obwohl Diplomingenieur, zum technischen Zeichner degradiert

worden. Auch ist das Lager kein Zuhause, er hat Heimweh. »Wenn das in zwei Jahren nicht besser ist, kommen wir zurück.« Aber für Brigitte ist das Leben zunächst einmal von einem unerträglichen Druck befreit.
»Ich sammle wieder Männer, fühle mich jung, strahlend, lasse mich anbeten und weiß meine Heimat Daniel ... ein bißchen Kitzel, Lust am Locken und Sichentziehen ... tröstliches Hinweg über meine krankhaften Minderwertigkeitskomplexe. Aber das sind nur Ausflüge in fremdes Land, das ich nicht wieder bewohnen werde: Trinken, Tanzen, Flirten, bettelnde Männer – all das gehört nicht mehr zu mir. Daniel und meine Arbeit, ein verzehrender Ehrgeiz, gute Bücher zu schreiben, und das Kombinat: dies ist ... mein eigentlicher Lebensinhalt. Nur zuweilen überfällt mich eine brennende Lebensgier ...«
Hanke kommt ihr dazwischen, Meister im Kombinat: »Er hat mich lieb. Seine Liebeserklärung – nein, zu schön, zu ergreifend ... Mit ihm kann ich nicht das abgeklapperte alte Spiel treiben.«
Hanke wird in ihrem Roman »Ankunft im Alltag« verewigt werden. Er erzählt tausend Geschichten, die sie verwerten will. An Wolfgang Schreyer schreibt sie: »Ein prachtvoller Mann! Klug, gebildet, ein hervorragender Fachmann, Träger aller möglichen Orden, von nie versiegendem Mutterwitz, geduldig und humorvoll, mit lebhaftester Phantasie und Sinn für Poesie begabt – ein positiver Held, wie er im Buche steht, ein Mann, den Dir kein Mensch glaubt, wenn Du ihn literarisch verarbeitest.«
In ihrem Tagebuch beschreibt sie ihn als korpulent, kahlköpfig, er sieht aus wie fünfzig und ist fünfunddreißig. In der Liebe aber ist er sechzehn Jahre jung und schwärmt sie an, sie – ebenso jung wie er.
Die Beschreibung dieser Liebesaffäre vertraut sie ihrem Tagebuch an – auch ihre Skrupel, in denen der unvermeidliche liebe Gott eine Rolle spielt, »der auch in die winzigste Baracken-Bude blickt und noch auf eine Gelegenheit lauert, mir eins zu verset-

zen. Die kühle, vernünftige Dame, Atheistin, Marxistin ... mit achtzehn aus der Kirche ausgetreten – aber Furcht vor göttlicher Strafe für ein paar verbotene Küsse.« Nun, offenbar ist der liebe Gott mit Daniel im Bunde, jedenfalls zeigt er ihm den Weg zum Tagebuch und bedient sich seiner im Zorn: »... ich dachte, Daniel würde mich erwürgen.«

Es gibt im Kombinat einen Schriftsteller namens Siegrist. Brigitte spricht sehr abfällig von seinen beruflichen Qualitäten. Dieser S. ist ein hochbezahlter Mann. Er hat den Auftrag, eine Chronik über Hoyerswerda zu schreiben. Siegfried Pitschmann berichtete mir, daß Siegrist monatlich 1000 Mark bekam: »Das war damals eine Menge Geld.« Allerdings hat er nie eine verwertbare Arbeit abgeliefert.

Die beiden haben von Anfang an keinen Draht zu ihm. Offenbar sieht Siegrist die neuen Kollegen als Konkurrenz und macht ihnen das Leben schwer, wo er nur kann. Er schreckt auch vor Verleumdungen, sowohl privater als auch politischer Art, nicht zurück. Bei einer Aussprache mit der Klubleitung kommt es zu einem furiosen Zusammenstoß. Brigitte tobt und ist außer sich.

Siegrist ist ein alter Genosse, und die von ihm angezettelten Intrigen werden nicht abreißen und für Brigitte dunkle Schatten auf Hoyerswerda werfen.

Sie machen sich gemeinsam an die Arbeit. »Diesmal – tiefster Frieden zwischen Daniel und mir.« »Die Frau am Pranger« soll verfilmt und im Fernsehen gesendet werden. Sie schreibt an dem Hörspiel, in gestohlenen Stunden am Buch, das Lewerenz immer dringlicher anmahnt, dann die vielen Ablenkungen im Kombinat, die Arbeit mit dem Zirkel, »Arbeit Arbeit, daß man bald ertrinkt«. Ein Lichtblick: Sie werden bald ein Auto bekommen. Dann verkürzen sich zumindest die zeitraubenden Wege.

»Ich bin ziemlich fertig, zerfahren, gereizt... Mein Schnapskonsum ist in den letzten Wochen erschreckend gestiegen. Ich

habe auch wieder Liebesgeschichten … Aber diese Dummheiten lösen sich wieder ins Nichts auf, wenn mein Kopf in Ordnung ist.«
Und immer wieder Daniel. Nach fünf Tagen Trennung trägt sie ein: »Wenn mich Daniel einmal verließ … für immer – ich würde mich nach spätestens drei Tagen umbringen.«
Der letzte Eintrag am 28. Januar 1961 in ihr Tagebuch:
»Nun, von K. schreibe ich erst morgen. Ich hatte nur zwei Stunden Schlaf …«

7. KAPITEL

Jon Diebsohr

Während Daniel für fünf Tage allein zum Geburtstag von Mutter Reimann nach Burg gereist ist – Brigitte muß ihr Manuskript abliefern –, freundet sie sich mit Hans K. an. »Jon« K., dreißig Jahre alt, ist Raupenfahrer im Kombinat und Mitglied des Zirkels schreibender Arbeiter. Er hat eine politische »Vergangenheit«, ist aus dem Philosophieexamen geflogen, wurde zweimal aus der Partei entfernt, »klug, scharfsinnig und von teuflischer Logik... Ein Mensch, der nie wirklich glücklich sein kann, weil er alles, jeden Gedanken, jedes Gefühl, analysiert... und Gesetze daraus ableitet... Ein schrecklicher Mensch.«
Sie werden intim – abzusehen, wann die letzte Schranke fällt.
»Aus dem Spiel ist eine rasende zerstörerische Leidenschaft geworden.«
Das leidvolle Spiel zwischen drei Menschen beginnt.

Daniel fängt wieder an zu arbeiten. Er stellt für den Aufbau-Verlag einen Kurzgeschichtenband zusammen. »Gestern las er uns ein Stück aus dem alten Internatsbuch vor, das er mit 23 Jahren geschrieben und unvollendet hat liegenlassen. Ein herrliches Stück Literatur! Die Heuszene, um derentwillen ich mich in ihn verliebt hatte ... und gestern war der Zauber wieder da, und ich war zerschmettert und verwirrt, weil ich nicht so schreiben kann und weil Daniel selbst nicht mehr so schreibt (wer auch sollte diese wortgewordene Ekstase bei uns drukken?) ... und gleichzeitig liebte ich ihn glühend (bei mir geht die Liebe immer zuerst durch den Kopf).«

Die Literatur in der DDR – leidvolle Durststrecke der Literaten. Einengung durch politische Dogmen, Einschätzungen durch literarische Banausen. Was für eine Verschwendung von Kraft und Talent! Welch eine Entmutigung für Originalität und Außergewöhnlichkeit! Wieviel Respekt muß man denen entgegenbringen, die – meist selbst Gegner der beschriebenen Literaturfeindlichkeit – versuchten, das Schiff der Literaten durch diese Klippen zu steuern: den Lektoren und Verlagsleitern wie Caspar und Lewerenz. Wer bringt schon die Geduld auf, immer wieder aus dem Weg zu räumen, beharrlich nach beiden Seiten zu agieren, um zu retten, was zu retten ist.

Im Zirkel schreibender Arbeiter, den Brigitte und Daniel betreuen, begegnen sich die zwei, Jon und Brigitte, immer wieder. Die Arbeit an den Geschichten im Zirkelbändchen – »Einige haben wir neu geschrieben, andere so zusammengestrichen und verbessert, daß die Autoren selbst, freudig erstaunt, sie nicht wiedererkannten« – dürfte kein unangreifbares Verfahren darstellen. Mit der Lyrik ist es noch schlimmer. »Es wird Zeit, daß Rainer Kunze zu uns kommt ...« Brigitte steht mit ihm in Verbindung und möchte ihn für eine Lesung im Kombinat durchsetzen.

Sie macht über ihre Leidenschaft für Jon keine sehr zahlreichen

Eintragungen. Die beiden werden intim, ohne »miteinander zu schlafen«. Offenbar macht diese Kleinigkeit, zumal sie selbst dem Tagebuch – zunächst – verschwiegen wurde, weder dem lieben Gott noch Daniel Eindruck, denn erster führt Daniel offenbar wieder zu den Tagebüchern, denen verständlicherweise kein Partner dieser Frau widerstehen kann. Er reagiert mit Liebesentzug und macht Szenen.

Jon will sich nach Mecklenburg verdingen – eine räumliche Trennung, um allem ein Ende zu machen – er bleibt. Daniel hatte es prophezeit.

»... wir haben ein paar höllische Tage hinter uns, wir drei, die wir so unglückselig miteinander verkettet sind. Endlich habe ich K. leiden sehen, und ich gönne ihm seinen Schmerz – warum soll immer mein liebster einziger Daniel leiden.«

Als Jon kommt, um zu fragen, ob sie nachmittags mit ihm nach Dresden fahre, fängt sie an zu schreien, als er ins Zimmer tritt. Sie hat einen jener Anfälle, von denen Siegfried Pitschmann mir berichtete: »Sie konnten viele Stunden andauern. Sie konnte sie nicht beherrschen. Sie war dann nur noch ein schreiendes Bündel Mensch und oft nicht zu trösten, auch von mir nicht.« Einige Male mußte der Arzt kommen, um ihr eine Beruhigungsspritze zu geben.

Was sind das für Anfälle? Wie kommt es dazu, daß sie so außer sich gerät?

Zum Teil ist es wohl das Erbteil des Vaters, von dem berichtet wird, daß er eine gewisse cholerische Veranlagung hatte. Auch Bruder Uli hat sie geerbt, von Lutz und Dorli ist in diesem Zusammenhang nicht die Rede. In der Bruderfigur des Wilhelm aus der »Franziska Linkerhand« hat Brigitte diese Familieneigenschaft verarbeitet. Franziska traf ihren Bruder Wilhelm dabei an, als er Gläser gegen die Wand schleuderte, »und sie erschrak, angeweht von seiner Traurigkeit«.

Bei dieser Wut sind also überbordende Gefühle im Spiel. An ihre Freundin Veralore schrieb sie einmal: »Ich kenne eigentlich nur ein Gefühl bei mir, das ich nicht sachlich beobachte wie ein Mediziner, das ich auch nicht studiere wie ein Literat, das, kurz gesagt, ein ganz ursprüngliches Gefühl ist – die Wut.«

Mir scheinen diese Schreikrämpfe eine Reaktion auf eine vor allem seelische Überforderung zu sein, die in elementare Wut auf alles mündet, was sie nicht beherrschen kann, ihr eigenes Unvermögen eingeschlossen.

Nicht nur ihre seelischen Kräfte, auch ihre körperlichen sind in dieser Zeit aufs äußerste angespannt. Sie wiegt kaum 44 kg, und ihre vielfältigen Pflichten, denen sie sich nicht entziehen kann, ihre Rücksichtnahme auf jeden Besucher, der ihre Zeit stiehlt, ihre Schreibarbeit, ein absolutes Muß, wenn sie mit sich zufrieden sein will, all die Kongresse, Besprechungen, dann die Intrigen, denen sie ausgesetzt ist, und nicht zuletzt schreckliche, immer wiederkehrende Alpträume von Atombombenabwürfen zehren an ihrer Substanz.

In der ganzen Zeit leidet Brigitte unter starken körperlichen Schmerzen an Rückgrat und Hüfte, »die sich manchmal zu Qualen steigern ...« Mit einer Willensanstrengung ohnegleichen geht sie dagegen an, bringt ihr Mädchenbuch zum Abschluß, später »Ankunft im Alltag« genannt (ein Titel, den Lewerenz für sie findet), erledigt weiter ihre vielen anderen Pflichten, arbeitet im Haushalt, führt ihr Tagebuch. Sie fürchtet, daß sie einmal als Invalide enden wird. »Wenn ich arbeite, habe ich kein Mitleid mehr mit mir, ich verliere das Interesse an meinen privaten Sorgen.«

Sie versöhnt sich mit Daniel: »... und plötzlich warf ich allen Trotz und alle Scheusaligkeit fort ... und auf einmal war es wie damals ...«

Daniel ist auf eine Raubritterburg nach Reinsberg bei Freiberg verfrachtet worden, um sich zu erholen und zu arbeiten. Die Burg ist ein Erholungsheim des Kombinats Schwarze Pumpe, eingerichtet von der Gewerkschaft. Er hockt dort ganz allein, ohne Gesellschaft. Auch an Daniel ist das Hin und Her der Drei-

erbeziehung nicht spurlos vorübergegangen. Er will die Zeit nutzen, um in Reinsberg zu arbeiten und sein Buch fertigzustellen, das noch in diesem Jahr 1961 vom Aufbau-Verlag herausgegeben werden soll.
Ende März liefert Brigitte ihr Manuskript »Ankunft im Alltag« in Berlin ab.
Am 3. April 1961 trägt sie in ihr Tagebuch ein: »Diese drei Tage mit Daniel ... – echtes Gold.« Sie tippen gemeinsam sein Manuskript ab – nachts schlafen sie miteinander.
Aber immer wieder geistert Jon durch ihre Gedanken: »Er ist ungeheuer eingebildet, und es gefällt mir. Er ist häßlich, und es gefällt mir ...«
All die Begebenheiten, die sie gemeinsam erleben, zeichnet sie im Tagebuch auf. Beschwörend schreibt sie: »Es ist nicht mehr ... die Wildheit von damals. Aber es wäre schrecklich und unvorstellbar, wenn irgend etwas den Jon aus meinem Leben herausrisse.«
Mit Daniel streitet sie, weil er nicht vorwärtskommt und ihr die Schuld daran gibt. Sie begreift nicht, daß er im Hinblick auf sie seismographische Fähigkeiten besitzt. Er weiß, was mit ihr los ist, und was er nicht weiß, spürt er. Er leidet.
Sie arbeiten beide; sie an den »Geschwistern«, Daniel an der Fertigstellung seines Manuskriptes. Er wird krank: Nierenblutungen, er rückt aus dem Krankenhaus aus, um die letzten zehn Seiten an seiner Erzählung zu schreiben. Er bekommt Fieber, aber er schreibt weiter. Sie werden mit gemeinsamen Anstrengungen im letzten Moment fertig.

In Berlin läuft der V. Deutsche Schriftstellerkongreß. Das Hauptreferat hält Anna Seghers, Brigittes großes Vorbild. Eine kontroverse Diskussion liefern sich Strittmatter und Hermlin. Strittmatter kritisiert die Schriftsteller, die die Wirklichkeit verzerrt wiedergäben, wenn sie nur die Schwierigkeiten darstellten oder aber ihnen zuviel Gewicht verliehen. Hermlin widerspricht empört und konzediert Schriftstellern sowohl die Pflicht zur Teilnahme an den allgemeinen Schwierigkeiten als auch das Recht auf eigene Schwierigkeiten. Brigitte, die Strittmatter seiner Menschlichkeit wegen mag, notiert ein wenig unverständlich: »Hermlin polemisierte in unfairer Art gegen Strittmatter.« Schließlich aber ist Hermlins Widerspruch ja ein Plädoyer gegen den Dogmatismus, der die Wirklichkeit in rosarotem Licht sehen und Schwierigkeiten unter den Teppich kehren möchte.

Abends Empfang. Anschließend wird getanzt. Brigitte ist umschwärmter Mittelpunkt. »Um zwölf war die ganze Literatur besoffen ... Wenn man den ganzen Abend mit Komplimenten und begehrenden Blicken traktiert worden ist, kotzen einen die Männer an ... Schade, daß ich balzende Männer spätestens nach zwei Stunden satt habe; ich finde sie dann nicht mal mehr amüsant.«

Zu Hause in Hoyerswerda packt sie der Katzenjammer. »Die dunklen, süßen Mysterien des Katholizismus ziehen mich wieder mächtig an ... und ich habe verschwommene Sehnsucht danach, vor einem Beichtstuhl zu knien und in das weiße Ohr eines Priesters zu flüstern ...«

Da sieht man allerdings das Ohr anschwellen, heiß und feuerrot, und den armen, weißhäutigen Priester schweißbedeckt – ach Brigitte! Jon Diebsohr hättest du abschaffen müssen und alle andern auch, so viele Rosenkränze wären dir aufgebrummt worden; denn diese Kirche achtet der menschlichen Qualitäten vorzugsweise in Verbindung mit gebremster Fleischeslust.

Am 31. Mai notiert sie: »Leidenschaftliche Arbeit an den ›Geschwistern‹ – und soviel Schmerzen, weil Lutz immer dabei ist. Für nichts anderes mehr Sinn ... es ist, als reiche mein Vorrat an Anstand, Sebstdisziplin, Güte ... immer nur für die Geschichte, an der ich ... arbeite.«

Und immer wieder Jon: »Wir sind in vollkommener Harmonie, obgleich wir uns nicht berühren – abends, wenn wir blaue

Stunde spielen: ... Jon sitzt im Sessel, ich hocke auf der Erde, wir erzählen, wir sagen Dinge, die wir am Tage nicht sagen würden ... Er war bestürzt, als ich ihm sagte ... daß Daniel für mich der beste Mensch auf der Welt ist (und wahrscheinlich der einzige, mit dem ich Tag für Tag zusammenleben kann, ohne zu rebellieren).«

Sie und Daniel erhalten den Literaturpreis des FDGB, der Gewerkschaft, für ihre beiden gemeinsam verfaßten Hörspiele »Ein Mann steht vor der Tür« und »Sieben Scheffel Salz«. Plötzlich ist das Eis im Kombinat gebrochen, sie heimsen Anerkennung ein, werden gefeiert.

Ihr Buch »Ankunft im Alltag« erscheint. Es beschreibt die Schicksale dreier junger Menschen, die gerade Abitur gemacht haben und nun im Braunkohlekombinat arbeiten wollen: Nikolaus, Curt und Recha, deren jüdische Mutter in Theresienstadt ermordet worden ist. Anläßlich ihrer kurzen Reise nach Prag notiert Brigitte im Tagebuch angesichts des Gräberfeldes in Theresienstadt: »Hier ist die Mutter meiner Recha gestorben; ich hatte das geschrieben und wußte in Wirklichkeit nichts. Jetzt habe ich es gesehen, Grabstein neben Grabstein.« Curt, flatterhaft und ein bißchen hochnäsig – sein Vater ist hoher Funktionär –, bewirbt sich genauso um Recha wie der ein wenig gehemmte, ruhige Nikolaus.

Die jungen Menschen kommen in eine völlig andere Welt, in der sie sich bewähren müssen. Die Arbeit ist schwer, geht über ihre Kräfte. Während Nikolaus und Recha sich zäh und ausdauernd der Herausforderung stellen, so gut sie können, versucht Curt, sich mit Charme durchzumogeln. Er ist fröhlich und unbedenklich und gewinnt Recha mit seinem Leichtsinn, zumal Nikolaus sich verletzt zurückzieht und ihm das Feld überläßt. Aber Recha hat Curt nicht wirklich gern, während er sich in sie verliebt. Ein Vergewaltigungsversuch Curts, den Nikolaus verhindern kann, klärt die Fronten endgültig. Recha und Nikolaus werden ein Paar. Curt wirft die Flinte ins Korn, fühlt sich unverstanden und

ungeliebt, auch von den Arbeitskollegen, und reist ab. Aber er kommt zurück und stellt sich der Kritik.
Brigitte bringt in diese Geschichte ihre Erfahrungen im Kombinat ein. Auch sie hat körperlich gearbeitet innerhalb einer Brigade und kann daher die Arbeitsabläufe authentisch schildern. Eine herausragende Figur unter den Arbeitern, die normalerweise Randfiguren der Geschichte bleiben, ist der Meister Hamann, gütig, dabei streng auf Pflichterfüllung bedacht, mit Humor und Witz. Hier setzt sie ihrem geliebten Meister Hanke ein Denkmal.
Die Milieuschilderungen, aber auch die Verknüpfungen ihrer Figuren mit dem Arbeitsprozeß, werden in den fast durchweg positiven Rezensionen hoch gelobt. Das Buch hat einen großen Erfolg. Nach ihm wird ein ganzes Genre der DDR-Literatur benannt: Ankunftsliteratur. Was bedeutet: Die Schriftsteller sind im Sozialismus angekommen, nehmen die Basis wahr, sind Teile des Ganzen.
Es gilt bald als das beste Buch des Jahres. Die *Neue Berliner Illustrierte Zeitung* (NBZ) druckt es als Fortsetzungsroman. Es kommt Geld ins Haus. Sie können sogar ihr Auto, einen Škoda, bezahlen.
Ihre Arbeit an den »Geschwistern« geht nur langsam voran. Sie hat eine Schreibhemmung, zweifelt plötzlich an der Geschichte. Schuld sind die brieflichen Auseinandersetzungen mit ihrem Bruder Lutz, die die Entfremdung zwischen den beiden immer mehr vertiefen. Lutz, am Anfang seines Westaufenthalts noch skeptisch, von Verräterkomplexen bedrängt und fest entschlossen, den sozialistischen Gedanken auch in der neuen Heimat hochzuhalten, wird immer mehr zum Westbürger. »Er haßt uns, wie Renegaten hassen.«

Die Berlinkrise zerrt an ihren Nerven. Am 13. August 1961 schließt die DDR ihre Grenze zum Westen. Die Bundesrepublik sowie der Regierende Bürgermeister von Berlin, Willy Brandt,

hoffen auf die westlichen Verbündeten. Die Westmächte protestieren in einer Note an die Sowjetregierung, die USA setzen eine Truppe von 1500 Mann in Marsch, Frankreich und Großbritannien verstärken ihre Truppen in der Bundesrepublik. Die Aufregung ist groß, und entsprechende Parolen von beiden Seiten sind furchterregend. »Kein Tag vergeht, ohne daß wir aufgefordert oder gebeten werden, Stellungnahmen ... zu schreiben – zu den Volkswahlen, zum Friedensvertrag ... Wir weigern uns jetzt ... Wir sind verbittert und unglücklich. Das ist nicht der Sozialismus, für den wir schreiben wollten ... Lutz hat mir einen furchtbaren Brief geschrieben – acht Seiten lang Freiheit und democracy und aufkeimender Haß gegen eine Schwester, die sich einem verabscheuungswürdigen Regime verkauft. Ich wage mich kaum noch an meine ›Geschwister‹.«
Die Tragödie Daniel – Brigitte – Jon nimmt ihren Lauf. Daniel gibt Brigitte einen Freibrief. Er hätte es nicht tun sollen. Sie gesteht ihm, mit Jon geschlafen zu haben. Ihrem Tagebuch schwört sie: »Das ist vorbei, das wird sich nicht wiederholen, ist nicht wiederholbar ...« Sie fahren gemeinsam ins Schriftstellerheim in Petzow. Jon zeigt sich im Suff von seiner unangenehmsten Seite. Er weckt Erinnerungen an Günter in ihr. »... auf irgendeine Weise bröckelte etwas von meiner Zuneigung ab. Daß Jon ein schwacher Charakter ist, hab ich gewußt – hier, unter neuen klugen Menschen, machte er mich zornig ...« Sie sagt Jon vor seiner Abreise, daß sie sich für Daniel entschieden hat.
»Jon Diebsohr, den ich ein Jahr lang geliebt habe.« Es ist der 11. Dezember 1961.

»Daniel ... ist die große Liebe meines Lebens, trotz all meiner Verirrungen.«
Das große retardierende Moment tritt ein, wie es in Tragödien Gesetz ist!
Zwischendurch parkt sie an der Schulter von Jens Gerlach (»Ich

werde mich noch hundertmal verlieben...«). Jens will sich scheiden lassen. Sie wehrt entsetzt ab. »Ich will mich nie wieder so verstricken wie mit Jon.« Jens will Ernst machen und besucht sie und Daniel auch später in Hoyerswerda. »Er ... ist mir sehr sympathisch... wir würden nebeneinander lebend ein paar gute Sachen schreiben – aber mein Fleisch will ihn nicht.« Daniel weiß alles – keine Lügen mehr. Es drängt sich der Eindruck auf, daß Daniel für diese Ausflüge auf rosa Wolken Verständnis hat, sich zumindest nicht bedroht fühlt, aber auf alle Kontakte mit Jon hart reagiert, weil er ihn als Gefahr empfindet.
Natürlich ist nichts vorbei. Das Verhältnis mit Daniel verschlechtert sich. Sie gewöhnen sich das Rauchen ab, sind gereizt.
Schon am 2. Februar 1962 trägt sie ein: »Ich bin wieder mit Jon zusammen... man kann sich einen Menschen nicht abgewöhnen wie das Zigarettenrauchen. Nun ist alles wieder wie vorher (außer daß wir nicht miteinander schlafen)... Zwischen Daniel und mir sieht es ganz böse aus... Er will sich scheiden lassen.«
Beim Zirkelabend sitzt sie neben Jon und hat einen Herzanfall. Brigitte reagiert auf seelische Belastungen sehr oft mit Herzanfällen unter außerordentlich spektakulären Umständen. Sie ist offenbar Neurasthenikerin, leidet also unter einer Herzkrankheit, bei der das vegetative Nervensystem auf das Herz einwirkt und bedrohliche Zustände hervorruft.
Sie war mit der Arbeit nicht recht vorangekommen, hatte sich zudem über das Gesetz zur Wehrpflicht in der DDR aufgeregt (das in der Bundesrepublik schon verabschiedet worden war), da war die Gegenwart Jons die Belastung, die gefehlt hatte, um einen Anfall auszulösen.
Sie ist verzweifelt, weil sie das Gefühl hat, mit ihrem Schreiben keinen Schritt weitergekommen zu sein. »Ich bin so unglücklich, wie ich es durch keine schlimmste Liebesgeschichte sein könnte.«

Das Auf und Ab in der Beziehung der drei Menschen zermürbt jeden von ihnen.
Sie kann Daniel nicht verlassen. »Ich habe eine große Entdekkung gemacht: ich liebe Daniel. Gegen ihn verblassen alle.« Und beschwörend fährt sie fort: »... ich habe alles genau durchdacht, ich bin nicht in irgendeiner euphorischen Stimmung ...« Aber Jon läßt sie nicht los. »Ich brauche nur an die Silhouette seiner Schultern über mir zu denken ... Genug.« Sie trinkt viel – zuviel. »Als Daniel nach Hause kam, war ich besoffen wie tausend Mann ...«
Daniel zieht sich zurück, spricht wiederholt von Scheidung. Brigitte trennt sich von Jon – »mal wieder«, sagt Daniel sarkastisch, und sie weiß, daß sie neben dem Telefon sitzen, daß sie trinken und keine Ruhe finden wird. »Ich bin abhängig von diesem Schwein.«
Sie hat einen demütigenden Auftritt vor Gericht bei Jons Scheidung. Aber sie ist wieder bei Daniel.
Das Verhältnis Brigittes zu Jon bleibt nicht geheim, zumal sie Heimlichkeiten verschmäht. Der Klatsch blüht. Die Klubleitung – im Hintergrund immer der Intrigant Siegrist – macht Vorhaltungen. Brigitte wehrt sich.
Sie arbeitet bis zur Erschöpfung an den »Geschwistern«, und am Vorabend ihres 29. Geburtstages sind sie fertig. Daniel bringt den Vater und Uli als Geburtstagsüberraschung mit, und es gibt – wohl auch wegen Brigittes Gereiztheit – einen Riesenkrach, weil Brigitte Passagen aus Lutz' Briefen in ihrem Manuskript zitiert hat. Auch der Verlag hat Einwände, allerdings anderer Art. Eine Stasiszene soll gestrichen, Liebesszenen sollen entschärft werden. Brigitte weigert sich, droht, sich einen anderen Verlag zu suchen. Sie setzt sich durch.
Im Oktober wieder einmal in Petzow – ohne Daniel, der seinen Roman begonnen hat und zu Hause in Ruhe arbeiten will. Sie verliebt sich wieder, diesmal in den Regisseur, der mit ihr zusammen ein Treatment fürs Fernsehen von »Ankunft im All-

tag« erstellen soll. »Ich kann nicht leben ohne diesen euphorischen Rausch einer neuen Liebe … mit ihrem Schmerz, mit ihrem Betrug und Selbstbetrug.« Angesichts ihrer Jugendgefährten ist sie ganz einverstanden mit sich. Sie trifft ihre Jugendliebe Klaus, den wunderschönen blonden Geliebten ihrer Jugend in Burg, saturiert, mit Bauch und spärlichem Haarkranz, und auch die anderen – »breite behäbige Schiffe – ich fahre jeden Tag wieder aufs Meer hinaus«.

8. KAPITEL

Die Drahtzieher

Ihr Buch »Ankunft im Alltag«, sonst mit lobenden Rezensionen bedacht, wird vom *Neuen Deutschland* und vom *Sonntag* verrissen. Sie ist sehr unglücklich. Aber es melden sich Fürsprecher, an der Spitze die verehrte Anna Seghers, die sich ablehnend bis empört über die Rezension im *Sonntag* äußern. Auf einer Autorenkonferenz, die sich mit der Weiterführung des Bitterfelder Wegs beschäftigt, wird ihr Buch unter anderen von Eva Strittmatter zustimmend besprochen.

Brigitte Reimann hat bis auf die letzten zwei Jahre ihres Lebens unter Ulbricht leben müssen. Um so erstaunlicher, daß sie nie daran dachte, diesen nervtötenden Zuständen zu entfliehen und in den Westen zu gehen. Sie war und blieb Sozialistin, eine Schriftstellerin der DDR. Hier wollte sie leben und wirken. Der Westen war nie eine Alternative für sie, hatte nichts, was ihrem Lebensgefühl entsprochen hätte.

In der DDR herrschen zu diesem Zeitpunkt, 1962, schlechte wirtschaftliche Verhältnisse. Die DDR-Regierung hatte 1960 die Zwangskollektivierung der Landwirtschaft durchgeführt, und diese Maßnahme trieb die Flüchtlingszahlen in die Höhe. Die Antwort war die Schließung der Grenzen am 13. August 1961 – der Mauerbau. Eine Verzweiflungstat?
Die Ostwährungen waren für den kapitalistischen Westen nicht konvertierbar, und so blutete die DDR durch den freien Grenzverkehr finanziell immer mehr aus. Infolge der ökonomischen Misere liefen der DDR wiederum die Menschen davon – ein Teufelskreis; während in der Bundesrepublik das sogenannte Wirtschaftswunder die Lebensverhältnisse stabilisierte. Erst nach Abriegelung der Grenze konnte in der DDR mit einiger Systematik der Wiederaufbau in Angriff genommen werden.
Dem offensichtlichen ökonomischen Rückstand der DDR begegnete die Regierung mit verlogen überspitzten Parolen: »Wir werden Westdeutschland überholen!« So begann der sich sozialistisch nennende Staat DDR die Verfolgungsjagd auf die wirtschaftlichen Errungenschaften des Westens. Brigitte erkennt: »Dank unserer Propaganda ... stellt sich jetzt vielen Leuten der Sozialismus als eine Sache des Lebensstandards dar.«
Etwa Anfang Oktober 1962 hat sie auf Aufforderung eine Analyse erstellt und an das ZK geschickt, und zwar über die Zustände im Kombinat – mit »unausgegorenen Ideen und einigen scharfen Angriffen«. Sie erhält daraufhin eine Einladung von Walter Ulbricht, der sich mit den Kulturschaffenden beraten will. Er lobt öffentlich Brigittes Brief, nennt ihn klug und ausgezeichnet.
Die Begegnung mit Ulbricht findet Ende November 1962 statt. »Nach alldem, was ich an diesem Tag erlebte, sind mir Schlußfolgerungen, die Ulbricht ›klug und ausgezeichnet‹ nannte, verdächtig geworden... Ich saß neben Hermlin und sah, wie er litt... für einen Mann wie H., mit seiner Weltoffenheit, seinen

Auffassungen von Literatur, mußte die eingangs von Ulbricht gehaltene Rede eine Qual sein ... die Konflikte liegen auf der Straße, man braucht nur in einen Betrieb zu gehen; eine Maschine wird konstruiert, nicht gebaut, es gibt Streit zwischen den Ingenieuren, schließlich produziert man sie doch (dies eines der banalen Rezepte) – und dann kommt es nur noch auf die künstlerische Meisterschaft an ... Wiens wurde von U. immerzu unterbrochen, in der unverschämtesten Weise, rechthaberisch und bösartig, mit seinem ewigen Was ist denn los?, vorgebracht von einer widerwärtigen Eunuchenstimme. Dieser Mann ist von Machtrausch besessen, er läßt keine Meinung gelten außer der seinen, er ist ein Demagoge, der falsch und verlogen argumentiert und mit der linken Hand nimmt, was er eben mit der rechten gab.

... Es ist hoffnungslos, Besserung für unsere literarische Situation zu erwarten, solange dieser amusische Mensch mit seinem kleinbürgerlichen Geschmack sich Urteile anmaßt ... Das Schlußwort war entsetzlich, schließlich brach ich in Tränen aus vor Wut und Haß gegen diesen Mann, der die Künstler in der gemeinsten Weise beschimpfte, und Daniel war in Angst, ich könnte irgend etwas Skandalöses anrichten ... er schalt die Schriftsteller wie einen Haufen dummer oder unartiger Kinder, und wenigstens in diesem Augenblick hätte es beinahe einen Aufruhr gegeben ... Ich mag jetzt nicht alles aufführen, was sich da an Bosheit oder Verleumdung über die Schriftsteller ergoß ... Er kann uns nicht leiden ... Ich werde diese Beratung nicht vergessen, nicht diese hohe schneidende Stimme, nicht diese üblen Verdrehungen, nicht, wie er selbst seinen Mitarbeitern das Wort abschnitt, nicht das selbstgefällige Grinsen und die Gesichter unserer Künstler ... Dieser Tag hat mich kurz und klein geschlagen, ich muß erst damit fertig werden.«

Die Aufenthalte im Schriftstellerheim werden länger. Offenbar fühlt sich Brigitte in Hoyerswerda nicht mehr wohl. Die Klatschgeschichten, die ständige mißbilligende Aufmerksam-

keit bei allem, was sie tut, zerren an ihren Nerven. Sie fährt mit Daniel wieder ins Schriftstellerheim nach Petzow.
Das Weihnachtsfest begehen sie in Burg, zusammen mit der Familie – friedliche Tage. »Wir sind eine entsetzlich laute Familie«, schreibt sie, aber das bezieht sich nur auf den bei allem liebevollen Umgang miteinander. Sie bewundert Dorlis »Babybauch« und kann gar nicht begreifen, daß ihre kleine Schwester, die selbst noch so kindlich ist, schon ein Kind bekommt.
Zurück in Hoyerswerda, besucht sie Jon. »Ich verabscheue diesen Menschen, ich komme nicht von ihm los, hol's der Teufel.«

Zum VI. Parteitag, vom 15. bis 21. Januar 1963 in Berlin, sind Daniel und sie vom Politbüro eingeladen worden. Die Kritik an den Schriftstellern setzt sich fort. Alfred Kurella, Leiter der Kulturkommission, wettert gegen alle, ausgenommen Brigitte Reimann, die wegen ihrer kritischen Analyse der Basis in Hoyerswerda wieder lobend erwähnt wird. »Gott weiß, wie ich mich fühlte als Kronzeuge wider andere, die ich schätze.«
Willi Bredel, Präsident der Deutschen Akademie der Künste, tritt in Kurellas Fußstapfen und polemisiert gegen Peter Huchel, Chefredakteur der Zeitschrift *Sinn und Form*, gegen seine »Liberalität«, seine Abweichungen vom rechten Weg, seinen »skandalösen« Kampf um seinen hochbezahlten Vertrag, den man ihm nicht ohne weiteres kündigen könne.
»Die nächsten zwei Jahre können wir uns nicht mal einen inneren Monolog leisten ...«, schreibt Brigitte, ... »und ich finde es lächerlich und zynisch, vom Rednerpult herab zu verkünden, der Schriftsteller bei uns habe alle Freiheit und Möglichkeit zur schöpferischen Entfaltung.«
Als letzter Redner: Walter Ulbricht, der wieder ein Lob für die parteilose Schriftstellerin Brigitte Reimann ausspricht, die alle anderen in den Schatten gestellt habe. »... und jetzt hängt's mir zum Halse raus, ich kann's nicht mehr hören ... ich habe nur, wie ein Dutzend anderer, die verlangte Analyse geschrieben.

Vielleicht haben die anderen ... nur gequasselt und die Basis besungen.«
Die Presse schließt sich dem ansonsten negativen Urteil über die Schriftsteller an. Pogromstimmung.
Selbst Ilja Ehrenburgs Memoiren (die in der DDR noch nicht erschienen sind) werden verrissen. Ehrenburg soll geäußert haben »Ich bin ein alter Mann, ich kann es mir nicht mehr leisten zu lügen. Ich schreibe jetzt die Wahrheit.« Vier Jahre später stirbt er.

Brigitte wird von überall her um Artikel, Geschichten, Lesungen, Vorträge gebeten. Sie ist tief niedergeschlagen, ihre alte Unruhe sucht sie heim, und sie hat »dat ärm Dier«, wie ihre kölsche Großmutter solche Zustände zu nennen pflegte.
Eine wichtige und für sie traumatische Begegnung hat sie mit Albert Norden, hoher Funktionär und Mitglied des Politbüros. Sie hat die Gelegenheit, mit ihm unter vier Augen über die Schriftstellerschelte auf dem Parteitag zu reden, gesteht ihm ihre Verständnislosigkeit, ja ihr Entsetzen.
Norden, der Intellektuelle, der »Mephisto« unter den hohen Funktionären, gewährt ihr einen Einblick in die Praktiken der Macht. Die Diskussion auf dem Parteitag sei in Angriff genommen worden, weil sich die alten Genossen angeblich nicht mehr zurechtfänden; es wurde befürchtet, daß sie die »neuen Probleme« nicht verstünden. Es würden gar Lehrgänge ins Leben gerufen, um dieses Defizit aufzuarbeiten.
Welche neuen Probleme? Ist hier die nach wie vor diskussionslose Unterwerfung unter die jeweils von oben diktierte Parteidoktrin gemeint? Haben die alten Genossen nicht sozialistisches Selbstverständnis genug, um anfallenden Problemen zu begegnen, ebenso wie die jungen? Oder haben sie vielleicht eine größere Widerstandskraft gegen den dauernden Wechsel von Verkündigungen und vielleicht auch ein größeres Selbstbewußtsein aus Überzeugungen gewonnen, für die sie teuer

bezahlen mußten? Denkt Norden vielleicht an seinen eigenen »Lehrgang«, als er nach dem Ungarnaufstand den rechten *und* den linken Terror geschildert hatte und prompt eine Zurechtweisung vom ZK erhielt?
Auf die Klagen Brigittes über die rüden bis unverschämten Angriffe und Zurechtweisungen Ulbrichts bei jener Einladung zur Aussprache mit den Kulturschaffenden im ZK antwortet Norden mit einem versteckten Augenzwinkern: Man habe den Genossen Ulbricht gebeten, sich nicht zu verzetteln und seine Kräfte nicht mehr so sehr den literarischen Fragen zu widmen, sich vielmehr den wirtschaftlichen Problemen zuzuwenden. Kein Augenzwinkern, das Brigitte erheitern oder gar beruhigen könnte. Sie notiert es als heuchlerisch.
Er erzählt ihr eine Menge über die Etagen der Macht, in denen es keine Sicherheit gibt, und rät der entsetzten Brigitte – »mir ist hundeelend« –, ihre augenblickliche Publizität zu nutzen, wo sie nur könne und solange sie vorhalte. »Ein Blick in die Welt der Drahtzieher, die ich nicht verstehe und nicht verstehen will ... ich starre gebannt auf ein Schauspiel, in dem eine fremde Sprache gesprochen wird: Sind sie zynisch? Sind sie nur hart, weil ... sie furchtbare Erfahrungen gemacht haben?«
Brigitte begreift, daß sie »lanciert« worden ist, und dabei will sie nichts anderes, als Bücher schreiben »mit meinem gemütvollen Sozialismus: ›hienieden Brot genug für alle Menschenkinder‹. Doch. Und die Rosen und die Myrte und die Zuckererbsen ... Den Menschen Schuhe an die Füße ... dafür schreibe ich. Ich laß mir nicht Angst machen vor mir selber.«
Mit der Klubleitung in Hoyerswerda reißen die Schwierigkeiten nicht ab. Jetzt geht es um die »Geschwister«. Sie hat einige Leute aus dem Kombinat zu Vorbildern für ihre Figuren genommen: den ekelhaften Siegrist, den positiven Helden Burgemann, der bitterböse ist, weil er sich in dem menschlichen Bergemann ihrer »Geschwister« wiederfindet – Menschlichkeit, die einer strengen Kreisleitung verdächtig werden könnte?! Sie begreift

nichts mehr, fühlt sich nicht nur mißverstanden, sondern auch bösartig angegriffen.
Selbst der rote Läufer und der mächtige Schreibtisch im Parteibüro, vor dem sich die Heldin Elisabeth daumengroß vorkommt, erregen den Ärger der Herren. Man wirft ihr zudem vor, daß sie die Figur des Ohm Heiners (Siegrist) zu einseitig angelegt habe. Schließlich hätte sie die Figur zur Einsicht und Besserung führen können. In diesem Stil wird ihr Buch zerlegt und durchweg negativ beurteilt.
Brigitte explodiert und sagt ihnen die Meinung, daß sie sich diese negativen Vorgänge nicht aus den Fingern gesogen, sondern erlitten habe und daß Intrigen gegen sie gesponnen werden, seit Daniel und sie in Hoyerswerda sind, daß sie beide keine Unterstützung erfahren haben, »... daß nicht die Genossen von der Kreisleitung uns geholfen haben, sondern der Genosse Strittmatter; daß ich heute nicht im Kombinat (aber dafür im Zet) wäre, wenn es nach dem ›armen S.‹ gegangen wäre, und daß sie alle, die hier herumsäßen, damals keinen Finger für uns gerührt haben ... Da waren sie auf einmal sehr klein und sehr still.« Die Bemerkung über das »Zet« – Zuchthaus – bezieht sich auf eine politische Denunziation Siegrists, der Brigitte bezichtigte, eine bürgerliche Plattform errichten zu wollen, was gleichbedeutend war mit konterrevolutionärem Vorhaben und strafrechtlich verfolgt wurde.
»Vertrauen zur Partei? Zu unseren Genossen habe ich jedenfalls kein Vertrauen, und ich werde nicht aufhören, mich herumzuraufen ... Sie haben Angst vor mir, weil ich nicht bestechlich bin ...«
Am 2. April 1963 berichtet Brigitte über eine Kulturkonferenz beim ZK. Sie trifft Caspar und ihren alten Freund Wolfgang Schreyer, der ihr bei der Stasiaffäre so mutig Beistand geleistet hatte. Von dieser Konferenz nur eine Begebenheit: Hermlin muß sich verantworten, soll Selbstkritik üben: »Wir bewunderten ihn, er zeigte Würde und Haltung ... verteidigte sich klug

und zurückhaltend, distanzierte sich nicht, wie man offenbar erwartete, von Biermann und Kunert und sagte, er habe Fehler begangen, fühle sich aber auch in Zukunft nicht gegen diese Fehler gefeit und bitte deshalb, ihm keine Verantwortung mehr zu übertragen.«

Walter Ulbricht spricht das Schlußwort. Norden hat nicht zuviel versprochen: Er ist zurückhaltend, macht Scherze und fordert die Schriftsteller auf, nun nach vorn zu sehen und die alten Geschichten ruhen zu lassen.

In Hoyerswerda erwartet Brigitte der übliche Tratsch über Jon und sie, angefacht von der Kreisleitung, die sich in die Beziehung der beiden nicht zum ersten Mal einmischt: »Als sie vorschlugen, eine ›Aussprache‹ im Künstleraktiv über die leidige Angelegenheit zu veranstalten, willigte ich freudig ein: unter der Bedingung, daß ich auf jeden einzelnen meiner Richter mit dem Finger deuten und seine Bettgeschichten erzählen dürfte... Meine Funktionäre verzichteten auf diese sensationelle Aussprache.«

Diese immer wiederkehrende Einmischung von Parteigremien oder Gewerkschaften in die libidösen Verhaltensweisen von Mitgliedern – oder aber wie in Brigittes Fall auch eines Nichtmitglieds – ist ein besonders peinliches Verfahren, um selbst über das Privatleben von Menschen Kontrolle auszuüben.

Die Sexualaufsicht von Machthabern ist allerdings nichts Neues. Die katholische Kirche hat sie lange Zeit auf besonders grausame Weise ausgeübt. Brigitte wäre im Mittelalter wahrscheinlich als Hexe verbrannt worden. Allerdings sollte für einen sozialistischen Staat solche Nähe beschämend sein. Die Regierenden der DDR fürchten wohl eine freie Sexualität, die emanzipatorisch Freiheitsgelüste wecken und so den Gehorsam untergraben könnte. Was kann nicht alles passieren, wenn das Individuum die Freiheit an einem Zipfel erwischt und der Bevormundung entwächst?

9. KAPITEL

Die Geschwister

18. April 1963: Endlich treffen die Belegexemplare der »Geschwister« ein. »Nachts las ich mein Buch, ich war froh: es gab keine Stelle, über die ich erröten müßte.«
Die Geschwister: Uli und Elisabeth. Die Erzählung beginnt mit dem vorweggenommenen Ende, Ulis wütender Kampfansage an seine Schwester Elisabeth: »Das vergesse ich dir nicht.« Sie hat seine Flucht in den Westen vereitelt.
Schon der ältere Bruder Konrad ist in die Bundesrepublik gegangen mit seiner schönen Frau Charlotte, die »auf nadeldünnen Absätzen über unsere Bewunderung hinwegstieg«. Obwohl nie eine innige Nähe bestand, hat sich Konrad im Westen von Elisabeth und dem Leben der Familie noch weiter entfernt. Sie beschreibt ihn als Ellenbogenmann, dem Nehmen seliger ist denn Geben. Eine böse Auseinandersetzung hat sie mit ihm während eines Treffens in Westberlin, bei der die Argu-

mente der feindlichen Teile Deutschlands im Gespräch der Geschwister aufeinanderprallen. Hier verarbeitet Brigitte die heftigen Auseinandersetzungen mit ihrem Bruder Lutz, seine feindseligen Briefe. Elisabeth aber will ihren Uli-Bruder nicht verlieren, nicht ihre Kindheit mit ihm, ihre Jugendideale, nicht ihren Beschützer, der sie vor ungeeigneten Bewerbern bewahrt: »Nichts für dich, Elisabeth, morgen abend küßt er 'ne andere.« Nicht »... seine Schultern und die glatte, unbehaarte Brust und das Muskelspiel unter der gebräunten Haut...« Sie hat lange Auseinandersetzungen mit Uli, als er sie in sein Vorhaben einweiht. Der Grund für seinen Entschluß: die tiefe Enttäuschung über eine ungerechte Einschätzung seiner Person von seiten der Partei und die daraus sich ergebende Zurücksetzung im Beruf. Also genau die Argumente ihres Bruders Lutz.

Elisabeth selbst hat schwere Auseinandersetzungen mit der Kombinatsleitung, wo ein Altkommunist, Ohm Heiners (Siegrist), Lügen über sie verbreitet. Sie resigniert nicht, sondern kämpft und setzt sich durch: »Wir fordern Vertrauen. Die Männer und Mädchen meiner Generation haben neue Maschinen konstruiert ... Kraftwerke gebaut ... und sie haben Bilder gemalt und Bücher geschrieben ... Wir haben ein Recht, Fragen zu stellen, wenn uns eine Ursache dunkel, ein Satz anfechtbar, eine Autorität zweifelhaft erscheint.«

Uli ist kein Gegner der sozialistischen Staatsform, sondern der Funktionäre: »Ihr habt unsere Ideale kaputtgemacht.« Einem Mediziner, Verehrer Elisabeths, sagt er: »Immer mit den Vorderbeinen im Trog. Westwagen ... fette Gehälter ... Und auf den Staat spucken, wie? ... Ihr seid die einzige Sorte von Intelligenzlern, die es sich leisten kann, keine Gesinnung zu haben.« (Die DDR-Regierung versuchte, die Ärzte durch besondere Zuwendungen von der Republikflucht abzuhalten, damit die medizinische Versorgung der Bevölkerung gewährleistet blieb.)

Als Elisabeth begreift, daß sie Uli nicht überzeugen kann, auch erkennt, daß sie ihn verlieren wird, und zwar in einem viel schrecklicheren Sinn, als es räumliche Trennung vermag, vertraut sie sich ihrem Freund Joachim an. Joachim, der Gute, Verläßliche, Verständnisvolle, ist Funktionär und verpflichtet, die bevorstehende Republikflucht zu melden. »›Ich kann ja nicht mehr weg‹, sagte Uli mit einer geborstenen Stimme. ›Ich muß ja nun hierbleiben, morgen stehe ich auf der Fahndungsliste.‹ – ›Du kannst gehen‹, sagte ich mit einem Gefühl, als ob in meinem Innern etwas zerriß, und ich preßte beide Hände auf die Brust. ›Schreib mir nicht, versuch nicht, mich zu sehen ...‹ Wir blickten uns an, und für eine Weile schmolz mir die Welt zusammen in den hellbraunen, rostfarben gefleckten Augen... ›Du brauchst keine Angst zu haben‹, sagte ich. ›Du stehst nicht auf der Fahndungsliste. Du kannst jetzt ruhig gehen.‹ Und draußen, zu Joachim: ›Ich fühl' mich wie eine betrogene Frau ... Ich fühl' mich, als hätte er mir ein lebendiges Stück Fleisch rausgerissen ...‹ Die Tür zu Ulis Zimmer stand offen. Uli packte seinen Koffer aus.«

Brigitte scheut sich nicht, Klischees zu verwenden oder auch kitschig anmutende Sentenzen. Sie geht dabei ganz naiv von ihrer Gefühlslage und erlebten Situationen aus – so bewahren diese Ausrutscher ins Triviale einen Bezug zur eigenen Lebenswirklichkeit. Sie liefert genaue Beschreibungen ihrer Erfahrungen und der Darstellung von Problemen, um deren Lösungen sie selber ringt. Erst an zweiter Stelle steht die literarische Verarbeitung, die Form, um die sie sich gleichwohl bemüht.

Sie bleibt dem Gegenstand ihres Interesses treu, der sich als Thema durch all ihre ernstzunehmenden Arbeiten zieht: sie selbst. So sind auch ihre Frauengestalten stets ein Teil ihrer Konfession, bilden immer den Kern der Geschichten und überzeugen durch ihre Aufrichtigkeit. Mit ihren eigenen Zweifeln und Ängsten benennt sie die ihrer Generation, die sich wie sie mit ihrer bürgerlichen Erziehung auseinandersetzt und unter dem Zwang leidet, auch Teile, die als positiv empfunden werden, auszumerzen. So hat sie, Brigitte, es niemals fertiggebracht, jenem Satz abzuschwören, den sie sowohl Konrad wie Uli und auch Elisabeth in den Mund legt: »Ich werde vor denen nicht knieen.« Der die Haltung des Marquis Posa bezeugt, den Stolz vor Königsthronen.

Aber ihr Hauptthema – neben menschlicher Selbstbehauptung und dem Eifer sozialistischer Argumentation – ist die menschliche Beziehung ihrer Figuren, die Liebe zueinander, die die Leidenschaftlichkeit ihrer Auseinandersetzung begründet. Es gibt weder eine Problemlösung, zu der Einsichten geliefert werden müßten, noch eine Zwangslösung, die oktroyiert wird. Die Liebe diktiert vielmehr sowohl Elisabeth wie Uli die letzten Entscheidungen.

Brigitte setzt ihre Erlebnisse nahezu unverhüllt in Szene. So beschreibt sie die Anfänge ihres Stasitraumas und setzt dieses Kapitel eigensinnig gegen die Einwände des Verlages durch. Teile aus ihrem Tagebuch finden wir hier wieder. Allerdings werden die brutalen Vorgänge in der Geschichte nicht in voller Breite geschildert, sondern nur angedeutet.

Sie erhält von – fast – allen Seiten Lob. Bodo Uhse, ein sehr geliebter Freund, dessen Protegé Daniel einst war und den auch Brigitte in ihr Herz geschlossen hat, bittet sie um einen Beitrag für *Sinn und Form.* »... er hat, einer der wenigen, das Süß-Unheimliche dieser Geschwisterliebe erkannt und benannt. Es klingt aber immer Bitterkeit durch, das Unbehagen – und mehr als Unbehagen – an einer Zeit, die dem Schriftsteller die Lust am Schreiben nimmt.«

Sie ist nun bekannt und wird aufgefordert, zu Ulbrichts 70. Geburtstag einen Aufsatz zu schreiben, eine Eloge, versteht sich. Sie kann und will es nicht. »Dutzendmal« treten sowohl das Ministerium für Kultur als auch der Aufbau-Verlag an sie heran, aber sie weigert sich standhaft, »und wenn ich bei ihnen verschissen hab in alle Ewigkeit«. Alexander Abusch, der Kulturminister, erteilt ihr bei einem späteren Treffen eine sanfte Rüge, die er gleich wieder zurücknimmt (oder wollte er vielleicht nichts Genaueres hören?): Die Zeit sei ja wohl auch ein wenig kurz bemessen gewesen. Genaueres über ihre wirklichen Beweggründe wollte er lieber nicht wissen.

Auf der Schriftstellerkonferenz Ende Mai 1963 erhält sie viel Lob für ihre »Geschwister«. Die Zeitungen schreiben eine Menge Schmeichelhaftes, und Abusch schwärmt, sie habe nicht nur ein kluges, sondern auch ein bezauberndes Buch, ein Buch mit Charme, geschrieben. Es beschleichen sie die üblichen Ängste, ob sie den Erwartungen, die aus solchem Lob erwachsen, künftig wird entsprechen können.
Lange Zeit hat Brigitte sich gequält, um Jon aus ihrem Leben herauszuhalten. Immer wieder finden wir Tagebuchstellen, in denen sie ihre Liebe zu Daniel beteuert, ihn als »den einzigen«, als die große Liebe ihres Lebens bezeichnet, während Jon mit Kritik und Vorwürfen bedacht wird. »Er zerstört mein Leben.« Sie kritisiert immer wieder seinen Charakter, streitet sich mit ihm, ist unglücklich, weil sie Daniel verletzt. Der kennt sie genau. Er schreibt ihr von einer Reise: »Es wird in deinem Leben immer so sein: Immer Arbeitstrubel, immer Leutetrubel, immer Ämter- und Ehrentrubel, immer Anbetertrubel; und die Ursache liegt in Dir selbst: Du bist ein Muster an Unrast, Unruhe und Nichtseßhaftigkeit, und sicher wird gerade daraus Dein Talent gespeist. Ruhe wirst Du niemals finden ... Vielleicht werde ich auch anfangen, ein bißchen arbeitsegoistischer zu werden ... ›Bin nicht zu sprechen – arbeite‹ – wenn Du klopfen kommst, und natürlich werde ich aufmachen und meinen Kram weglegen, und ich werde Dein Jammern und Wehklagen von der vielen Denk-, Schreib- und Sitzungsarbeit und all der vielen anderen Nebendinge, einschließlich K., anhören und Dich zu trösten versuchen. So ist das Leben, so ist es mit Dir, und so habe ich's gewählt, und so liebe ich es schließlich und letzten Endes.«
Aber all seine Liebe, all das Verständnis und seine Geduld kön-

nen Jon nicht mehr verhindern. »Ich habe niemals diese Lust verspürt wie bei ihm.« Die Dämme brechen.

»Ich bin rasend verliebt in Jon. Ich kann nicht mehr mit Daniel schlafen. Wir leben wie Bruder und Schwester.« Aber zu Jon immer wieder: »Und dabei stößt mich soviel an ihm ab.«

Als ich Daniel über diese Zeit befragte, auch aus einer gewissen Ratlosigkeit heraus, wieso denn eine von beiden Seiten so innig erlebte Beziehung schließlich scheitern mußte, war selbst nach so langer Zeit noch etwas von dem Groll zu spüren, den er schließlich doch brauchte, um sich nicht ganz aufzugeben. Er antwortete: »Ich vermute, der K. war einfach der bessere Hahn.«

10. KAPITEL

Die Dame Franziska

Professor Hermann Henselmann, Berliner Architekt, umstritten, aber bekannt und berühmt, schreibt Brigitte zu ihren »Geschwistern«: »Ihr Buch ... regt unsere ganze große Familie auf... Sie sind so dicht dran an unserem gemeinsamen Leben, daß Sie von nun an zu unserer Familie gehören.«
Auch habe er in einer Präsidiumssitzung des Bundes Deutscher Architekten darauf hingewiesen, daß sie mit Recht im Nationalrat den Mangel an Intimität benannt habe, der in Hoyerswerda festzustellen sei.
Brigitte hat immer öffentlich beklagt, wie wenig Geselligkeit die schwer arbeitenden Menschen in dieser schnell gewachsenen Stadt finden, wie wenig Begegnungsstätten es gibt und wie phantasielos und öde die wenigen Kneipen eingerichtet sind. Die jungen Leute haben kein Kino, keine Tanzstätten, kein Klubhaus, keinerlei Zerstreuung. Sie hat in der *Lausitzer*

Rundschau einen Artikel veröffentlicht unter der Überschrift »Kann man in Hoyerswerda küssen?«, der eine Menge Mißverständnisse erzeugt, darunter auch wohlgewollte, die die Verantwortlichen lancieren. Aber sie hat nie aufgehört, diese Mängel anzuprangern, und findet natürlich Zustimmung in der Bevölkerung. Obwohl die Zuschriften der Betroffenen nicht einmütig sind und viele erklären, daß sie mit dem, was sie haben, zufrieden sind und das Glück preisen, nach langer Wartezeit endlich eine Wohnung mit Fernheizung und Bad bekommen zu haben. Das wiederholt auftauchende Gegenargument, mit dem sie sich auch in ihrer »Franziska« auseinandersetzen wird, ist die Notwendigkeit zur Beseitigung der Wohnungsnot, die die Verantwortlichen immer wieder anführen, um die Vernachlässigung von Freizeiteinrichtungen zu rechtfertigen.
Henselmann gibt ihr jedoch recht: »Den meisten Dingen, die wir bauen, mangelt es an Dialektik. Denn natürlich kann Großräumigkeit nur entstehen, wenn sich ihr die Intimität hinzugesellt.« Brigitte antwortet und erzählt ihm von einem Roman, der ihr vorschwebt und dessen Held Architekt sein wird, »und nun versuche ich zu erfahren, wie weit die Architektur einer Stadt das Lebensgefühl ihrer Bewohner zu prägen vermag«.
Henselmann lädt sie ein, seine Baustelle zu besuchen. Er baut gerade am Haus des Lehrers am Alexanderplatz in Berlin und will ihr auch andere Pläne vorstellen, die nicht durchgeführt wurden, sie aber vielleicht besonders interessieren. Außerdem wollen seine Familie und er selbst sie kennenlernen. Sie soll, wenn sie in Berlin ist, einen Besuch mit Daniel einplanen.
Brigitte zögert lange. Sie fürchtet sich vor ihrer »krampfigen Schüchternheit«, die sie »mit Blödigkeit« schlägt. Auch bei Anna Seghers brachte sie kein Wort heraus, ja konnte ihren Ausführungen nicht einmal folgen, als sie von ihr in ein Gespräch gezogen wurde, obwohl sie sich nichts sehnlicher gewünscht hatte, als von der Angebeteten beachtet zu werden.

Am 2. Juli 1963 schreibt sie ihm, daß sie nicht imstande sei, seinen Brief zu beantworten, weil Bodo Uhses Tod sie sehr betrübe. Einer der wenigen bei uns, schreibt sie, die sich auch für eine andere Kunst, die Malerei, begeisterten.

Schließlich notiert sie am 9. Juli, daß sie am nächsten Tag nach Berlin zu Professor Henselmann fahren wird. »Nun habe ich Furcht, nicht zu bestehen.«

Aber Henselmann ist von umwerfender Vitalität. Er kommt ihnen mit ausgestreckten Armen entgegen, umarmt sie, küßt sie und duzt sie ohne Umstände. (Brigitte hat ihn niemals geduzt und ihn stets mit seinem Titel angeredet.)

Die Familie ist versammelt, und es ist ein Fest zu ihren Ehren vorbereitet. Sie und Daniel verlieben sich in ihn und die ganze Familie. »... er ist so lebendig, so maßlos, so unbedacht und empfindsam, er ist gütig, er ist ein Künstler ... wird laut und begeistert, listig und melancholisch ... der ganze Mann ist ein Feuerwerk, ein Vulkan von Ideen und Leidenschaften.«

Henselmanns Stellung in der Partei und unter Kollegen ist problematisch. Er spricht von der »Diktatur der Unbegabten« und macht sich natürlich Feinde. Allerdings schränkt er seine Bewertung dahin gehend ein, daß alle diese Architekten zwar »sauber, gut, zweckmäßig bauen«, nur dürfe man dies nicht als Baukunst bezeichnen.

Brigitte wird vor ihm gewarnt, der »schillernden Seifenblase«, dem »Verführer der Jugend«. »Dies nun ist wahr«, schreibt sie. »Er hat uns auch verführt, und wir sind nur zu glücklich darüber.«

Der Parteisekretär Kurt Ullmann von VEB Berlin-Projekt (VEB = Volkseigene Betriebe) bittet sie zu sich, um ihr seine Bedenken vorzutragen. Die Parteigruppe mache sich Sorgen, daß sie diesem Demagogen in die Hände fallen könne. Henselmann sei ein Mephisto, der politisch gefährlich und fachlich uninteressant sei. Ullmann wirft ihm den Bau der Stalinallee vor (bei der er die Turmhauspaare am Strausberger Platz und am Frankfurter Tor entworfen hat), den Zuckerbäckerstil, gegen den seine und die anderen daran beteiligten Architektengruppen sich hätten wehren müssen. Brigitte weiß – und Ullmann weiß es auch –, daß dies ein Parteiauftrag war. Henselmann hatte damals wie heute große Schwierigkeiten und wollte in den Westen flüchten. Brecht hat ihn zurückgehalten, der damals selbst unter Druck stand und »eine Nacht lang um seine Seele rang«. Seitdem waren sie Freunde.

Henselmann zeigt Brigitte und Daniel sein im Bau befindliches Kulturhaus. Sie finden es modern und großzügig. Später, wenn es fertig und eingerichtet ist, wird Brigitte ihm auf seine Fragen schreiben: »Wie, und ich hätte Ihnen nichts gesagt von der köstlichen Anmut Ihres Saals im Lehrer-Haus? Nichts über das zärtliche Glasspiel unter der Kuppel, über die schwebende Leichtigkeit der Treppen, die Farben, über die Weltraumsessel und (ich wette, sie waren Ihr Einfall) die verrückten Krokodilleder-Sessel im Imbißraum? Ich glaubte überall Sie wiederzuerkennen, Ihr Auge, Ihren Geschmack, Ihre Lust an einer grazilen Pracht...«

Am selben Abend wird er für den noch unfertigen Rohbau herb kritisiert, und es trifft ihn hart. Aber dann lacht er wieder: »Ich werde bereuen. Ich baue weiter.« Und das tut er auch. Auf der 7. Plenartagung »Ideologische Fragen des Städtebaus und der Architektur« am 12. Juli 1963 übt er Selbstkritik.

Der neunundachtzigjährige Henselmann reagiert nach mehr als dreißig Jahren auf den Vorhalt dieses Rededokuments: »Sie wissen, daß diese Rede eine Lüge war? Damals befolgte ich den Rat meines Freundes Brecht: Wenn du von der Partei angegriffen wirst, mußt du bereuen, und weitermachen.«

Im Oktober besucht Henselmann sie und erzählt, daß er auf dieser 7. Plenartagung mit existenzbedrohenden Vorwürfen bedacht worden ist. Henselmann sabotiere wissentlich das sozialistische Bauwesen, sei somit ein Staatsfeind. Die Vorwürfe sind die Rache für Henselmanns Bemerkung von der Diktatur der Unbegabten, mit der sich natürlich Architekten vom Schlage eines Paulick angesprochen fühlen, der bis 1961 Chefarchitekt von Hoyerswerda war und die »Magistrale verbrochen hat«. Brigitte notiert: »Henselmann kann mich nicht mehr täuschen; ich sah ja auch, wie erbarmungswürdig seine Hände zittern.« Natürlich gibt es auch Schattenseiten seines Wirkens bei der Jugend, die ihm begeistert folgt. Brigitte schreibt: »Er hat ihnen den Traum von der großen Baukunst mitgegeben – und sie zeichnen Türen.«

Die *Lausitzer Rundschau* hat nach langem Zögern einen weiteren Artikel von Brigitte aufgenommen, »Bemerkungen zu einer neuen Stadt«, in dem sie wiederum die Mängel in der Neustadt von Hoyerswerda benennt. Sie verteidigt noch einmal ihre Kritik gegen die – auch kontroversen – Zuschriften und Mißverständnisse auf ihren Artikel »Kann man in Hoyerswerda küssen?« Jetzt erhält sie viel Beifall von der Basis. Der Widerspruch kommt von denen, die diese Mängel und Scheußlichkeiten zu verantworten haben. Den Chefarchitekten Richard Paulick, der bis 1961 in Hoyerswerda amtierte und sich dann auf seine Vizepräsidentschaft bei der Deutschen Bauakademie zurückzog, hat sie sich zum Feind gemacht. Die SED-Kreisleitung reagiert jedoch schnell und stellt den Bau eines Klubhauses in Aussicht.
Später berichtet Brigitte von einem Besuch des Chefarchitekten Hamburger, der Richard Paulick abgelöst hat, Versöhnliches. Er bietet ihr seine fachliche Hilfe für ihr neues Buch an, »er ist ein müder alter Mann ... Er sagt, er habe sich vorgestellt, er werde eine wunderschöne neue Stadt bauen und später, wenn er alt ist, zuweilen aus Dresden rüberkommen, die Straßen entlanggehen und in seiner Stadt einen Kaffee trinken.«
Es geht bei der Diskussion um den Städtebau immer wieder um diese Positionen: einmal um die Notwendigkeit, auf schnellstem Wege Wohnungen zu erstellen mit Hilfe der industriellen Bauweise, dem sogenannten Plattenbau, und zum anderen um

die begleitende Infrastruktur und die architektonische Harmonie der Städte. Brigitte fragt sich, ob diese »Typenhäuser« die sozialistische Bauweise repräsentieren können, ob es überhaupt eine klassenspezifische Bauweise gibt, da sie beim Vergleich starke Ähnlichkeiten der westdeutschen mit der ostdeutschen modernen Architektur feststellt.
Brigitte wird Berge von Büchern wälzen, Mengen von Aufsätzen lesen, die Henselmann ihr schickt. Ihr Traum ist, dieses Problem in ihrem Roman von Franziska, der Architektin, nicht nur von allen Seiten zu beleuchten, sondern ihm auf den Grund zu kommen.

Am 25. Juli 1963 notiert Brigitte: »Seit gestern in der Charité.« Daniel hat sie hingefahren. Sie will sich die Brust verkleinern lassen. Sie schreibt dazu nichts Näheres; etwa wie sie zu einem solchen Entschluß gekommen ist und was Jon dazu sagt. Daniel, den ich gefragt habe, grollend: »Das hat ihr der K. eingeredet.« Sie selbst schreibt kein Wort über die Gründe, nur daß sie große Angst vor der Operation hat. Als alle Begleiter gegangen sind und sie allein in ihrem Krankenzimmer ist in Erwartung der Operation, die am anderen Tag durchgeführt werden soll, weint sie vor Angst und ruft nach Daniel. Er ist noch in Berlin, kommt sofort aus dem Hotel zu ihr und tröstet sie. »Trotz der leidenschaftlichen Liebe zu Jon – das Gefühl von Geborgenheit habe ich nur bei Daniel.«
Die Operation ist unangenehm: »Scheußliche Woche, blutig und schmutzig und heiß, voll Fieber und Schmerzen. Mein Daniel war bei mir, einmal, als er mich angerufen und am Telefon hatte weinen hören, fuhr er gleich von Hoyerswerda ab. Er ist unvergleichlich.«
Zurück in Hoyerswerda, spricht Daniel mit ihr über die Scheidung. Sie glauben, unabhängig zu sein von den Papieren, die Ämter ausstellen, glauben, daß sich an ihrem Verhältnis zueinander nichts ändern wird. Brigitte begreift jedoch, wie sehr

Daniel unter ihrem Verhältnis zu Jon gelitten hat, was sie ihm angetan hat, ohne es letztlich vermeiden zu können. Er kann nicht so weitermachen, es geht über seine Kraft. Er braucht die Scheidung.
Er hat Brigitte zum letzten Mal vor die Wahl gestellt: Wenn sie Jon wegschickt, weit, und ihn endgültig verbannt, können sie versuchen, noch einmal neu anzufangen. Brigitte schweigt dazu. Sie kann ihm den eigentlichen Grund nicht nennen, den Daniel schon ahnt, aber noch nicht wahrhaben will: Sie hat bei Jon ihren Körper entdeckt und die Faszination der körperlichen Liebe. Von vornherein zeichnet sich in ihrem Verhältnis zu Jon diese Abhängigkeit ab, bis sie so stark wird, daß alles Wehren vergeblich ist. Man kann ihr nicht vorwerfen, daß sie nichts unternommen habe, ihre Ehe zu retten. Immer wieder hat sie versucht, sich von Jon zu trennen, sie hat sich gequält, sich seine negativen Eigenschaften beschwörend vor Augen gehalten. Sie weiß, was Daniel für sie ist, und sie weiß auch, daß er besser für sie ist als Jon. Sie liebt ihn von ganzem Herzen, aber ihre Abenteuerlust, ihr Drang, aufs Meer hinauszufahren, nicht im Hafen zu ankern, ihr ungestümes Lebensgefühl treiben sie zu Jon.

Überraschend erhält sie Anfang Oktober eine Order, als Delegierte des Deutschen Schriftstellerverbandes nach Moskau zu fahren, zur Woche des Deutschen Buches. Christa Wolf wird ebenfalls dabeisein. Sie zögert, hat Angst, will nicht fahren, tut es aber schließlich doch.
Sie berichtet von Moskau, von Land und Leuten, von Menschen, zum Teil grau und früh gealtert, besonders die Frauen, aber auch von fröhlichen, zutraulichen, die sie unbekümmert einbeziehen in ihre Gespräche. Und alle scheinen auf dem Weg zur Arbeit zu lesen, sowohl auf der endlosen Metrotreppe wie im Taxi, wenn der Fahrer auf Kunden wartet; bei den Müttern liegt das Buch im Kinderwagen. Vor den Buchläden stehen riesenlange Schlangen.

Sie sucht ihr Schulrussisch zusammen, um mit den Menschen zu sprechen, und findet natürlich auch einen schönen schwarzen Georgier mit langen schwarzen Wimpern, der sich sofort heftig in sie verliebt und sie stürmisch umwirbt: »Nur drei wissen es; Giorgij, Brigitte und Gott.« Christa paßt auf sie auf, amüsiert und mütterlich. Natürlich gibt es noch eine ganze Menge Bewerber, aber Brigitte bleibt fest. Sie freundet sich mit Christa Wolf an: »Christa ist so ein Mensch, dem man alles sagen kann, und man weiß es bewahrt. Sie lacht über mich, aber ganz freundlich: ich sei schizophren und überhaupt eine schreckliche Person ... ich mag sie sehr leiden.«
Vom Verlag Molodaja Gwardija, der »Die Ankunft im Alltag« auf russisch herausbringt, erhält Brigitte 850 Rubel – eine Menge Geld.
Sie besichtigen die Lomonossow-Universität, die ihr beklemmend prunkvoll erscheint. Auch die Metro ist – mit Marmor, Gemälden und Lüstern beladen – ein ungewohntes Bild. Sie berichtet vom neuen modernen Pionierpalast, wunderschön, mit »riesigen Glasfronten, schwebenden Treppen ... einer Tropenhalle mit Bassin und windenden Pflanzen unter Lichtkuppeln. Es gibt Hunderte Räume für Zirkel aller Art ... Ballettsaal, zwei Theater mit technisch vollkommener Einrichtung, ein Astronautenraum mit Druckkammer ... Als das Haus (eigentlich eine geschickt verbundene Kette von Häusern) gebaut wurde, gab es eine große Formalismus-Diskussion, der erst Chruschtschow ein Ende machte. Ich habe in keiner westlichen Architekturzeitschrift ein schöneres, helleres Haus gefunden – und es ... bietet Platz für 7000 Kinder.«
Sie erzählt auch von Kostja, der unter Stalin zum Tode verurteilt worden war und zu fünfundzwanzig Jahren Straflager Workuta begnadigt wurde. Fünf Jahre hat er dort abgesessen, und seine Gesundheit ist ruiniert. Kostja hat eine Sammlung mit »Briefen und Bildern großer Männer ... Ich begriff plötzlich, wer Pasternak war, als ich seine Bilder sah. Es war wie ein

Schlag aufs Herz, ein Indianergesicht, das schönste und kühnste Gesicht, das ich je sah. Ich hätte ihn geliebt, vom ersten Augenblick.« Kostja erzählt Grauenhaftes von Workuta. Er zeigt ihr ein Buch, das Pasternak ihm dorthin geschickt hat mit einer Widmung »...mit heißem Kuß und inniger Umarmung...« und: »Kostja, sie mögen sagen, was sie wollen – ich weiß, du bist ein Prachtkerl.«
Die Georgier lieben Stalin noch immer, sagt Kostja. Das kann Brigitte nicht glauben, aber als sie Giorgij danach fragt, bejaht er es: »Stalin ist ein Georgier.« Er gibt zu, daß er die Blüte der russischen Intelligenz vernichtet hat, aber Giorgij – stolz: »Aber er ist Georgier.«
Daniel holt sie bei ihrer Rückkehr am Flughafen ab. Sie erzählt – auch von dem schönen Giorgij. Er amüsiert sich, »verlangte aber, sanft rachsüchtig, ich solle auch Jon davon erzählen«.
Am 23. November 1963 notiert sie in ihrem Tagebuch: »Heute habe ich das Buch ›Franziska‹ begonnen.« Vier Tage später dann, daß sie die ersten Seiten weggeworfen, daß sie immer wieder angefangen habe – Interesselosigkeit an ihrer Umgebung, üble Laune. In einem Brief an Henselmann: »Ich will erzählen und erzählen – und ich stottere.« Sie schreibt ihm auch, daß sie das erste Kapitel des Romans wieder vernichtet habe. »Fand meine Dame Franziska dekadent und verkommen und von ganz unsozialistischer Traurigkeit – und heute morgen fiel mir ein, daß sich dagegen nichts sagen läßt, die Kurve beginnt an einem Tiefpunkt, wie sollte ich sonst eine Steigerung nachzeichnen.« Das Glück und die Qual beginnen, die dieses letzte Buch ihr bereiten werden.
Ablenkungen wie gehabt: Besucher, Reporter, endlose Diskussionen, Sitzungen.
An Henselmann schreibt sie: »Ich begreife wirklich nicht, warum sie zu meinen Klagen über Zeitnot verständnisvoll die Häupter neigen,während sie aus der Rocktasche schon die Einladung zur nächsten Sitzung ziehen.«

Daniel, dem sie Monate später, an Ostern, die ersten Manuskriptseiten zeigt, ist hellauf begeistert von Franziskas Pubertätserlebnissen. Er lobt die Anlage und die Sprache. Das macht Brigitte ganz besonders stolz. Sie klagt ihm, wie sie sich hat quälen müssen, bis ihr ebendieser Anfang eingefallen sei, und welche Schwierigkeiten sie auch weiterhin mit dem Schreiben habe.

Daniel gestand mir in unserem Gespräch, daß er ein Gefühl der Genugtuung nicht habe unterdrücken können, von Brigitte, die immer relativ schnell und – wie Caspar stets gerügt habe – routiniert geschrieben habe, das Eingeständnis ihrer Schreibqualen zu hören. Er, dem sie immer seine Skrupel, seine Sorgfalt und Langsamkeit vorgeworfen hatte, fühlte sich zum ersten Mal verstanden.

Das Buch beginnt aufregend und bleibt es bis zum Schluß:

»Ach Ben, Ben, wo bist du vor einem Jahr gewesen, wo vor drei Jahren? Welche Straßen bist du gegangen, in welchen Flüssen hast du gebadet, mit welchen Frauen geschlafen? Wiederholst du nur eine geübte Geste, wenn du mein Ohr küßt oder die Armbeuge? Ich bin verrückt vor Eifersucht ... Die Gegenwart macht mir nicht angst ... aber deine Erinnerungen, gegen die ich mich nicht wehren kann, die Bilder in deinem Kopf, die ich nicht sehen kann, ein Schmerz, den ich nicht geteilt habe ... Ich möchte mein Leben verdreifachen, um nachzuholen, die lange lange Zeit, als es dich nicht gab.«

11. KAPITEL

Mit Zärtlichkeit gekommen – mit Zärtlichkeit gegangen

Brigitte fährt 1964 nach Berlin zur zweiten Sitzung der Jugendkommission. Sie ist seit Oktober 1963 Mitglied der Jugendkommission beim Politbüro der SED, die Ulbricht im Juli 1963 ins Leben gerufen hat, um Probleme der Jugend aufzugreifen und eventuell eine Modernisierung des Systems durch immanente Reformen zu erreichen. Die Unzufriedenheit der Jugend mit den starren, dogmatischen Zuständen in der DDR ist evident. Dem will man begegnen. Natürlich soll sie auf diese Weise nicht nur besänftigt, sondern auch kontrolliert werden.

Zwei Gäste berichten über die Begegnung mit westdeutschen Studentenverbänden: Dr. Korn und Dr. Ottersberg. Zu dieser Reise waren sie von der Hamburger Zeitung *Die Zeit* eingeladen worden. Von Dr. Kurt Ottersberg, einem Historiker, berichtet Brigitte, daß er mit der »ganzen Unbefangenheit des Wissenschaftlers über Erscheinungen des Dogmatismus sprach«. Daß nämlich in der Parteiführung der DDR, im Gegensatz zu anderen Staaten des Warschauer Pakts, seit dem XX. Parteitag der KPdSU 1956 nichts verändert worden sei. »Er verletzte eine Menge großer Tabus.«

Daniel hält sich in dieser Zeit im Schriftstellerheim »Friedrich Wolf« in Petzow auf, in jener Villa, in der er Brigitte zum ersten Mal getroffen hat. Sie fährt nach Petzow, um ihn zu sehen. »Wir waren sehr aufgeregt und – einfach glücklich.« Er bringt sie nach Hause und sagt beim Abschied: Es ist eine Katastrophe. Sie wissen es beide. Sie schickt ihm rote Nelken zum Geburtstag, zankt sich mit Jon, ist gereizt und unglücklich.

Ihr Verhältnis zu Jon ist in dieser Zeit sehr gespannt. Er übt harsche Kritik an ihr, klagt sie eines oberflächlichen Denkens an; kein Problem könne sie zu Ende denken, sie schreibe ihre Gedanken nieder, ohne eine Lösung auf die Fragen gefunden zu haben, die sie untersuche. Kurz: Sie habe keinen »ordnenden Verstand«. Brigitte, deren Minderwertigkeitskomplexe immer unter der Oberfläche scheinbaren Selbstvertrauens lauern, ist völlig verunsichert. Sie zweifelt an ihrer Intelligenz, macht im Kreis von Leuten kaum noch den Mund auf, zieht sich zurück von Jon, depressiv und von Kopfschmerz geplagt. Sie löckt zwar gegen den Stachel und meint, wie kann denn einer allein Lösungen finden, warum nicht mitreden, ohne letzte Gültigkeiten zu bieten. Aber sie findet sich selbst »zu spontan ... zu freudig in meinen Entdeckungen«.

Sie ist dieser männlichen Pseudologik hilflos ausgeliefert, die außerstande ist zu begreifen, daß es auch andere Wege der Problembewältigung gibt, nämlich Gefühl und Intuition, daß man einer Menge von Problemen gar nicht anders auf die Spur kommt als durch Einfühlung und schöpferische Eingebung.

Das Ergebnis dieser rüden Angriffe, die den Kern ihres Wesens in Frage stellen: Sie ist außerstande zu schreiben. Immer wieder während der Produktion dieses Buches wird sie solchen Verun-

sicherungen unterworfen werden, nicht nur von Jon, und wird so in ihrem Schreibfluß und ihrer Schreibfreude gehemmt.
Nun ist sie ja Kritik durchaus zugänglich, wie ihre Lektoren bestätigen würden. Jons systematisch betriebene Verunsicherung, ja Zerstörung, ist jedoch etwas anderes. Sie schlägt sich bereits in ihrer Arbeit nieder. Bei einem zweitägigen Besuch Brigittes in Petzow liest Lewerenz im Manuskript und bemängelt, es fehle ihm an »originellen Details«. Brigitte akzeptiert diese Kritik: »Es ist von des Gedankens Blässe angekränkelt, ich beginne zu philosophieren.« Sie wird – zum wievielten Mal? – neu beginnen.
Henselmann, den sie in Berlin aufsucht, spürt, ohne daß sie ihm etwas davon erzählt, was mit ihr los ist. Er kommt bei einer Analyse ihres Verhältnisses zu Jon der schweigenden Brigitte gegenüber zu dem Schluß, Jon rede ihr ein, sie sei dumm, um sie an sich zu binden. Sie glaubt, ihm etwas verschweigen zu müssen, die »körperliche Fessel«. Aber Henselmann weiß längst, was vorgeht. Zu Daniel wird er sagen, daß ihm klar ist, was Brigitte an Jon bindet: »Er hat einen Ludergeruch.«
Sie ist wie gelähmt. Sie hat Herzattacken und Depressionen und Sehnsucht nach Daniel.
Aber die Fremdheit zwischen ihr und Jon hält nicht lange an.
Die Dorli-Schwester mit der kleinen Susanne kommt zu Besuch. Sie hilft ihr zwar nicht über diese Probleme hinweg, aber tut ihrem Herzen gut. Das Verhältnis zu ihrer Schwester ist von ungetrübter und wohltuender Herzlichkeit. Die beiden lieben sich innig, und nie wird ein Schatten auf dieses liebevolle Verhältnis fallen. Brigitte schreibt neidlos, wie anmutig und bezaubernd die junge Frau aussieht. Sie beschenkt sie und bewundert, mit welcher Grazie sie die neuen Kleider trägt. In der Dokumentation »Ankunft und Abschied«, die Heide Hampel und Jürgen Tremper über Brigitte Reimann gedreht haben, spricht auch Dorothea Hermann – Dorli – über ihre Schwester. Und der Glanz schwesterliche Liebe und ein Ausdruck von Ver-

teidigungsbereitschaft liegen auf ihrem Gesicht, wenn sie sagt: »Brigitte war für mich nicht nur eine großartige Schriftstellerin, sondern auch eine wunderbare Schwester. Ich lasse nichts auf sie kommen.«

Brigitte wird krank. Fieber, Übelkeit, Depressionen. Es fängt an, als Daniel von einer langen Abwesenheit – den ganzen Sommer über – spricht. Er hat noch keine eigene Wohnung und drängt nun auf die Scheidung. Er kann die kaum verborgene Häme in den Anspielungen auf seine Situation nicht mehr ertragen, den Klatsch, den Rat guter Freunde. Sie leiden beide. »Wir lieben uns ja, trotz allem und allem.« Im Herbst, wenn er zurückkommt, wollen sie die Scheidung einreichen.

»Ich war so traurig, ich will den Jon ja nicht heiraten... Wir sind beide ganz verzweifelt. Ich bereue tausendmal – nicht all die Stunden mit Jon, aber den Beginn, diese Schwäche, nicht rechtzeitig geflohen zu sein... Jetzt ist es zu spät... Es sind nicht nur die fünf Jahre. Es ist meine bessere Seele, die sich in Daniel wiederfindet. Das habe ich verspielt.«

Im Mai schläft sie noch einmal mit Daniel. Er bittet sie darum. Sie wissen beide, daß dies ein Abschied ist, kein Neuanfang. »Mit Zärtlichkeit gekommen, mit Zärtlichkeit gegangen«, sagt Daniel.

Jon ist in dieser Zeit auch unglücklich. Er ist – im Gegensatz zu Daniel, den alle mögen – der Finsterling, der Problematische, der Unbeliebte. Ihm gibt man die Schuld am Scheitern der Partnerschaft der beiden, er ist der Ehebrecher. Und er liebt Brigitte, daran gibt es keinen Zweifel. Er sieht, wie sie unter der Trennung leidet, wie ihr Verhalten zu ihm, Jon, abkühlt. Er verkrampft sich im Trotz, und sie kommt ihm nicht entgegen. Zwar ist sie »halb verrückt vor Sehnsucht«, aber er tut den ersten Schritt. »Ich wußte, daß er kommen wird. Er soll mir noch aus der Hand fressen, der Verfluchte.«

Aber an anderer Stelle schreibt sie auch, wie lieb und fürsorglich er sein kann, wie zart und behutsam und liebevoll.

12. KAPITEL

Wie gehabt

Ende März bekommt Brigitte interessanten Besuch aus Amerika, von zwei Journalisten von der *New York Herald Tribune*. Sie wollen hören, wieweit sich die Parteigremien in ihre Gespräche und Produktionen einmischen und sie dominieren. Brigitte fühlt sich außerstande, ihnen die Wahrheit zu sagen. Sie verteidigt Dinge, die sie sonst leidenschaftlich kritisiert. Hinterher notiert sie: »Begriff, warum wir über manche Dinge nur unter Freunden sprechen. Vor Fremden sind sie zu blamabel.«
Doch fehlt es auch nicht an Bestrebungen, zu einem freieren Kunstbegriff zu kommen und den Dogmatismus der Partei zu bekämpfen. Bei einem Kongreß des Verbandes Bildender Künstler vom 24. bis 26. März 1964 in Berlin sagt der Bildhauer Fritz Cremer in einem Vortrag unter dem Beifall seiner Schüler, daß die Einheit von Politik, Ökonomie und Kunst in Frage zu

Brigitte Reimann als junges Mädchen im Alter von ca. zwölf Jahren.
(Foto: Literaturzentrum e.V., Neubrandenburg)

Mit Siegfried Pitschmann in Brigittes Zimmer in Hoyerswerda.
(Foto: Literaturzentrum e.V., Neubrandenburg/Humann)

Brigitte Reimann und Siegfried Pitschmann – einmal ganz entspannt.
(Foto: Literaturzentrum e.V., Neubrandenburg)

Brigitte Reimann auf der 1. Jahreskonferenz der Deutschen Schriftsteller 1966.
(Foto: Literaturzentrum e.V., Neubrandenburg/K. Morgenstern)

RECHTE SEITE OBEN
Brigitte Reimann liest am 9. Dezember 1966 anläßlich der Feier zum zwanzigjährigen Bestehen des Verlags Neues Leben aus ihrem Manuskript. Neben ihr Cheflektor Walter Lewerenz.
(Foto: Privatarchiv Walter Lewerenz/Zentralbild Franke)

RECHTE SEITE UNTEN
Literaturforum in Neubrandenburg 1969. Von links nach rechts: Helmut Sakowski, Ursula Karusseit, Brigitte Reimann, Günther Schoß.
(Foto: Literaturzentrum e.V., Neubrandenburg/Klaus-J. Roloff)

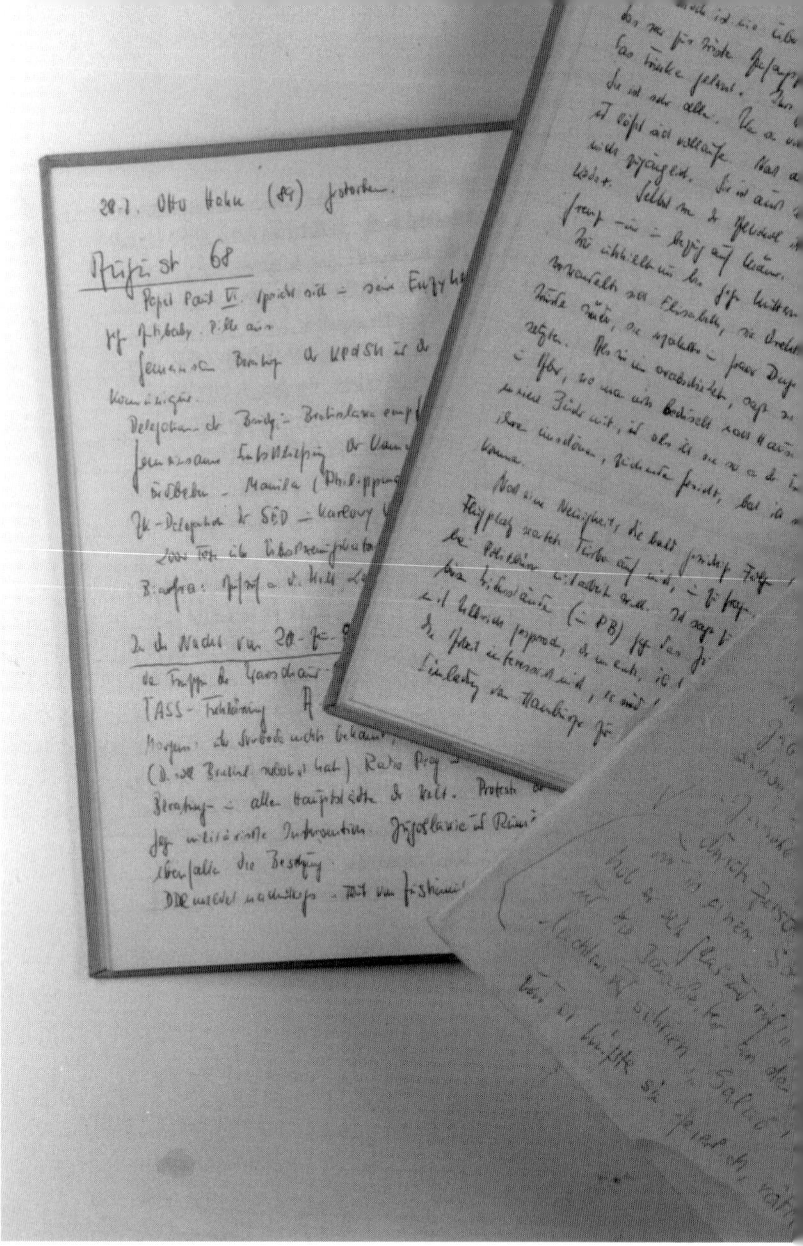

Brigitte Reimanns Tagebücher sowie eine Seit

(Foto: Literaturzentrur

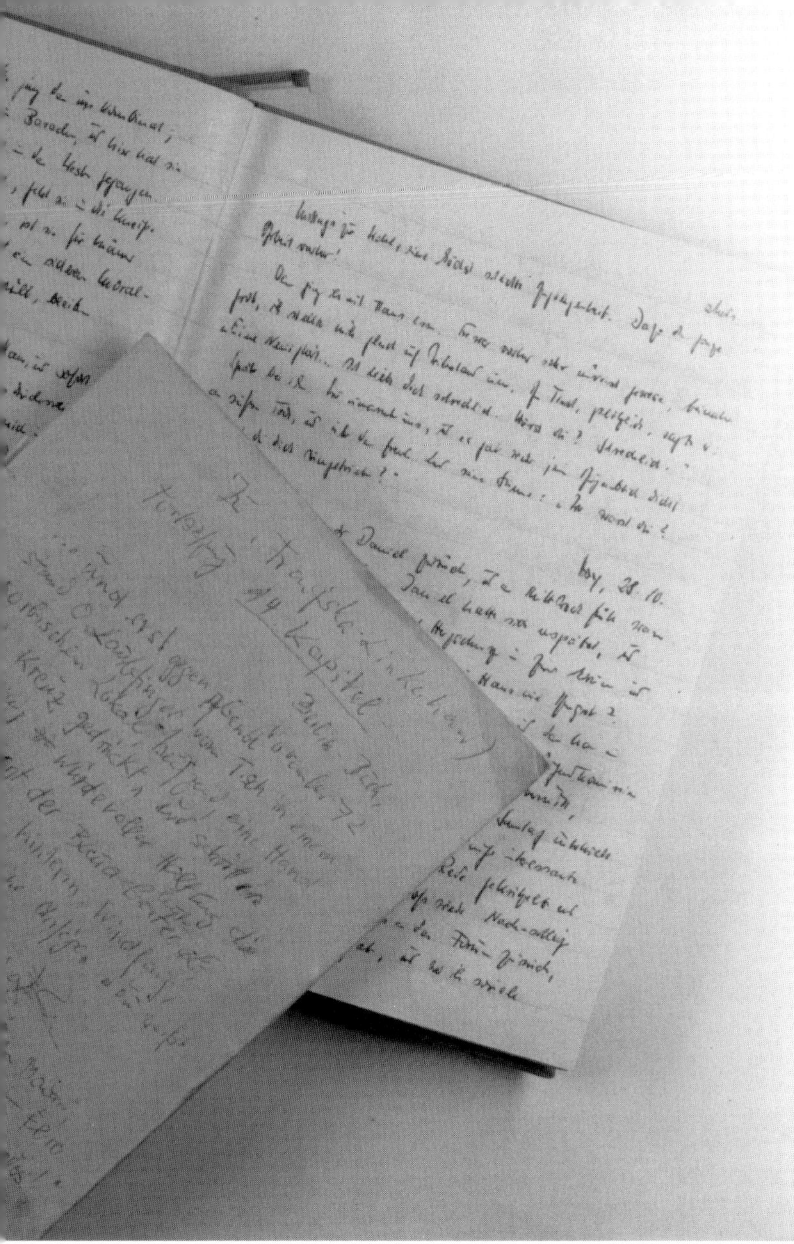

:us dem Manuskript von »Franziska Linkerhand«.
.V., Neubrandenburg)

Brigitte Reimann in ihrem letzten Domizil in der Gartenstraße in Neubrandenburg, nach 1968.
(Foto: Literaturzentrum e.V., Neubrandenburg/Dieter Jürn)

stellen sei. Außerdem brauche die sozialistische Kunst kein Schönheitsideal, sondern Wahrheit. Alles sei schön, was dem Reichtum des Menschengeistes entspringe.

Die letzte Behauptung grenzt in dieser allgemeinen Formulierung hart an die gefürchtete bürgerliche Plattform. Im *Neuen Deutschland* wird er gefragt, ob das auch die Atombombe einschließe.

Bildhauer Fritz Cremer hatte sich unliebsam und der Abweichung vom sozialistischen Realismus verdächtig gemacht, als er 1960 eine Ausstellung junger Berliner Künstler angeregt und selbst finanziert hatte, die nach wenigen Tagen geschlossen wurde. 1961 hatte er es noch einmal versucht und in der Akademie der Künste eine Ausstellung »Junge Künstler« organisiert, die bereits am Eröffnungstag von Mitgliedern des ZK abqualifiziert wurde. Die Presse übernahm den Rest und wandte sich ebenfalls in abschätziger Form gegen diese Freizügigkeit der Kunstauffassung, die vom rechten (Bitterfelder) Wege abwich und die Alleingültigkeit des sozialistischen Realismus in Frage stellte. Auch Brigitte hatte bei ihren Studien zur Architektur schon ähnliche Gedanken, nämlich ob es denn eine klassenspezifische Architektur überhaupt geben könne. Es fanden Auseinandersetzungen mit den Verantwortlichen und Künstlern statt, aber keine Annäherung der beiden Lager.

Brigittes und Daniels Freund, der Maler Dieter Dreßler, gibt Cremer recht, verteidigt ihn und macht sich damit selbst unbeliebt. Er legt sich mit den Funktionären bei der Kulturkonferenz in Schwarze Pumpe an und wagt es, einige von ihnen zu kritisieren. Sie verteidigen sich wütend und zusammenhanglos mit dem Vorwurf, er leugne die Weisheit der Partei. Brigitte notiert: »... denn natürlich *sind sie die Partei.* «

Man stellt fest, daß auch die Schriftsteller vom Bitterfelder Weg abweichen. Sie weigern sich, Huldigungsartikel für die Bitterfelder Konferenz zu schreiben. Brigitte, die in diesem Zusammenhang von Herbert Axen, dem Chefredakteur des *Neuen*

Deutschland, aufgefordert wird, zum 15. Jahrestag der DDR einen kurzgefaßten Beitrag zu verfassen, ein Bekenntnis zum sozialistischen Realismus, lehnt ab: »Habe bis heute nicht begriffen, was das ist.«

Der Schriftsteller Franz Fühmann schreibt im *Neuen Deutschland* einen bemerkenswerten Artikel zum Thema »Vielfalt, Weite, Weltniveau«. Er verlangt das Streben nach internationaler Qualität von Kunstwerken der DDR, dementsprechende Förderung von hochwertiger Produktion und die »Bekämpfung alles Seichten, Geschluderten und Gehudelten, Kitschigen, Gedankenarmen, Banalen und Abgeschmackten. Es muß aufhören, jede thematisch begrüßenswerte, doch künstlerisch amorphe Arbeit als ›Meisterwerk‹... zu feiern. Es muß aufhören, daß einer für Pfusch und Murks noch honoriert wird.«

Er bekommt den üblichen Applaus von der falschen Seite, nämlich von Westdeutschland. Die *Deutsche Presse-Agentur* dpa unterstellt ihm Distanzierung von der SED, so daß er sich wiederum von dieser unterstellten Distanzierung distanzieren muß.

Distanzierung und Selbstkritik, zwei Mittel der Disziplinierung und Willensbrechung durch den Zuchtmeister Partei, immer wieder angewandt, gefürchtet und verhaßt. Verständlich, daß die Schere im Kopf im ständigen Zugriff auf die künstlerische Produktion gegenwärtig ist, daß bei den meisten der vorauseilende Gehorsam die Schelte der Partei vorwegnimmt. Einmal, weil ein solches Verhalten öffentliches Wohlwollen einträgt und der Karriere förderlich ist, zum andern, weil es den Künstlern Demütigungen dieser Art erspart.

Eine unerträgliche Kastrierung künstlerischer Vorhaben, die nicht zur Reife kommen können, weil sie auf dem Weg zu ihrer Entwicklung Tausenden von bekannten und unbekannten Einwänden begegnen müssen. Da diese Einwände oft von Kollegen kommen – und nicht gerade von den intellektuell begabten –, liegt die Vermutung nahe, daß bei diesen der Eifer der Eifersucht verdächtig ist.

Aufsehen erregt ein Artikel im *Forum,* in dem ein scharfer Angriff gegen Robert Havemann von Dr. Harald Wessel (Redakteur des *Neuen Deutschland* und Mitglied der Jugendkommission) veröffentlicht worden ist. Das Interview Havemanns im *Hamburger Echo,* um das es in der Polemik Wessels ging, wird natürlich nicht wiedergegeben.
Havemann hatte scharfe Kritik am »bürokratisch deformierten« Sozialismus geübt, der nur »von einer kleinen Parteiclique« ausgeübt werde. Havemann, der sich nie vom Sozialismus distanziert hat und für den die DDR immer der bessere Staat war, sieht sich als Säuberer im eigenen Haus, der eine Fehlentwicklung des sozialistischen Weges erkennt und sie als Gleichberechtigter bekämpft, den kleinkarierten Machthabern intellektuell weitaus überlegen.
Havemann hatte sich große Verdienste um die Partei erworben. Er war nach der Machtübernahme der Nationalsozialisten in einer linkssozialistischen Widerstandsgruppe tätig und 1935 nur knapp einer Verhaftung entkommen. Er arbeitete als promovierter Chemiker am pharmakologischen Institut der Berliner Universität; zudem war er ein genialer Konstrukteur von technischen Meßgeräten. Er habilitierte sich dort 1943. Im gleichen Jahr flog seine Widerstandsgruppe auf. Er wurde von der Gestapo verhaftet und vom Volksgerichtshof unter dem berüchtigten Freisler zum Tode verurteilt. Dieses Todesurteil wurde jedoch dank einflußreicher Freunde, die erreichten, daß seine Arbeit als kriegswichtig notwendige Forschung eingestuft wurde, immer wieder hinausgeschoben. Im Zuchthaus Brandenburg lernte er Erich Honecker kennen.
In der DDR erhielt Havemann 1959 den Nationalpreis. Trotzdem blieb er stets ein unbequemer Mann. Im Semester 1963/64 stellte er in einer spektakulären Vorlesungsreihe den Dogmatismus der parteioffiziellen Auslegung des Marxismus-Leninismus in Frage und wurde daraufhin aus der SED ausgeschlossen und als Professor fristlos entlassen. Havemanns Kritik war

jedoch nicht fristlos kündbar; ihm war nicht beizukommen. Er war ein Mann von außerordentlichem Mut und großer Souveränität.
Wolf Biermann, Dichter und Sänger, war einer seiner Freunde und Kampfgenossen. Keinen von beiden brachte die DDR-Regierung, ob unter Ulbricht oder später unter Honecker, zum Schweigen. Während Biermann 1976 während einer genehmigten Konzertreise nach Westdeutschland aus der DDR ausgebürgert wurde, bleibt Havemann ihr erhalten. Er protestiert in wütendem Ton gegen das, was seinem Freund gegen seinen Willen geschehen ist. Er wird verhaftet, und auch seine Ausbürgerung wird beschlossen. Allerdings wird die Regierung von einer Solidarisierungswelle der Schriftsteller für Biermann überrascht, wie sie noch nie da war, und sie wird dadurch gezwungen, den Ausbürgerungsbeschluß und die Verhaftung Havemanns zurückzunehmen. Seine Richter, von der Staatssicherheit und dem Justizministerium dominiert, verurteilen ihn zur »Verbannung« – eine Rechtsneuschöpfung. Er darf seine Datsche in Grünheide bis zu seinem Tod nicht mehr verlassen. Schlimmer als diese räumliche Fixierung ist, daß das MfS versucht, alle sozialen Kontakte zu zerstören –, er darf keine Besuche empfangen und keine öffentlichen Kommentare mehr abgeben –, und ihn mit Schikanen belegt, die in hundert Aktenordnern festgehalten worden sind.

Auf einer Vorstandssitzung des DSV beklagen sich die Schriftsteller über mangelnde Information, ebenso wird die Verteilungspraxis von Stipendien und Förderungsgeldern kritisiert. Allerdings geht keiner von ihnen ins Detail und nennt Roß und Reiter. Wen wundert das? Brigitte notiert: »Wer im Vorstand etwas sagen will, muß . . . an ein rotüberzogenes Katheder treten und ins Mikrofon sprechen, während draußen ein Tonband läuft und jedes Wort festhält.« Sie setzt den Verantwortlichen zu, daß sie das ändern, denn nie würden sie ein offenes Gespräch unter diesen Umständen erreichen.

Sie hat in Berlin auch ein Gespräch mit Otto Gotsche, Sekretär des Staatsrates, der ihr seine Ansichten über Literatur unterbreitet, speziell über die Erzählung von Erwin Strittmatter »Ole Bienkopp«, die er für parteischädlich hält. Er fängt bei der Bodenreform an und endet mit den Republikflüchtlingen, die in der Mehrzahl kriminelle Elemente gewesen seien. Brigitte, die ein Anliegen an ihn hat, vermeidet diesmal einen Streit mit ihm, der sonst für Auseinandersetzungen offen ist. Er soll ihr eine Aufenthaltsgenehmigung für ihren Bruder Lutz besorgen. Vater Reimanns sechzigster Geburtstag steht bevor, und er wünscht sich, daß die ganze Familie dabei zusammenkommt.

Am 24. und 25. April findet die II. Bitterfelder Konferenz statt. »... eine scheußliche Gegend, grau und schmutzig, die Luft stank wie Kloake.« Die Hauptreferate halten der Minister für Kultur, Hans Bentzien, und der unvermeidliche Ulbricht. Die Referate der Schriftsteller sind, »klug und witzig«: Erik Neutsch fordert größere Freiräume im Miteinander von Partei und Kunst, wendet sich gegen Störungen künstlerischer Prozesse durch die Apostel des Dogmatismus, die Werke wie »Ole Bienkopp« (Erwin Strittmatter) und »Der geteilte Himmel« (Christa Wolf) angreifen.
Helmut Sakowski spricht vom Spaß am Sozialismus, den er in den Gestalten der Literatur vermisse, Gestalten, die es unternehmen, mit »Phantasie und Charme und ein bißchen Frechheit ... den Widersprüchen zu Leibe zu gehen ...«
Der vielgeprügelte Strittmatter fragt, ob die Novelle außer der Qualität der Sprache und der Vermittlung von Einsichten auch noch »Geschichtsbuch, soziologisches Nachschlagwerk, Beschlußillustration und Lehrbuch« liefern müsse.
Christa Wolf schließlich mahnt, daß der Schreibende nicht mit Netz arbeiten könne wie ein Trapezkünstler, sondern ein »kleines Risiko eingehen« müsse.
»Kuba«, Kurt Barthel, Mitglied des ZK der SED und Polemiker vom Dienst, wütet gegen alles: die gegenstandslose Kunst, die

»freie Welt der Kunst«, frei auch von der Partei? Bewahre! Er stößt seine üblichen Warnungen aus vor dem revisionistischen Sumpf im allgemeinen und gegen Strittmatters »Ole Bienkopp« im besonderen.
Am Rande erfährt Brigitte vom Chef der Ideologischen Kommission, daß man die Maler zwingen will, eine Entschließung gegen den Parteifeind Cremer zu unterschreiben. Fazit: Ein bißchen amüsanter als gehabt, ein bißchen lebendiger als gehabt, aber alles in allem – wie gehabt.

Brigitte fährt mit Daniel zum Geburtstag des Vaters nach Burg. Otto Gotsche hat tatsächlich die Aufenthaltsgenehmigung für Lutz durchgebracht, und so steht für Brigitte das Wiedersehen mit ihrem Bruder bevor. Sie fürchtet sich sehr. Die ganze Familie empfängt sie lärmend und mit Kindergeschrei. Lutz ist oben und erwartet sie dort. Sie ist befangen und gehemmt, aber dann umarmen sich die Geschwister und sind tief bewegt.
Das löst jedoch die alten Probleme zwischen ihnen nicht. Abends gibt es eine laute kontroverse Diskussion, die Daniel, Brigitte, Dorli und ihr Mann Uwe auf der einen Seite bestreiten und Lutz und Uli auf der anderen. Die Diskussion eskaliert. Mutter Reimann läuft verzweifelt und beschwörend von einem zum andern und versucht zu beschwichtigen, aber gegen ihre temperamentvolle Familie kämpft sie auf verlorenem Posten.
Trotzdem wird es noch »wunderschön«. Diese Familie ist weder nachtragend noch in ihrer Zuneigung durch Streitgespräche zu beeinflussen. Sie lachen und lärmen wie immer, wenn sie zusammen sind. Auch ihre abendlichen Diskussionen werden sachlicher, und sie hören einander zu.
Sie verabschieden sich schließlich zärtlich, und Lutz und Brigitte werden einander wieder schreiben. Aber das Verhältnis zwischen Lutz und Brigitte wird nie wieder so sein, wie es war. Der lange Abschied, den Brigitte unter Schmerzen genommen hat-

te, während sie ihrer beider Geschichte schrieb, war für sie endgültig und vom Bruder wohl schon früher vollzogen worden.
Im Kombinat erwartet sie der obligate Streit, die üblichen Diffamierungen und ebenso platten wie giftigen Kommentare. Toni Richter, Leiter der Zentralen Klubleitung in Schwarze Pumpe, greift Brigitte und Dieter Dreßler massiv an. Er verlangt – die kleinen Hunde laufen den großen hinterher – Distanzierung und Verurteilung von Fritz Cremer und zitiert zur Abschrekkung aus der Rede von Cremer.
Allerdings hat er nicht damit gerechnet, daß Brigitte diese Rede im Wortlaut einen Abend zuvor bei Henselmann gelesen hatte, so daß sie Richter zwingen kann, vollständig zu zitieren, was nun ein anderes Bild ergibt. Aber offenbar sind die Anweisungen klar: Bekenntnis gegen Cremer. Brigitte explodiert. Sie wütet, die Zeit der Bekenntnisse sei vorbei. Sie hätten den XX. Parteitag in der UdSSR nicht zur Kenntnis genommen. Hin und Her, gewollte Mißverständnisse und Diffamierungen. Brigitte erklärt schließlich, wie satt sie es habe, von Leuten, die selbst keine Kultur haben, über Kultur belehrt zu werden. Heute wage es kein Funktionär mehr, einem Wissenschaftler ins Handwerk zu pfuschen, nur auf dem Gebiet der Kultur glaubten alle hineinquatschen zu dürfen.
Zu allem Überfluß kommt das Gespräch auch noch auf eine aus der Distanz des unbeteiligten Betrachters eher belustigende, seinerzeit aber heiß umstrittene und immer noch berüchtigte Anordnung der Parteispitze, das Parteidokument stets bei sich zu tragen. Die Zuwiderhandlung wurde mit Parteistrafen belegt. Frauen, die sich an ihrer Kleidung nicht der zahlreichen Taschen erfreuen, wie sie in der Männerkleidung üblich sind, und die daher gehalten waren, den Transport in einem Brustbeutel vorzunehmen, zeigten sich wenig erbaut. Schließlich galt die Anordnung auch für Strand- und Abendkleid, und ihre Befolgung entbehrte des schmückenden Charakters.
Lewin begegnet den Anklagen, die die Betroffenen immer noch

angesichts der vergangenen Demütigung erheben, mit dem Argument, diese Anordnung habe keine Entsprechung im Parteistatut, und man habe ihr nicht folgen müssen. Brigitte vermag die Komik nicht nachzuempfinden. Wahrscheinlich gehört diese Angelegenheit zu den Dingen, die nur Außenstehende witzig finden. Sie ist wütend, sie fühlt sich an die Stalinzeit erinnert: Der war ja gar nicht so arg, die Liquidierten haben sich selbst erschossen, und die Partei hat immer recht.

Walter Lewin hat denn unter diesen Umständen wieder kein Glück, als er Brigitte während der Arbeiterfestspiele, die die Gewerkschaft jedes Jahr ausrichtet, zu ihrem längst fälligen Parteieintritt bewegen will. »Soll ich auch jedes Jahr meine Überzeugungen wechseln, Wunschdenken lernen und in den Genuß einer doppelten Moral kommen?« Beispiel: Ulbricht behauptet, daß er nie daran gedacht habe, einen separaten Friedensvertrag abzuschließen. Sie aber erinnert sich, daß vor zwei Jahren überall Transparente hingen, die einen Friedensvertrag forderten. Diese dauernden, leicht erkennbaren Lügen zermürben die Menschen. »Diese Leute sind doch schizophren.«

13. KAPITEL

Das schlafende Land

Im Juni 1964 kommt eine junge Malerin, Erika Stürmer-Alex, nach Hoyerswerda. Sie hatte Brigitte gebeten, ihr Porträt malen zu dürfen. Erika Alex hat einen Entwicklungsauftrag vom Verein Bildender Künstler Deutschlands (VBKD) erhalten – mit freier Themenwahl, und ihre Wahl fiel auf Brigitte, nachdem sie sie bei einer Lesung erlebt hatte.
Sie sitzt ihr für eine Menge Skizzen daheim und später auch in ihrem Atelier Modell. Das fertige Bild, in Öl gemalt, hängt heute im Archiv in Neubrandenburg. Es ist etwa eineinhalb Meter hoch und zeigt Brigitte vor dem Hintergrund einer stilisierten Stadt. Es wird von ihren Augen beherrscht, wirkt anziehend, fast suggestiv. Ihr Gesicht ist dem Beschauer zugewandt, ernst und ein wenig rätselhaft. Die großäugige Frau auf dem Bild lädt Anschauende nicht zur Vertraulichkeit ein, sie ist eher etwas abweisend – oder aber: sich selbst genug.

Das allerdings ist Brigitte nicht. Sie wird immer Menschen brauchen, immer ihre Unsicherheiten bekämpfen müssen, immer im Zweifel über sich selbst sein. Aber wenn Erika Alex sie so gesehen hat, muß sie diese Wirkung auf sie gehabt haben, muß sie also fähig gewesen sein, Menschen von ihrer Kraft und Sicherheit zu überzeugen.

Und sie hatte Kraft. Schließlich hat sie sich durchgebissen, hat in der Hauptsache für den Unterhalt des Haushalts, wenn nötig also auch für ihre Männer, gesorgt, hat sich mit zähem Fleiß einen Platz unter den Schriftstellern erschrieben, ohne ihre Überzeugungen zu verraten. Sie hatte einen harten Kern, einen Behauptungswillen und ein Durchhaltevermögen, die im Widerspruch zu dem Bild einer unsicheren und schüchternen, von Selbstzweifeln geplagten Frau stehen, das sie oft von sich selbst vermittelt. Aber auch für diese Diskrepanz gibt es den Versuch einer Erklärung, der von ihr selbst kommt. Sie liefert ihn uns in ihrer »Franziska«: »Als Franziska mit neunzehn Jahren das Haus verließ, war sie von ihrem schlechten Charakter überzeugt worden, ihrem Mangel an Geschmack und Anmut, ihrer Untauglichkeit, mit den praktischen Seiten des Lebens fertig zu werden.«

Daniel schreibt, »schreit nach dem Ende«. Er hat eine Freundin gefunden. Er hat also den Rat seiner Freunde befolgt, die der langen Trennungsqual zwischen Brigitte und Daniel mitleidsvoll zusahen und ihm geraten haben, sich einer anderen Frau zuzuwenden. Brigitte fühlt ihr Gewissen erleichtert, weil nun die Verantwortung für Daniel von ihr genommen und in andere Hände übergegangen ist. Oder doch nicht so ganz? Es findet sich in einer Klammer der erstaunliche Satz: »Die Tendenz unserer Schriftsteller, vor ihren intellektuellen oder gar schöpferischen Weibern zu flüchten.« *Zu flüchten!* In Anbetracht der Entwicklungsgeschichte dieser Liebe und Ehe entbehrt diese Bemerkung der Wahrheitsliebe. Da leuchtet ein nachfolgender Satz eher ein: »Trotzdem gestehe ich einen scharfen Stich von

Eifersucht… Ich habe zuviel Schmerz seinetwegen. Wir müssen schnell, schnell Schluß machen, die letzte Bindung zerreißen.« Immer noch ist Daniel in ihrem Leben: Musik, die sie an ihn erinnert, Dresden, das allein mit Daniel *ihr* Dresden ist.
Brigitte hat eine starke Bindungsfähigkeit. Sie löst sich nur schwer von Menschen, die sie liebt. Das zeigte sich sogar bei Günter, ihrem ersten Mann. »Die grünsten Augen, die ich je gesehen habe… Klassisch. Eine Statue. Er wäre vollkommen gewesen, wenn Gott ihn mit Stummheit geschlagen hätte…«, sagt Franziska. Günter, der sie ja in vielem abstieß, so daß denn auch die Loslösung von ihm nicht mit ihrer Trennung von Daniel zu vergleichen ist. Bei ihrem Bruder Lutz hatte sie diese Trennungsschmerzen über Jahre hinweg. Lutz war ihr immer leidvoll vor Augen, als sie »Die Geschwister« schrieb. Trotz ihrer Liebe zu Jon und dem Wissen um die Unentrinnbarkeit dieser Leidenschaft hat sie die zärtliche und schmerzliche Liebe zu Daniel nicht losgelassen.
Vergeltung? Sie schreibt: »Vielleicht heirate ich dann doch den Jon.«
Nun, wie so oft kommt ihr etwas dazwischen. Sie wird vom ZK der FDJ eingeladen, an einer Reise nach Sibirien teilzunehmen. Sie sagt zu, weil Kurt Turba mitfährt, den sie kennt und schätzt. Er ist Vorsitzender der Jugendkommission, in der auch Brigitte Mitglied ist. Früher war er Chefredakteur des *Forum,* der FDJ-Zeitung. Die Delegierten der FDJ »(Die Hälfte mit Halbglatze)« sind für sie nicht gerade vertrauenerweckend.
Das Programm für die Reise ist überladen. In zehn Tagen sollen sie die Route Moskau-Peredelkino, Zelinograd, Koktschetau, Nowosibirsk, Bratsk, Shelesnogorsk, Irkutsk bewältigen. Brigitte soll ein Tagebuch dieser Reise verfassen.
Ihre erste Station, Zelinograd in Kasachstan, ist enttäuschend. Die Altstadt besteht aus elenden Hütten, die Neustadt aus einfallslosen Häusern aus Ziegeln und Großplatten; außerdem werden sie geplagt von Hitze, Staub, Trockenheit. Versöhn-

lich: die liebevolle Aufnahme und die Freundlichkeit der Gastgeber.
Das Wissenschaftliche Institut bei Koktschetau ist in die Steppe gebaut, die in Getreideland umgewandelt werden soll, 46 000 Hektar groß ist das vom Institut versorgte Land. Brigitte schreibt von einem Erlebnis von Weite, das Europa niemals bieten kann, »wo Zeit und Raum verschwimmen« und die Menschen von großer Gelassenheit und die Lieder von Schwermut, aber auch von Lebensfreude erfüllt sind. Sie streift mit Billy, einem jungen begeisterten Fotografen, überall herum, und es wird gegessen und getrunken und getanzt nach russischer Lebensart. Morgens sind sie noch halb tot von den Strapazen, aber es geht weiter nach Nowosibirsk.
Hier nun erleben sie eine moderne Stadt mit breiten Straßen und Boulevards und neuen Häusern. In der Altstadt allerdings die gleichen elenden Katen. Aber es gibt modern und elegant angezogene Menschen, die einen selbstbewußten Eindruck machen. Der Flughafen ist hochmodern. Die Fluggäste, zum großen Teil Bauern, bewegen sich hier ganz selbstverständlich, wie die Menschen daheim auf der Eisenbahn. Bei Nowosibirsk, etwa zwei Flugstunden entfernt, liegt das Akademiestädtchen, die Lawrentjewka. Sie fahren mit dem Wagen durch Wälder, an Seen vorbei. Zu Unrecht scheint es Brigitte das Land der Verbannung zu sein. Sibirien, in der wörtlichen Übersetzung »Schlafendes Land«, ist aufgewacht. Hier, in der Lawrentjewka, befindet sich die Sibirische Akademie der Wissenschaften. Sie werden pünktlich empfangen, »alles funktionierte, die Toasts waren ... freundschaftlich, aber ohne die orientalische Buntheit wie in Kasachstan ... Ein starkes Selbstbewußtsein, Exaktheit, gründliches Denken, das Wissen ... daß sie hier in Sibirien Weltgeschichte machen ... Was mich am meisten beeindruckte ...: die schlichte, anständige, zugleich kühle und leidenschaftliche Art dieser jungen Gelehrten; sie sind bar jeder Arroganz, Besserwisserei ... und der Sucht nach einem hohen

Lebensstandard.« Sechs oder sieben Jahre ist dieses Akademiestädtchen erst alt, und das Durchschnittsalter dieser Wissenschaftler beträgt fünfunddreißig Jahre. Sie lebten zunächst sehr primitiv und haben heute eine schöne Stadt mit Häusern, Cafés und Kinos und zwanzig Instituten. Die Stadt könnte sich mit ihren kühnen architektonischen Formen überall sehen lassen, meint Brigitte. »Ich glaube, das war unser schönster, größter Tag in diesem erstaunlichen Land, der absolute Höhepunkt – mehr ist nicht denkbar.«

Das Programm ist ungemein anstrengend, der Schlaf knapp bemessen, und Brigitte bricht zusammen. Der Anlaß ist die Kritik einiger Delegationsmitglieder, die sich darüber beschweren, daß sie sich nicht mit ihnen gemein macht, sich an ihren Toasts und Trinksprüchen nicht beteiligt und die Arbeiterlieder nicht mitsingt (deren Texte sie nicht kennt), eben zu distanziert ist. Außerdem äußern sie Zweifel, ob Brigitte der gestellten Aufgabe gewachsen ist. Brigitte, die die Delegationsmitglieder in der Mehrzahl abstoßend, dumm und primitiv findet, die beobachtet, daß sie »ohne Würde sind«, wenn sie getrunken haben, Zoten reißen und »aus jedem Fest einen deutschen Bierabend« machen, so daß sie sich bewußt von ihnen fernhält, ist trotzdem von dieser Kritik hart getroffen. Zu ihrer körperlichen Erschöpfung gesellt sich noch eine Depression, da sie fürchtet, den geforderten Reisebericht nicht liefern zu können. Ihre alten Selbstzweifel, die durch keinen Erfolg auszurotten sind.

Kurt Turba, ihr Beschützer, staucht die Kritiker bös zusammen und hilft ihr, zusammen mit Nadja, der Dolmetscherin, sich wieder zu fangen.

Sie streift mit Billy durch Irkutsk und freut sich an seinem fotografischen Blick, der das Wesentliche im Kleinen, Unscheinbaren entdeckt.

Aber das Besichtigungsprogramm ist gnadenlos und läßt wenig Zeit für solche Ausflüge. Erst bei Shelesnogorsk findet sie einen Kraftquell in einer herrlichen Landschaft mit Seen und Wäldern, durch die sie der Zug führt. Und auf dem Gang singt Martschuk zur Gitarre. Martschuk, ein Dichter und Sänger, der im ganzen Land berühmt ist, schüchtern und bescheiden, und dabei, seine Dissertation zu schreiben, weil er lieber ein guter Ingenieur als ein mittelmäßiger Dichter sein will. Nadja und Brigitte verlieben sich schwärmerisch in ihn. »Wir saßen auf Baumstämmen und sangen, und Martschuk, der Unvergleichliche, spielte Gitarre« – mitten in der Taiga, der Himmel rot vom Sonnenuntergang –, »weit weg von meiner anderen Welt ohne Lieder und Weite.«

Nun wechseln die Befindlichkeiten: Kurt Turba, ihr Beschützer, ist erschöpft, und die ganze Delegation ist »ausgelaugt«, aber Brigittes Seele hat aufgetankt, sie ist nun wach und lebendig und könnte noch lange so hart weiterarbeiten.

In Brask besichtigen sie das größte Wasserkraftwerk der Welt. Bei 55° Kälte im Winter und einer unvorstellbaren sommerlichen Mückenplage wurde es erbaut von Leuten, die in Zelten wohnen mußten. Von Menschen, wie sie sie überall in Sibirien treffen, die trotz harter Lebensbedingungen nicht wieder zurückwollen in die »Zivilisation« – dorthin, wo der Bürokratismus seine Sumpfblüten treibt, während sie hier freie Menschen sind.

Brigitte beklagt sich über die üppige Verpflegung, die »Fresserei«, an die sie sich mittlerweile gewöhnt habe. Zu Hause wird sie feststellen, daß sie nicht nur ihr Herz, sondern auch ihre Taille in Sibirien verloren hat. Abendessen: sechs Stunden, viel Wodka, zwischendurch Tanz, Lieder, Gespräche mit berühmten Wissenschaftlern, die sich völlig ungezwungen geben, herrliche Stimmen, bezaubernde Toasts.

Hoch über dem Baikalsee, mit herrlichen Schneebergen in der Ferne, die Mündung der Angara vor Augen – der Fluß, der für das riesige Wasserkraftwerk in Bratsk gestaut worden ist –, werfen sie Kopekenstücke in den See, ein Zauber, um ihre Wiederkehr zu beschwören. Die Gastgeber zaubern ein kleines Tischleindeckdich hervor mit Sekt und Pralinen. Musik. Sie tanzen und singen auf dem Felsen über dem See. Das ist der Abschied von Sibirien.

In Moskau holt Brigitte Geld von ihrem Konto, dic Reste ihrer Rubelbarschaft, und kauft Geschenke für Jon und Kurt Turba und Billy. Für sich selbst erwirbt sie einen kurganischen Teppich.

In Peredelkino, der Unterkunft der Delegation bei Moskau, erlebt sie das schönste, prächtigste Geburtstagsfest ihres Lebens. Es ist der 20. Juli 1964. Am See wird Schaffleisch gebraten über einem Holzkohlenfeuer, gegessen und getrunken, und dann »führte uns Pawlow zum Abendessen ... was ich dort an einem Tag verschlungen habe, ernährt mich ... eine Woche lang«. Und nachts um zwölf Uhr bekommt sie Blumen und Geschenke und Küsse, Glückwünsche zu ihrem Geburtstag, und es wird angestoßen und getanzt, und Brigitte, die Trinkfeste, hält durch bis um vier Uhr morgens, die Delegation ist längst umgefallen. »Wir kamen mit einem ganzen Lazarett in Berlin an.«

14. KAPITEL

Scheidung und neue Ehe

Zu Hause geht die Schinderei los. Sofort muß sie zu schreiben beginnen. Ihre Angst, daß sie den Stoff nicht in den Griff bekommt, wird von Jon zerstreut, der den Text gut findet, und so kann sie weiterschreiben. Sie braucht diese Ermunterung. Grundsätzliche Kritik war immer lähmend für sie. Sie braucht Zuspruch, Ermutigung, sie selbst ist ja ihre schärfste Kritikerin. Sie liefert schon nach einer Woche die ersten zwanzig Seiten an das *Forum*, die FDJ-Zeitung, die den Bericht in Fortsetzungen drucken will. Nach zehn Tagen liefert sie bereits die nächsten zwanzig Seiten und so fort.

Dazwischen ein Hausfrauentag – Großreinemachen bis zur Erschöpfung nach der langen Zeit des Unterwegsseins. Jedesmal nach ihren Reisen warfen ihr die Nachbarn vor, daß sie das Treppenhaus während dieser Zeit nicht geputzt hat. Mißgunst

und Kleingeisterei vergiften Brigittes Leben in Hoyerswerda und machen es mit der Zeit unerträglich.
Brigitte ist eine gute Hausfrau, und sie will es auch sein. Der kleine Billy, der als Fotograf die Sibirienreise begleitet hat, besucht sie, und sie ist sehr stolz, als er sagt, es sei alles so sauber, sie sei ein gutes Mädchen. Sie hängt – für eine Intellektuelle erstaunlich – in seltsam hartnäckiger Weise den Programmen ihres Elternhauses an: ihrem Kinderglauben, ihrer Erziehung, hausfraulichen Tugenden. Sie durchschaut zwar vieles und belächelt sich, aber diese Forderungen kleben an ihr. Sie will ein gutes Mädchen sein und in den Himmel kommen. Aber morgen kann das ganz anders aussehen, und sie wird lieber mit Jon in die Hölle gehn.
Im Augenblick allerdings läßt sie sich damit Zeit. Sie vernachlässigt ihn. Zärtlichkeiten machen sie ungeduldig, wenn sie arbeitet. Aber Jon ist nicht Daniel, er ist nicht nur verletzt, er zeigt es auch. Außerdem steht die endgültige Trennung mit Daniel bevor, und Brigittes Trauer um ihre verlorene Liebe macht ihn eifersüchtig. Er fühlt sich beiseite geschoben.
Mit Recht, denn mit Daniel zusammen sucht sie die Stätten ihrer Erinnerung auf, streift durch Dresden auf den Spuren vergangenen Glücks. Daniel zeigt ihr seinen »Quasimodo-Karren«, einen Wohnwagen, in dem er nicht einmal stehen kann; sie hocken bis nachts in Brigittes Wohnung und sprechen über ihre neuen Lieben. »Wir... bewegten uns in einem Bezirk, der niemandem außer uns beiden gehört – auch diesen ›Neuen‹ nicht, mit denen wir in Zukunft unser Leben teilen werden«, notiert sie ein wenig triumphierend. So ganz hat sie es noch nicht verwunden, daß »ihr« Daniel nun einer anderen gehört.
Aber sie lösen ihren Haushalt auf, und Brigitte richtet die Wohnung nun für sich allein ein. Den Barock und den kurganischen Teppich und alles, was kostbar ist an Bildern und Gegenständen, sammelt sie in ihrem Zimmer, und in Daniels richtet sie ihren Arbeitsplatz ein. »So räume ich also meine Ehe langsam

aus...« Sie legt ihren Ehering ab – Jon erwartet es. Es geht ihm schlecht.

Am 13. Oktober 1964 wird die Ehe zwischen Brigitte und Daniel geschieden. »Mir ist sterbenselend.«

Sogar Jon vermag nicht, sie zu trösten. »Auf einmal erschreckte mich der Gedanke, frei zu sein für ihn – frei ja, aber für mich allein!« Sie kommen überein, daß jeder ein vernünftiges Maß an Freiheit behalten soll. Sie werden nicht zusammenziehen, jeder behält seine Wohnung. Sie schwankt, ob sie ihn heiraten soll. Jon will auch das ertragen. Drei Jahre hat er auf eine verheiratete Frau gewartet, so wird er jetzt drei oder mehr Jahre auf eine geschiedene Frau warten. Sie beobachtet ihn distanziert, vermerkt bei sich, daß er zu laut lacht, dann »starre ich ihn kalt an, bis ihm der Mund zuklappt... Seine Art – oder Unart – mit Geld, auch mit meinem Geld, umzugehen... Er bringt nichts vor sich, obgleich er fleißig ist.«

Daniel sagte mir dazu: »Er war ein Zerstörer, alles ging unter seinen Händen kaputt. Unser Wagen war nach kurzer Zeit völlig verkommen.«

Früher, als sie Jon mit Daniel verglich, notierte sie einmal, daß sie sich dabei ertappte, wie sie Jon in der Manier eines Pferdehändlers betrachtet habe, abwägend, was sie sich da eintausche.

Aber die Kälte zwischen ihnen hält nicht sehr lange an. Jon bedrängt sie nicht. »Dann kam er eines Morgens... ›die herrliche körperliche Liebe, die schweißbedeckt immer wieder zu sich selbst zurückkehrt‹, las ich bei Aragon.«

Am 27. November, Jons Geburtstag, heiraten sie. Sie halten es geheim. Niemand ist bei der Hochzeit dabei. Sie findet in Schwarze Pumpe statt. »Wir sind jetzt in einem Stadium, wo es uns nicht nach anderen verlangt ... und wir genieren uns immer noch, wenn Jon frühmorgens meine Wohnung verläßt, als lebten wir noch in Sünde.«

Brigitte hat sich nicht leichten Herzens zu dieser Heirat ent-

schlossen. Sie hat lange gezögert, und man fragt sich, was sie schließlich doch zu diesem Entschluß bestimmt hat. Einmal sicherlich der Wunsch Jons, der Sicherheit in ihrer beider Beziehung wünscht und der auch gewiß eine Art Genugtuung darüber empfindet, nicht mehr nur der Illegale, der Geliebte, der Dritte im Bunde zu sein, der von allen als der Zerstörer einer idealen oder doch wünschenswerten und bis dahin intakten Ehe betrachtet wurde. Für ihn vollzieht sich so etwas wie eine Rehabilitierung durch die Legalisierung ihrer Liebesbeziehung. Auch wenn sie davon absehen, daß die Eheschließung sofort verkündet wird, so ist es gerade die Beiläufigkeit, die die Selbstverständlichkeit dieses Schrittes betont.
Brigitte ist aber wohl auch nicht unempfindlich gegenüber dem Urteil der Umwelt. Schließlich hat man ihnen beiden hart zugesetzt mit üblem Klatsch und intriganter Nachrede, mit Verhandlungen vor den Parteigremien und Demütigungen perfider Art. Und wenn auch die Kämpferin in ihr nicht so leicht zu besiegen ist, so ist es wieder ihre Erziehung, ihre Prägung auf bürgerliches Wohlverhalten, die bei dieser Entscheidung eine Rolle spielen. Gewiß kann man einwenden, daß sie nicht immer nach bürgerlichen Gesichtspunkten gelebt habe. Aber in diesen Fällen war immer Leidenschaft im Spiel oder ihre ungestüme Natur. Wenn es ums reine Abwägen ging, war sie eher »brav«.

In Hoyerswerda hat sich einiges geändert, und das ist zweifellos Brigittes zäher Kritik zu verdanken. Es gibt einen neuen Chefarchitekten: Siegfried Wagner, ein Henselmann-Schüler, der auch mit ihm am Haus des Lehrers gebaut hat. Allerdings wahrt er eine kritische Distanz zum Meister. Er ist ein energischer Mann mit der nötigen Arroganz, um die Funktionäre in Schach zu halten. Er ist noch jung genug – fünfunddreißig Jahre alt –, um die Kraft aufzubringen, die hier nötig ist, um das kleinkarierte Provinzlertum zu besiegen. Andrerseits ist er durchaus kritisch gegenüber der »verklemmten Genialität« von Henselmann, seiner »maßlosen Eitelkeit und Rechthaberei, die ignoriert, daß dieser Typ des Architekten, der Kunst macht ohne Ökonomie... passé ist«. Brigitte notiert Wagner sofort für ihr Buch.

Bei der 13. Öffentlichen Plenartagung der Deutschen Bauakademie zu »Fragen des Städtebaus«, die im nun fertiggestellten Haus des Lehrers stattfindet, zeigt ein junger Mann Bilder von moderner Architektur in Schweden, 27 Stockwerke hohe Häuser von Eleganz und schönen klaren Linien. Es gibt sie also, diese Synthese von Zweckmäßigkeit und Schönheit. In der »Franziska« schreibt Brigitte: »Berauscht von dem Verlangen... Häuser zu bauen, die ihren Bewohnern das Gefühl von Freiheit und Würde geben, die sie zu heiteren und noblen Gedanken bewegen... «

Der Tagung folgt ein Besuch bei Professor Henselmann, und Brigitte erlebt ihn nun von seiner anderen Seite, seiner »wüsten«. Er brilliert zwar, ist aber eitel und rechthaberisch, geht keinem Streit aus dem Wege und vertritt Dinge, von denen er wahrscheinlich morgen das Gegenteil behauptet. Aber Brigittes Interesse an ihm ist unverändert. Er amüsiert sie, und sie genießt seine »Show«.

Brigitte bricht mit Jon zu einer Lesereise auf. In Leipzig hat sie mehrere Veranstaltungen und erntet mit ihren Franziska-Geschichten viel Zustimmung. Die gesamte Lesereise verläuft sehr befriedigend.

Von Potsdam aus fahren sie nach Burg, wo Jon nun endlich den Eltern vorgestellt werden soll, die sich bisher gegen ein Kennenlernen wehrten, weil sie auf Daniels Seite standen. Nun, da Daniel sich einer anderen Frau zugewandt hat und Brigitte von ihm geschieden ist, die wohlanständigen Voraussetzungen also erfüllt sind, erklären sie sich dazu bereit, Jon kennenzulernen. Brigitte ist sehr aufgeregt. Es liegt ihr viel daran, daß Jon von ihrer Familie angenommen wird. Und sie weiß aus Erfahrung mit Freunden, die ihn nur zögernd oder gar nicht akzeptierten, daß das nicht so leicht ist. Es wird ein Erfolg. Brigitte lobt seine Tugenden, seine »Häuslichkeit, seine Geduld mit mir, seine Nähkünste … und schließlich legten sie mich ihm ans Herz, ein bißchen seufzend, aber einverstanden«.

Immer wieder finden sich die Hinweise auf Brigittes Abhängigkeit von solchen ihr eingeprägten Formen. Sie respektiert durchaus diese zögerliche Haltung der Eltern und erlebt schuldbewußt die Mißbilligung, die in deren Zurückhaltung liegt. Sie lehnt sich zwar innerlich gegen dieses Diktat einer schematischen Moral auf, aber insgeheim bleibt sie ihr unterworfen, obwohl sie ihr Leben lang gegen sie ankämpft.

Zurück in Hoyerswerda, erfahren sie, daß Strittmatter einen Herzinfarkt hatte. Seine Gesundheit ist schon lange angegriffen, und Brigitte stellt die Diagnose »Ole Bienkopp«. Strittmatter ist so beharrlich angegriffen worden wegen dieses Buches, vor allem von den Nichtskönnern, die der Partei nach dem Munde reden, daß der Ärger seine Gesundheit ruiniert hat.

Brigitte wünscht sich: »Ich möchte lernen, unabhängig zu sein und mich auszudrücken, den verdammten inneren Zensor, den man uns so geschickt eingebaut hat (Rücksichten um der *Sache* willen), auszurotten.«

15. KAPITEL

Der Preis

Brigitte möchte aus der Betreuung durch den Aufbau-Verlag ausbrechen und ihr Buch bei Lewerenz, im Verlag Neues Leben, verlegen lassen, der sich mit Nachdruck darum bemüht. Sie hat offenbar nicht viel Zutrauen zu den Lektoren des Aufbau-Verlages. Schon zu einem früheren Zeitpunkt notierte sie, daß mehrere Lektoren sich über die ersten Niederschriften der Franziska hergemacht und sie beschnitten und verstümmelt haben. Sie verweigerte daraufhin den Abschluß eines bindenden Vertrages. Auch Jon, der gegen einen Verlagswechsel war, ist nun, nachdem er Lewerenz kennengelernt hat, anderer Meinung. Aber Caspar vom Aufbau-Verlag, dem Brigitte ihren Wunsch gesteht, will sie nicht freigeben.
Brigitte hat am 11. Dezember 1964 nach ihrer Lesereise eine Veranstaltung in Westberlin im Rahmen einer Reihe »Sozialistische Schriftsteller lesen«. Sie ist aufgeregt und ängstlich

vor dem, was sie erwarten wird. Der Saal ist überfüllt, die meisten Zuhörer sind Studenten. Dr. Eckert, Sekretär des Deutschen Schriftstellerverbandes, ist zu ihrer Unterstützung mitgefahren, und sie ist froh darüber, daß sie der Meute nicht allein entgegentreten muß. Die Studenten erwarten bei dieser Gelegenheit eine kontroverse politische Diskussion. Lutz, der sich bei diesem Anlaß mit Brigitte in Westberlin trifft, hört sich unter den Studenten um und erhält den Eindruck, daß sie enttäuscht sind: Brigittes Lesung wie auch die anschließende Diskussion nehmen den Zuhörern den Wind aus den Segeln. Sie äußern Erstaunen über die Freizügigkeit des Werkes und fragen, ob denn die kritische Franziska zuletzt linientreu werde. Brigittes Antwort ist, daß Franziska sich immer mit ihrer Umwelt auseinandersetzen wird. Und dann lenkt sie geschickt über auf ein für die DDR positiv besetztes Thema, auf die Frauen: »Ich will auch versuchen, ihren Weg zur Liebe zu schildern. Das Lieben ist heute schwieriger geworden. Viele Frauen bei uns sind ganz und gar selbständig, und für einen Mann ist es manchmal recht schwer, mit den Frauen Schritt zu halten. Bisher war es doch so, daß sich der Mann niemals ausschließlich der Liebe hingegeben hat, weil er ja noch was andres hatte – seinen Beruf. Das trifft aber heute auch immer mehr auf die Frau zu.«
In ihrem Tagebuch notiert sie: »Provokatorische Fragen und hanebüchene Dummheiten wurden von den Studenten niedergezischt ... ich stieß auf Unglauben, als ich sagte, ich spräche hier nicht anders als bei uns drüben ... (sie freuen sich händereibend schon auf Kuba [Kurt Barthel] – und die Show mit unserem Hymnenbrüller möchte ich bei Gott nicht miterleben).« Bei ihren Schulfreunden, die sich wie Lutz in den Westen abgesetzt und zu ihrer Lesung eingefunden haben, begegnet sie dem gleichen ungläubigen Erstaunen: »... sie denken, wir sind geistig verkrüppelt und haben irgendwelche schaurige Erinnerungen an rote Traktätchen.«
Nach der Lesung gibt es dann doch noch Diskussionen, bei

denen es hoch hergeht. »... Selbst mein cleverer E. kam ins Schwimmen. Es gibt halt einige Dinge, die man guten Gewissens nicht verteidigen kann.«
Etwa drei Monate später, nachdem der bewußte Hymnenbrüller »Kuba«, das »proletkultische Überbleibsel«, seinen Auftritt absolviert hatte, werden die Veranstaltungen, angeblich dem Wunsch des Schriftstellerverbandes folgend, nicht fortgesetzt. Die Schriftsteller protestieren einmütig. Sie führen ins Feld, daß durch diese Lesungen das oft einseitige, negative Bild der DDR und die verbreitete Vorstellung von der Enge und Uniformiertheit ihrer Literatur berichtigt werden könne.
Die Eingaben nützen nichts. Offenbar fürchtet man »oben« die Bewußtwerdung der Schriftsteller und ihre potentielle Emanzipierung. Vielleicht befürchtet man auch, daß die Schriftsteller die auf diese Weise nach außen vermittelten »Korrekturen« des DDR-Bildes schließlich einfordern, während man eine Änderung der Zustände von Gängelei und Bevormundung in der Realität durchaus nicht für wünschenswert hält.
Es zeigt sich allerdings bei Brigittes »Franziska«, daß die Zensur auch Zurückhaltung üben kann. Brigittes Beharrlichkeit, sich gegen Veränderungen an ihren Texten durchzusetzen, hat weitgehend Erfolg. Sie hat sich vorgenommen, ohne Schere im Kopf zu schreiben. Zwar geht sie von einem nie von ihr verleugneten sozialistischen Standpunkt aus, befolgt aber keine enge Parteidoktrin. Das läßt man nicht jedem durchgehen. Es gibt viele Einreden kleinlichster Art, und man fragt sich, wieso Brigitte davon im großen und ganzen verschont bleibt.
Liegt es daran, daß noch kein fertiges Werk vorliegt? Aber auch »Die Geschwister« sind ja in manchen Passagen recht mutig. Ist es ihr alter Kredit, dessen Pflege Albert Norden ihr seinerzeit empfahl: »Sie haben doch jetzt Publizität, nützen Sie sie, wo Sie nur können.« Und der auf ihre Frage, was man denn nun noch schreiben dürfe, geantwortet hatte: »Alles, wenn die Proportionen stimmen.« Stimmen bei ihr die Proportionen? Bemerkt

man hinter ihrer Kritik ihre im Grundsätzlichen positive Haltung, ihr »Doch ... Den Menschen Schuhe an die Füße«? Wenn es so wäre, ließe sich hoffen. Dann wäre ja eine sensible, differenzierte Beurteilung sozialistischer Literatur in den Bereich des Möglichen gerückt. Aber so ist es wohl leider nicht. Das Auf und Ab in den Beurteilungskriterien verhindert eine solche Öffnung. Ein Buch, das heute durchgeht, kann morgen abgelehnt oder verrissen werden. Welcher Schriftsteller investiert Zeit und Kraft in seine Arbeit, immer ungesichert, mit der Aussicht auf Vergeblichkeit, wenn er den breiten Weg offizieller Duldung oder gar Förderung beschreiten kann? Wenige. Aber diese wenigen sind es, die Nonkonformisten, die Wachsamen, die Unbeirrbaren, die in *jedem* Volk nötig sind, um ihm seine Würde zu bewahren. Allerdings brauchen die, die in der DDR gegen den Stachel lökken, auch immer Helfer, mutige Lektoren und Verlagsleiter, die ihre Bücher auf den Markt bringen, verständnisvolle und kompetente Mitglieder in den Aufsichtskommissionen – die ja auch nicht durchweg mit Unverstand geschlagen sind –, die den Mut haben, Zeiterscheinungen zu ignorieren.

Brigitte notiert: »Donnerstag Lektoren-Invasion: Wir haben das Sibirienbuch noch einmal durchgearbeitet. Es gefällt mir nicht mehr. Wahrscheinlich gehe ich mit der ›Franziska‹ doch zu Lewerenz, wir verstehen uns ...«
Brigittes Arbeit an der »Franziska« schreitet voran. Endlich ist sie offenbar mit dem Beginn zufrieden, der sie so lange gequält hat. »Ich arbeite und arbeite, so, daß ich abends tot umfalle ... ich habe den Faden und erzähle, und heute nachmittag war es, als schriebe ich nach Diktat ... Wundervoll, nach solch einem Tag schlafen zu gehen – er war doch gelebt.« Sie befürchtet aber immer noch, daß die Geschichte vielleicht niemanden interessieren könnte, vergißt es aber »über der Lust am Erzählen«. Sie führt »das regelmäßigste Leben«, Arbeit bis zur Erschöpfung, keine Menschen, nur Jon ist zugelassen – und Bücher.

Selbst ihre Verbandsarbeit nimmt sie nicht wahr, aber nicht aus fehlendem Pflichtbewußtsein, sondern weil sie das stumpfe Heer der »Nichtskönner« und »Antidenker«, der ganze Bezirksverband, »ankotzt«. Sie hat sich darum bemüht, herauszufinden, warum der Dokumentarfilm »Das Leben Adolf Hitlers« aus dem Programm genommen worden ist, obwohl er in anderen Bezirken läuft. Zögerliches Herumdrucksen, schließlich die Auskunft, daß der Film »Unklarheiten« enthalte, die »unsere Menschen« nicht verstehen können. Brigitte platzt vor Wut und macht sich wieder mal unbeliebt. Verstehen können das also nur diese Kretins, alle anderen sind von minderer Intelligenz. Sie fährt nicht zur Verbandstagung – aus Abscheu.

Am 10. März 1965 bekommt sie einen Brief von Professor Kurella, mit dem sie im Briefwechsel steht. Er schreibt ihr, daß sie für den Heinrich-Mann-Preis vorgeschlagen worden ist. Sie verbietet sich ihre Freude, »Ach, ich wäre so begierig darauf: unser repräsentativster Literaturpreis…«, weil sie nicht enttäuscht werden will. Aber drei Wochen später ist es soweit. Am 28. März 1965 erhält Brigitte den höchsten Literaturpreis der DDR, den Heinrich-Mann-Preis, für ihre Erzählung »Die Geschwister«, verliehen von der Deutschen Akademie der Künste.

Sie gesteht sich nun ein, daß sie gelitten hat, solange noch nichts feststand, und daß sie der Ehrgeiz und die Begier auf den Preis umgetrieben haben, so daß sie vor Aufregung nicht mehr schreiben konnte. Schließlich ist der Heinrich-Mann-Preis die höchste Auszeichnung eines Schriftstellers in der DDR und das Ziel ihrer geheimen Wünsche.

Bei Entgegennahme des Preises zittert sie so, daß sie befürchtet, ohnmächtig zu werden, aber dann sind ihre Emotionen, ihr Hochgefühl erloschen, von Spannung und Aufregung verzehrt: »Nun habe ich also den Heinrich-Mann-Preis bekommen. Bin ich glücklich? Ich weiß nicht. Es war wie mit dem ersten Buch: Wenn ich es in der Hand hielte, dachte ich, würde ich rasend glücklich sein. Und dann, da es erreicht war, verlor alles an Glanz ... Mein Selbstbewußtsein ist überhaupt nicht gestärkt, ich bin mit Schüchternheit geschlagen wie zuvor – ...« Aber ihre Lust auf die Arbeit wächst, gewiß nicht zuletzt durch diese Anerkennung.

Johannes Bobrowski erhält mit ihr zusammen den Preis, und sie wünscht sich sehr, ihn kennenzulernen, weil sie ihn für einen großen Dichter hält und ihn verehrt. In den Turbulenzen des Festes findet sich dazu keine Gelegenheit, aber Henselmann verspricht, ein Treffen zu arrangieren. Es wird nicht mehr dazu kommen. Am 5. September erfährt sie von Bobrowskis Tod. Er ist an einem perforierten Blinddarm gestorben, erst 48 Jahre alt. »Ich konnte nicht mehr arbeiten.« Wunderbares hatten sie von dem Dichter noch erwartet, nachdem er »Levins Mühle« vorgelegt hatte.

16. KAPITEL

Militarismus und Kultur

Für das lärmende militaristische Gepränge, das mit Stechschrittparaden und Ordenssegen zum 1. Mai daherkommt, hat sie nur Wut und Verachtung übrig. Leicht verändert und abgeschwächt zitiert sie den Satz des Malers Max Liebermann: »Man kann gar nicht so viel essen, wie man kotzen möchte.« (Der drastische Liebermann hatte die Vokabel »fressen« benutzt.)

Was ist das für eine Lust, die die Mächtigen an solchen Schauspielen haben? Ist es das Imponiergehabe des sich plusternden Hahns zur Abschreckung gegenüber dem Rivalen, das immerhin archaische Ursprünge geltend machen kann? Welche Deutung jedoch hat man für die Befriedigung, Menschen zu Blökken ohne individuelle Merkmale zu formen, sie gleichförmigen Bewegungsabläufen zu unterwerfen, in maschinell funktionierende Formen zu pressen, die nichts Menschliches mehr haben?

In der die Personen als Individuen verschwinden und zu einer willenlosen Masse herabgewürdigt werden, deren hervorragende Qualität blinder Gehorsam ist. Einem primitiven Kommando – oft mit sadistischen Zügen – ausgeliefert, das angelegt ist, ihnen ihre Selbstachtung zu nehmen. Offenbar ist dies die Götterspeise der Machthaber überall auf der Welt: die Präsentation vollständiger Willenlosigkeit.
Brigitte findet die militaristische Schaustellung erschreckend, die Ordensverleihungen abstoßend. Ulbricht erhält die Ehrenspange mit Lorbeer und Brillanten zum Vaterländischen Verdienstorden. (Welche Steigerungen wird man sich denn dazu noch ausdenken?) Selbst Hermlin, der sich im März 1963 noch gegen massive Angriffe verteidigen mußte und damals bat, man möge ihn von Verantwortung entbinden, da er nicht wisse, ob er zukünftig Fehler vermeiden könne, wird wieder ans Herz der Partei gezogen und erhält das »Banner der Arbeit«. Ebenso wird Cremer hochgeehrt, zuvor in Grund und Boden verdammt, nun wieder im Schoße der Alleinseligmachenden.
Brigitte hat von Jugend an eine leidenschaftliche Abneigung gegen Militarismus und Krieg. Ihr ganzes Leben ist überschattet von Alpträumen. Seit den Atombombenabwürfen der Amerikaner auf Hiroshima und Nagasaki ließen sie diese Träume nicht los: von Menschen, deren Spur nur noch als Schatten an der Wand existierte, von Hunderttausenden von Toten, dem Heer der versehrten Überlebenden, der trostlosen Zerstörung. Diese ihre Ängste sind real, sind verwoben mit ihrem Alltag und so erschreckend wie einst ihre Kinderängste vor Geistern und Spinnen, die sie ebenfalls bis in ihre Erwachsenenwelt verfolgen. Eine Umgebung, die sie als fremd und feindlich empfindet, kann diese Ängste hervorrufen, und sie ist ihnen – allein – hilflos ausgeliefert. Sie schreit dann im Schlaf, und das Entsetzen setzt sich fort, wenn sie von ihren Schreien erwacht, hypnotisiert von ihren Träumen. An Henselmann schreibt sie einmal: »Nachts habe ich Angst, überall ticken die alten Gespensteruhren.«

Am gleichen Tag, an dem sich die Großkopferten mit Orden behängen, hören sie abends im Sender Freies Berlin Havemanns Antwort auf den diskriminierenden Artikel von Dr. Wessel im *Forum,* die polemische Kritik an der Gegenüberstellung seiner Schriften von 1952 und 1964. Als wenn DDR-Bürger es nicht gewohnt wären, daß die Dinge sich vor allem für die Partei ändern. Brigitte schreibt: »Kapitalistenknecht Tito – Freund Tito, verbrecherische Gomulkaclique – Bruder Gomulka…« Das *Forum* hatte den Aufsatz, die Antwort Havemanns, nicht gedruckt, obwohl es ihn unter Beschimpfungen der Feigheit bezichtigte und die Lüge verbreitete, er habe trotz der Aufforderung, sich zu rechtfertigen, geschwiegen. Havemanns Antwort, vom *Forum* unterschlagen, ist daraufhin als Aufsatz in der Hamburger *Zeit* erschienen. Brigitte: »Er ist gut, er ist richtig, er ist wahr, wir billigen ihn von der ersten bis zur letzten Zeile. Ich bin jetzt zu zornig, um ›vernünftig‹ zu sein. Immer schweigen, zusehen, tatenlos dulden?« Henselmann schreibt sie: »Was soll man tun? Schweigen? Totschweigen? … und ich bin auch ein gebranntes Kind und habe kein Talent zum Märtyrer… wie kann man denn in Frieden Bücher schreiben, wenn man Unrecht zwar nicht tut, aber duldet?« Sie schreibt es mit einem Gefühl der Unsicherheit, immerhin muß sie Bespitzelung fürchten.
Später wird sich herausstellen, daß Brigittes Telefon von der Staatssicherheit abgehört wurde und auch verschiedene IM der Stasi über sie berichteten. Ob auch ihre Post der Bespitzelung unterlag, ist nicht bekannt, aber eher unwahrscheinlich.
»Ich bin so bitter, manchmal voller Haß – und ohnmächtig. Das alles quält mich so, daß ich zuweilen wünsche, ich könnte wieder selig zurückkehren … die religiöse Sicherheit der Partei empfinden … Fort, fort auf eine einsame Insel, fliehen wie Gauguin.«
Sie flieht, nicht in die Südsee, aber auf ihre Insel – ins Private.
Das Verhältnis zu Jon scheint in dieser Zeit etwas in den Hintergrund gedrängt worden zu sein. Ihre Arbeit nimmt ihre Kräfte in Anspruch, und auch sie, die Unermüdliche, kann sie nicht ver-

doppeln und auch noch für den Partner die gleiche Intensität aufbringen wie fürs Schreiben. Aber die Sonntage gehören Jon. Sie sind beide überarbeitet und brauchen Erholung. Noch immer sind die Stunden mit Jon, wenn sie Zeit füreinander haben, die schönsten, »als schliche ich zu meinem heimlichen Geliebten«.

Die sibirischen Reportagen, im *Forum* in Fortsetzungen gedruckt, sind im Aufbau-Verlag erschienen unter dem Titel »Das grüne Licht der Steppen«. Sie werden auch als Buch ein Erfolg, und es ist so schnell vergriffen, daß dem Verlag das Papier für die Neuauflage fehlt.

Beim Cocktail im Aufbau-Verlag umwirbt sie Klaus Gysi, Leiter des Verlages (ab 1966 Minister für Kultur). Schon einmal hat er sich um Brigitte bemüht, so, »... daß die Art, wie G. mir ein Haar von der Schulter nahm, geradezu ein unsittlicher Antrag war. Jetzt rief er an, er wolle mit mir eine Lesung in seinem Wohnviertel machen. Ich sagte es Jon ... und er sagte: Ich werde ihm einen Zahn einschlagen müssen ... Ich habe abgesagt.« Dann, beim Cocktail: »Und Gysi machte mir wieder den Hof, viel zu auffällig; dabei ist er ein kluger Mann.« Er fragt sie nach ihrem Buch. Sie »stotterte so Zeugs zusammen, aus dem kein Mensch schlau geworden wäre«, aber Gysi spinnt von sich aus den Faden weiter und begreift intuitiv Brigittes Konzeption. Seiner Tochter hat er – wenn auch unpädagogisch, wie er meint – Brigittes Schreibweise so nahegebracht: »Die Reimann weiß wenigstens, wie ein Mann riecht.«

Eine Affäre mit Günter de Bruyn scheitert an der Schüchternheit der beiden. Brigitte mag ihn sehr. Spaziergänge mit ihm, Wärme, Sympathie, leise Verliebtheit, lange Gespräche; er ist auf ihrer Wellenlänge. Sie werden einen lang andauernden Kontakt haben, vorwiegend brieflich. Noch Jahre später wird sie beim Empfang eines seiner Briefe sagen: »Ich lese sie mit einem Seufzer, der etwa ›schade‹ oder ›leider zu spät‹ sagen will.«

Bei dieser Selbstbescheidung – so lange schon ohne Affären – fragt sie sich halb verwundert, halb besorgt, ob Jon ihr allein durch seine Existenz die Fähigkeit ausgetrieben habe, sich schnell und heftig verlieben zu können. Doch die Probe aufs Exempel ist schon in Vorbereitung.
Das Internationale Schriftstellertreffen wird vom 14. bis 22. Mai 1965 in Weimar und Berlin ausgerichtet. Das letzte Treffen hatte 1937 in Madrid stattgefunden, davor 1935 in Paris. Eingeladen sind Schriftsteller, die für Frieden, Humanität und Antifaschismus eintreten – eine große Ehre für die kleine DDR.
Brigitte fährt am 16. Mai mit Jon nach Weimar. Sie lernt viele der ausländischen Autoren kennen, unter ihnen Alvah Bessie, einen jener zehn amerikanischen Schriftsteller, die während der McCarthy-Zeit im Gefängnis saßen, und läßt sich eine Widmung in ihre Ausgabe seines Buches »Die Gezeichneten« schreiben. Der Roman handelt von der Zeit der Verfolgungen in den fünfziger Jahren in Amerika, in denen sich Linke und Liberale vor Gericht ihrer Gesinnung wegen verantworten mußten, Gefängnisstrafen und Karriereeinbrüche erlitten, das Ehepaar Rosenberg gar zum Tode verurteilt und trotz aller Proteste der zivilisierten Welt hingerichtet wurde.
Der zweite Prominente, von dem sie ein Autogramm erhält, ist Miguel Angel Asturias, »der große, schöne, alte Aztekenkopf…«, Schriftsteller aus Guatemala. Seine Widmung: »mit meinen beiden Freundeshänden…«
Sie wird zahlreichen Schriftstellern aus aller Herren Länder vorgestellt, wird mit Komplimenten verwöhnt und »mit zarter Höflichkeit und respektvoll« behandelt. Sie lernt auch Kunert kennen und schreibt, daß die renitenten Elemente Heym und Kunert diejenigen waren, die sich am wackersten geschlagen hätten; die Lieblingskinder des Regimes wie Noll und Nachbar sind nicht erschienen, Neutsch fährt – gelangweilt – vorzeitig ab.
Bei der Manifestation im Weimarer Nationaltheater kommen

namhafte Schriftsteller zu Wort, unter anderen Peter Weiß, der dafür daheim seine Hiebe empfängt, der Brite James Aldridge, der Sowjetautor Konstantin Fedin, Autoren aus Australien, Nordamerika und Sidiki Dembele. Brigitte beschreibt ihn als baumlangen, wunderschönen Neger aus Mali. »...soviel Schönheit, Anmut und natürliche Hoheit...« Anna Seghers, die in einem Laden in Weimar auf ihn traf, ist auf ihn zugegangen und hat spontan gesagt: »Gott, was sind Sie für ein schöner Mann.«

Der von allen jedoch mit größter Spannung Erwartete ist der Ungar Zibor Dery, der nach dem ungarischen Aufstand im Jahr 1956 verurteilt wurde und drei Jahre in Haft war. Er wird mit frenetischem Beifall begrüßt – eine politische Demonstration. Dery war natürlich in der DDR von den Machthabern verfemt. Der Höhepunkt seiner Rede: »... daß ich mich nur mit einem Sozialismus begnügen kann, der auf Gerechtigkeit fußt und in dem die Wahrheit gesprochen und gesagt wird.« Es sei die Aufgabe des Schriftstellers, immer und überall die Wahrheit zu sagen. Wieder bricht der Beifall los. Brigitte sitzt neben Kuba, »dem unappetitlichen Wirrkopf, er schimpfte wie ein Fischweib, in ordinären Ausdrücken – ein Ausbruch von krankhaftem Haß, er hätte am liebsten Dery gleich wieder eingesperrt oder sofort erschossen.« Ein solcher Ausbruch wegen der Forderung nach Gerechtigkeit und der Aufforderung an die Schriftsteller, die Wahrheit zu sagen. Was für ein Eigentor! Kuba hat nach dem Schlußsatz von Dery noch einmal Gelegenheit zu schäumen: »Als Abschied erlauben Sie mir, daß ich Ihnen zu Ihrer weiteren Arbeit ein ruhiges Gewissen und ein friedfertiges Herz wünsche.« Die Schriftsteller toben. »... für Dery, für unser Gewissen, für die Wahrheit – gegen dich, Kuba, und deine verdammten Dogmatiker! In diesem Moment verstand ich, wie es zu politischen Morden kommen kann.« Diese naturgemäß anonymen und daher mit befreiter Heftigkeit geübten Beifallsdemonstrationen müssen die Schriftsteller in nächster Zukunft teuer bezahlen.

Kubas Hysterie erreicht erst bei der Rede des Amerikaners William Saroyan ihren Höhepunkt, die – ironisch eingeleitet – ernsthaft und mahnend endet: Er glaube trotz aller Anzeichen des Gegenteils, daß mit der Hilfe des Sozialismus die menschliche Familie gerettet werden könne. Kein Wunder, daß ein Anzeichen des Gegenteils, nämlich Kuba, fast an seiner Wut erstickt. Es kann nur mit Mühe ein Skandal verhindert werden.
Die Reden werden »gereinigt«, also nur in Auszügen veröffentlicht. Die alte Taktik des Totschweigens. Sie wird auch gegen Heym angewandt, der Redeverbot hat, und gegen Havemann, der einen Prozeß angestrengt hat, über den nichts verlautet; und gegen die Ungezählten, von denen nichts durchdringt.
Der Besuch in Buchenwald – so nah die Denker den Henkern – erschüttert Brigitte wie seinerzeit Theresienstadt. Sie hält es nicht lange aus: »... ich zitterte schon vor dem Krematorium, und in dem Keller mit den Fleischerhaken und vor der Meßlatte wurde mir schlecht.« Sie geht hinaus an die Stelle, wo die Baracken gestanden haben, und hier, bei der lieblichen Aussicht auf das Tal, empfindet sie diese Schönheit als eine besondere Art des Sadismus, weil sie den Häftlingen ihre ganze Qual erst recht vor Augen geführt haben muß.

17. KAPITEL

Das 11. Plenum

Jon hat nur ein paar Tage für den Kongreß, dann muß er zurück an seine Arbeit. Brigitte ist frei. Und nun zeigt sich, daß ihr Hafen zwar Jon heißt, wie er vordem Daniel hieß, aber daß ihr Schiff die Segel hißt und wieder aufs Meer hinausfährt. Drei Männer umschwirren sie: Horst Eckert, der Sekretär des Schriftstellerverbandes, Franz Kain, ein Schriftsteller aus Österreich, und Bruno Pioch, Pressesprecher beim Filmvertrieb. Natürlich sind es mehr, die sie begehrlich verfolgen, aber in diese drei verliebt sie sich. Zuerst ziemlich heftig in Horst Eckert, jenem Dr. Eckert, der sie zur Lesung nach Westberlin begleitet hatte. Bruno Pioch bleibt ihr auf den Fersen, der Österreicher Franz Kain wird ihr von Freunden »nahegebracht«.
»Es war eine böse Lust«, schreibt sie, »mit jedem der drei Ritter in den Park zu gehen, an dieselbe Stelle ... und dabei war es doch jedesmal aufrichtig.«

Besonders hartnäckig ist Bruno Pioch, ein früherer Geheimagent in Paris, der sie mitnehmen möchte nach Berlin, beharrlich und schwer abzuschütteln, »Brigittes Mantelträger«. Er ist ganz ernsthaft in seinen Bemühungen und malt ihr das Leben mit ihm in verführerischen Farben. »Ja, wenn ich allein wäre – ich glaube, ich hätte es riskiert, ein paar Jahre Wirbel und Reisen und Glitzerleben.« Sie verwirft aber diesen Gedanken. Sie denkt außer an Jon auch an ihr Buch. Sie weiß, daß es so nicht wachsen kann, daß sie Abgeschiedenheit braucht, Selbstisolierung, Konzentration.

Sie berichtet Jon von ihren Abenteuern. »Es war unklug.« Jon macht ihr keine Szene, aber diese Nachrichten liegen ihm im Magen. Er schweigt, ist fremd mit ihr. Sie weiß, daß zwischen ihnen steht, was sie ihm gebeichtet hat. Jon sagt, eines Tages werde er um sein Leben kämpfen müssen; er bezichtigt sie des Falschspiels und verläßt die Wohnung.

Noch nicht einmal in ihrem Tagebuch will sie »die teuflische Lust« analysieren, die sie dazu treibt, Bestehendes zu gefährden, diese Sucht, Grenzen auszuloten, in denen Glück geborgen ist und die man nicht ungestraft verletzt.

Sie treten einen Urlaub in Ahrenshoop an, einem Ostseebad; sündhaft teuer finden sie es und wenig komfortabel, mit schlechter Verpflegung. Die Menschen, die dort Erholung suchen, sind von ausgesucht nörglerischer Natur, streitsüchtig und spießig. Die beiden werden über Pfingsten von der Dorli-Schwester mit Mann und Kind und einem mit ihnen befreundeten Paar besucht. Selbst das Ballspiel der jungen Leute, ihr Lachen und ihre Lebensfreude werden unmutig kommentiert.

Brigittes Verehrer Bruno Pioch, der lebhafte, quirlige Filmjournalist, der sie besonders hartnäckig umworben hatte, meldet sich telegrafisch an und bittet, ihm ein Zimmer zu besorgen »von Heuboden bis First Class«. Jon reagiert heftig: »Ich werde ihn ins Meer schmeißen«, und er läßt keinen Zweifel an seiner Entschlossenheit. Brigitte sagt ihm telegrafisch ab. In Ahrens-

hoop wohnt auch Wolfgang Schreyer, ihr alter Freund, mit dem sie Briefe wechselt. Sie besuchen ihn, und sie hecheln »bei Kuba-Rum boshaft den Verband« durch. Die beiden Männer scheinen sich recht sympathisch zu sein.
Jon ist wieder gut und verliebt, und so wird die Zeit doch noch erholsam und harmonisch. Sie hat – wie immer, wenn sie sich wohl fühlt – wieder Lust zu arbeiten.
Bei einer Fahrt nach Rostock, wo sie Dorli aufsuchen in ihrer winzigen Wohnung, sind sie ganz in der Nähe von Daniel, aber Brigitte wagt es nicht, ihn aufzusuchen, obwohl sie es gern getan hätte und ihr Zögern bedauert. Gewiß hält sie die zu befürchtende Reaktion von Daniels Frau zurück, denn Brigitte weiß, was sie in dieser Situation empfinden würde. Beim Empfang zum zwanzigjährigen Bestehen des Aufbau-Verlages wird sie ihn wiedersehen und sich mit ihm »freundlich« unterhalten. Obwohl er nun ferngerückt ist, »kann ich immer noch verstehen... warum ich ihn geliebt habe... – aber wenn ich noch einmal zu wählen hätte – ich würde den Jon wählen...«
Drei Kapitel der »Franziska« hat sie abgeliefert, und Lewerenz ist begeistert. Noch weiß Caspar nichts davon, daß sie bereits einen Vertrag mit dem Verlag Neues Leben abgeschlossen hat. Sie fürchtet, er wird toben.
An ihrem Geburtstag schreiben die Eltern, daß Lutz nun nach Südafrika gehen wird. Mit Selbstverständlichkeit nimmt Brigitte an, daß er ihn nun hat, »den Mut, seine alten Träume zu verwirklichen«. Das dürften jedoch nicht die Träume sein, die er in seiner Jugend geträumt hat und von denen in den »Geschwistern« die Rede ist. Da wollte Uli zur algerischen Befreiungsarmee. In Südafrika gibt es die nicht, da gibt es 1965 nur eine weitgehend planlose Rebellion der Schwarzen und eine weiße Herrenschicht, zu der er gehören wird.
Sie bekommt Blumen, Sekt und Liebe zum Geburtstag und einen Roman »Im Alter der Unschuld« von Lajos Mesterházy, in dem moralische Probleme in der sozialistischen Gesellschaft behan-

delt werden. Brigitte nennt es das vielleicht aufrichtigste Buch, das in der DDR erschienen ist, nur ist es nicht »von einem der unseren« geschrieben, die »immer wieder die Kurve« kriegen, zurücknehmen, verfälschen, nur »eine halbe Wahrheit« sagen.
Eine Enttäuschung erlebt sie im Büro des Stadtarchitekten Wagner, wo sie Gelegenheit hat, mit jungen Architekten zu sprechen, die in Weimar ihr Diplom gemacht haben und nun völlig illusionslos an ihre Arbeit gehen, ohne Ehrgeiz, ohne Ideale, ohne Vorstellung von ihrem Beruf. »Arme Franziska«.
Sie hängt im 4. Kapitel fest und kommt nicht recht voran. Sie begreift, daß diese Schwierigkeiten immer dann auftreten, wenn es mit der inneren Wahrheit nicht stimmt, selbst wenn sie hübsche Formulierungen findet. Sie will nicht schwindeln. Fünfmal verwirft sie das Geschriebene und weint vor Verzweiflung.
Am 6. Oktober bekommt sie in Cottbus für ihren Roman »Ankunft im Alltag« den Carl-Blechen-Preis erster Klasse, den der Bezirk Cottbus für Kunst und Literatur vergibt. Mit dem Preis ist auch eine Geldzuwendung verbunden, die sie für die nächsten Monate der ständigen finanziellen Sorgen enthebt. Anschließend wird sie von Lesung zu Lesung geschleppt. Die Lesereise endet in Berlin.
Hier trifft sie Lewerenz. Er ist völlig aufgelöst. Sein Chef, der Verlagsleiter Willy Frankenberg, ist entlassen worden. Der Grund: Verhältnis mit einer verheirateten Frau!
Brigitte kann es nicht glauben – nicht eine solch massive Einmischung in privateste Dinge, zumindest aber nicht eine solch einschneidende Sanktion. Später erfährt sie, daß ihm außerdem Führungsschwäche vorgeworfen wird. Er war wohl nicht der gewünschte Scharfmacher. Die Autoren des Verlages sind empört und entschlossen, sich gemeinsam zu wehren. Sie ahnen zwar, daß es ausgehen wird wie immer: Nach der »Aussprache« wird weitergemacht, als wäre nichts geschehen. Aber, schreibt Brigitte, »man muß doch mal was tun ...«

Frankenberg unternimmt einen Selbstmordversuch. Anschließend geht er wieder zur Arbeit in den Verlag und bezeichnet die Vergiftung als Unglücksfall. Er wird immer wieder verhört, man verlangt das Eingeständnis seines Selbstmordversuches, eine Todsünde gegen die DDR-Moral, da nihilistisch und defätistisch. Brigitte erklärt schließlich aufgebracht, »daß uns ihre katholischen Dogmen nichts angehen«. Dann geht es wieder um die bewußte Liebschaft. Man wühlt in Intimitäten, obwohl jeder einzelne der ganzen moralinsauer sich gerierenden Kamarilla höchstwahrscheinlich mehr Dreck am Stecken hat, als der arme Frankenberg jemals zusammenbringen könnte. Die von Brigitte vorgebrachte Einigung zur Güte: Beurlaubung bis zur Erholung Frankenbergs, dann seine Wiedereinsetzung als Verlagsleiter, hört man sich an, aber Frankenbergs Schicksal war schon besiegelt, bevor es zu der »Aussprache« kam. Er muß gehen.
Das jedoch ist nur der Auftakt. Mit der Vorbereitung auf das 11. Plenum der SED geht die Rückreise in den Stalinismus erst richtig los.
Am 25. November 1965 findet eine »persönliche Aussprache« Walter Ulbrichts mit den Schriftstellern statt, zu der Brigitte zwar eine Einladung erhalten hat, der sie aber nicht folgt. Die »Aussprache« mit Ulbricht im Dezember 1962 mit der maßlosen Schriftstellerschelte und der darauffolgenden Hexenjagd ist ihr noch in gräßlicher Erinnerung. Die diesjährige »Aussprache« ist als Vorbereitung auf die Auseinandersetzung mit den Künstlern beim 11. Plenum des ZK der SED gedacht, das im Dezember stattfinden wird. Ulbricht beschuldigt die Schriftsteller, Verantwortung zu tragen für die »Vergammelung« der Jugend. Er fordert »weniger Erotik«.
Den Gammlern, die am Bahnhof Lichtenberg ihren Treff haben, ergeht es übel; sie werden verfolgt. Man schneidet ihnen gewaltsam die Haare, Demonstrationen werden von der Polizei mit Wasserwerfern bekämpft, es gibt Verhaftungen, Gefängnis

und Arbeitslager. Billy, der Fotograf und Sibirienbegleiter Brigittes, hat schon zwei Reportagen über die Langhaarigen gemacht, sie durften aber nicht veröffentlicht werden, weil der gute Junge seine Sympathien nicht verbergen kann und sie zu positiv ausgefallen sind. Die jungen Leute werden ihrer Haartracht wegen ihrer Arbeit beraubt und dann beschimpft, weil sie »herumgammeln«.

Im Westen kommen ganz ähnliche Abwehrmechanismen gegen Gammler zum Zuge. Die harmlosen jungen Leute mit den langen Haaren, die nichts anderes im Sinn haben, als sich vom seelenlosen Karrierismus ihrer Eltern zu distanzieren, werden von Schlipsträgern verfolgt, wie Abschaum behandelt, im besten Fall verspottet und mit dem Stigma der Verwahrlosung belegt. Dabei ist diese Jugendbewegung entstanden aus der sanften Revolution der Blumenkinder, die ihre perfekten amerikanischen Elternhäuser verließen, sich in die Natur begaben und sich in der Liebe und in Anspruchslosigkeit übten. Für die eigenen Langhaarigen findet Europa keine andere Einschätzung, als sie abwertend in die Nähe von Bettlern zu rücken: Gammler.

Aber die Maßnahmen gegen Gammler sind nur Vorgeplänkel, der eigentliche Angriff gilt einmal mehr den Schriftstellern. In breiter Front zieht das Heer der amusischen Politbosse mit Kuba an der Spitze heran und fällt das Häufchen der Schriftsteller von allen Seiten an, vereinzelt sie, zerstreut sie und macht sie nieder.

Es beginnt mit einem Feldzug der »Werktätigen« gegen Werner Bräunig, der ein realistisches Buch über die Wismuth-Arbeiter geschrieben hat, in dem auch einige weniger schöne Szenen dargestellt werden. Brigitte kann die Realität dieser Beschreibungen bestätigen, denn als Günter D. nach Johanngeorgenstadt (»Texas«) abkommandiert worden war, hatte sie sich, um ihm nahe zu sein, als Kulturinspektorin dorthin verdingt und war, dem dringlichen Rat eines älteren Arbeiters und der Bitte ihres Günter folgend, nach einer Woche der frauenlosen Horde

entflohen. Sie erkennt in dem Buch die realistische Darstellung eines rauhen Männerklubs, der natürlich auch schwer arbeitet und einiges schafft, so wie es Werner Bräunig beschreibt. Ein Kapitel seines noch gar nicht fertiggestellten Buches wird in *Neue Deutsche Literatur* (*NDL*) abgedruckt. Dies stellt sich nicht nur als verwegen, sondern auch als gefährlich heraus. Das ZK benimmt sich, als sei der Feind ins Land eingefallen. Es melden sich – einwandfreie Regie – alte Wismuth-Kumpel, die es allerdings mittlerweile zu Funktionären gebracht haben, und protestieren beleidigt. Die »Texaner«, so heißt es, waren alle großartige Helden der Arbeit, und der Schriftsteller hat im Schmutz gewühlt und die Kumpels desavouiert. Die *NDL* kriegt ihr Fett weg wegen des Abdrucks, der Verband wegen der ungenügenden Prüfung und diskussionslosen Gewährung. Wolfgang Joho, Chefredakteur der *NDL*, wird wegen des Bräunig-Kapitels gefeuert. Einige Redakteure, darunter sogar ein »frommer Genosse«, legen ihre Ämter aus Protest nieder. Es nützt nichts.
Allen Ernstes verlangt die Politmafia von den Schriftstellern, ihre Geschichten nur nach dem gegenwärtigen Stand auszurichten. Vorkommnisse, wie sie auch Brigitte bei ihrem Aufenthalt bei der Wismuth beobachtet hat, darf es nicht gegeben haben. Sie verfaßt nach Aufforderung des *Sonntag* einen Brief, in dem sie ihre Beobachtungen während ihres Aufenthaltes in Johanngeorgenstadt wahrheitsgemäß beschreibt. Er wird nicht gedruckt. Brigitte fürchtet – wie so oft – für ihre »Franziska«, in der sie die Besetzung durch die Sowjets am Ende des Zweiten Weltkriegs so schildert, wie sie und der größte Teil der Bevölkerung ihn damals empfunden haben, nämlich als Zusammenbruch, nicht als Befreiung.
Die Politintelligenz beeilt sich, das Geschehen theoretisch zu unterfüttern. Hermann Axen vom *Neuen Deutschland* geißelt Schriftsteller, die glauben, sie müßten über Fehler schreiben, die gemacht worden seien, und ihre Wahrheiten verkünden und so Kritik an der Gesellschaft üben. Natürlich gab es Fehler, aber

wenn man sie nennt, dann bekommen sie ein zu großes Gewicht … und so weiter – wie gehabt.
Dann geht es gegen Biermann. Ein Kübel voller hämischer Denunziationen ergießt sich über ihn. Sein Gedichtband »Die Drahtharfe«, der gerade bei Wagenbach in Westberlin erschienen ist, wird als Haßgesang auf die DDR und als pornographischer Schund bezeichnet. Zitiert wird kein einziges Gedicht, keine Zeile wird als Beweis gebracht in spaltenlangen Verrissen. Manfred Krug, der Biermanns Lyrik öffentlich zu verteidigen wagt, gerät ebenfalls in die Mühle und wird in Leserbriefen und Artikeln angegriffen. Ein eifriger (bestellter?) Genosse fordert in einem Leserbrief: Biermann oder wir!
Volkes Stimme erhebt sich im Zorn und schlägt sich in entrüsteten Briefen nieder: »Der Wolf Biermann hat schmutzige Lieder geschrieben, ein Teil davon ist so schmutzig, daß uns schon der sittliche Anstand verbietet, uns bei ihnen überhaupt aufzuhalten. Dieser Schmutz ist sowohl unanständiger politischer als auch pornographischer Herkunft.« Empörte Sprüche einer frommen, ihrer Unschuld beraubten Volksseele. Aber denn doch der Aufrichtigkeit entratend. Kein einziger Briefeschreiber konnte auch nur eine Zeile der »Drahtharfe« von Biermann gelesen haben. Nicht einmal die Schriftstellerkollegen kannten diesen Gedichtband. Brigitte: »… hier tobte das Kommando: ›Fertigmachen, den Mann!‹«
Allerdings gibt es keinen einzigen Schriftsteller, der sich von Biermann distanziert.
Dem 11. Plenum der SED wird trotz sorgfältiger Planung in dieser Vorbereitungsphase noch eine makabre Morgengabe zuteil: eine Leiche.
Dr. Erich Apel, Vorsitzender der Staatlichen Plankommission, nimmt sich das Leben. In diesem Fall kann nichts vertuscht werden. Er erschießt sich am 3. Dezember 1965 in seinem Büro. Er ist 48 Jahre alt. Die Gründe für seinen Selbstmord nennt er in

einem Schreiben an die Regierung Brandt. (Er kennt seine Pappenheimer daheim!) Als Grund gibt er das Handelsabkommen der DDR mit der Sowjetunion an, das die neue Konzeption der DDR-Wirtschaft zunichte mache, weil es Planung und Leitung an die sowjetischen Wirtschaftsstrukturen angleiche. Brigitte drückt es drastischer aus: »... bei dem uns das Fell über die Ohren gezogen werde.«

Natürlich wird das Dokument als Fälschung bezeichnet, aber die Katze ist aus dem Sack, und man kann sie nicht wieder hineinstecken.

Doch ist dieser traurige Vorfall nicht geeignet, die Parteigremien milder zu stimmen. Im Gegenteil, die Gereiztheit wird noch mehr angestachelt.

Brigitte ist zornig und voll ohnmächtiger Wut. Besonders berührt wird sie von dem Schicksal des »Kaninchen«-Films. Kurt Maetzig, den Brigitte gut kennt, dessen Produktion sie bis dahin jedoch wenig schätzte, hatte einen guten Film aus Manfred Bielers Roman »Das Kaninchen bin ich« gemacht, der ihm sein künstlerisches Selbstvertrauen wiedergegeben hatte. Bei einer Aussprache mit Brigitte schwor er, bis zum letzten Atemzug für ihn zu kämpfen. Natürlich wird der Film verworfen, das heißt, die Produzenten ziehen ihn »freiwillig« zurück.

Die Kritik bezieht sich vor allem auf das Konzept des Bieler-Buches, daß es in der Stalinzeit Rechtsverletzungen gegeben habe, nach dieser Zeit aber ein Umschwung zu verzeichnen sei. Eine solche Auffassung kann der Stalinist Ulbricht nicht dulden. Kurt Maetzig und sein Chefdramaturg Klaus Wischnewski müssen Selbstkritik üben und versichern nun, daß die Verbesserung der Rechtspraxis nicht nach der Stalinzeit erfolgte, sondern nach 1945. Der von ihnen nach Manfred Bielers Roman erstellte Film »Das Kaninchen bin ich« sei also »ein falscher und schädlicher Film«.

Zu den »Zersetzern« gehören des weiteren: Heiner Müller (»Der Bau«) und Gerd Bieker (»Sternschnuppenwünsche«).

Auf dem 11. Plenum der Partei erreicht die Schriftstellerschelte ihren Höhepunkt – »Schmähungen im ›Pinscher‹-Stil. Alles wie gehabt, wie 1956. Rückfall in den Stalinismus«, schreibt Brigitte. Das Plenum grenzt sich auch gegen angeblich revisionistische Tendenzen in anderen sozialistischen Staaten ab.
Günter Witt, stellvertretender Minister für Kultur und Leiter der Hauptverwaltung Film, übt Selbstkritik und fleht um Vergebung für seinen Irrtum, den Film zunächst zugelassen zu haben. Den Zwischenruf »Du wußtest doch, daß es sich um ein verbotenes Buch handelt« kommentiert Brigitte im Tagebuch höhnisch: »Verboten – mit solcher brutalen Deutlichkeit haben die (nicht wir) nie von der Tätigkeit des Mifkult gesprochen.« Mifkult war die abschätzige Bezeichnung für das *Mi*nisterium *f*ür *Kult*ur.
Witt beteuert: »Wir sind dabei ... die Parteilinie wiederherzustellen.« Seine demütige Haltung hilft ihm nicht – er wird gefeuert.
Christa Wolf verteidigt Bräunig. Die Konsequenz ist, daß sie aus dem ZK entfernt, also nicht wieder vorgeschlagen wird. Ihr ist es recht. Nach diesem Plenum wird sie krank und fährt nach Thüringen, um sich zu erholen.
Heinrich Böll und Peter Weiß, die sich gegen die Biermannhetze wenden, die eine Bedrohung aller Schriftsteller in der DDR bedeute, und – so Weiß – Meinungsfreiheit im Sozialismus einfordern, werden zurückgewiesen. Kritik wird mit Schmutz gleichgesetzt, Meinungsäußerung mit Anarchie.
Es gibt auch eine Konsequenz auf Ministerebene: Hans Bentzien, Minister für Kultur, wird abgesetzt, und Klaus Gysi wird sein Nachfolger.
»Bin gespannt, wie sich der schlaue kleine Faun auf dem Ministersessel ausnehmen wird, auf diesem undankbarsten aller Posten«, schreibt Brigitte dazu.
Brigitte ist nicht in der Partei, aber sie erfährt von Annemarie Auer, was in der Parteiversammlung, Höhepunkt der desavou-

ierenden Veranstaltungen, vorgegangen ist. Sie erzählt Brigitte, daß Hans Koch, Erster Sekretär des Schriftstellerverbandes, in Tränen ausgebrochen sei. Überall wird »abgelöst«, er – Koch übrigens auch.

Henselmann läßt sich in einem Telefongespräch mit Brigitte zum 11. Plenum aus: Er heißt die Ergebnisse gut, sieht die Vorgänge in großen Zusammenhängen; zu dem verfemten Heym meint er, der sei ein wildgewordener Kleinbürger. Brigitte fragt sich: »Aber hat er ihn nicht mal zu seinen Freunden gezählt?« Sie ist enttäuscht von Henselmann, findet seinen Standpunkt bequem.

Aber – hat Henselmann wirklich so gedacht? Oder wollte er sich auf diese Weise nur schützen? Niemand kann wissen, ob seine Telefongespräche nicht abgehört werden. (Später erfahren wir, daß die Stasi Brigittes Anschluß in der Tat unter Kontrolle hatte.) Schließlich sind ihm schon weniger gravierende Bekenntnisse übel angekreidet worden, und – er hat eine große Familie.

»Ach, mir steht's bis zum Hals, ich bin so down, daß ich nicht mehr arbeiten kann«, schreibt Brigitte.

Die Vorstandssitzung im Bezirk Cottbus ist ein Höhepunkt des Irrsinnsstücks, in dem jetzt die Epigonen zu Wort kommen, die kleinen Mitläufer, denen es an Verstand und an Mut und vor allem an einem eigenen Standpunkt mangelt. Sie übernehmen einfach den der Partei. Die Kollegen im Bezirk distanzieren sich von Heym und Biermann. Sie akzeptieren alle Verurteilungen des 11. Plenums. Brigitte begehrt auf, spricht über ihre Wertschätzung Heyms, über »das organisierte Denunziantentum, über Bräunig und die Unterdrückung unserer Proteste – eben über alles, was sich so in den letzten Wochen angestaut hatte«. Sie erntet empörte Erwiderungen und den Hinweis, man müsse der Partei eben glauben. Sie fühlt sich an ihre katholische Vergangenheit erinnert. »Ich kann jetzt verstehen, warum Leute, die einmal in Isolation gedrängt worden sind, anfangen, blind-

wütig um sich zu schlagen. Ich habe schließlich Dinge verteidigt, die ich sonst, im ruhigeren Gespräch mit Jon, ablehne«, sagt sie über die anschließende Diskussion.
Die Herren entschließen sich, ihr eine Art Narrenfreiheit zuzubilligen. Sie sei eben das Enfant terrible des Verbandes. Das bedeutet nicht, daß die Stasi nicht über ihre Äußerungen von ihrem auf Brigitte angesetzten Kontaktmann unterrichtet wird.
Brigitte fährt anschließend zur Verbandssitzung des Deutschen Schriftstellerverbandes. Sie ist überrascht, daß so wenige der wichtigen Leute anwesend sind. Die Gründe: Die anderen hatten von einer geplanten Erklärung gehört und waren weggeblieben. Im Präsidium sitzen die Mittelmäßigen. Wortmeldungen gibt es kaum, und Kuba führt das große Wort. Jetzt rächt er sich für die Isolation, die er auf dem Internationalen Schriftstellerkongreß in Weimar hinnehmen mußte, er »grölte herum«.
Die Reststaffel der Schriftsteller ist gleichgeschaltet. Alle spüren die Gefahr und ducken sich. Allerdings befinden sich lauter Größen des ZK in der Runde. Von ihnen wird schließlich unter der Fuchtel Kubas, dem alles immer noch zuwenig gepfeffert ist, eine Erklärung formuliert, in der alle den Beschimpfungen des Parteiplenums beipflichten, die eigene Schande also akzeptieren. Diese Erklärung wird in unanständiger Eile durchgepeitscht, und Kuba erklärt hämisch, niemand solle glauben, daß die, die sich gedrückt haben und nicht erschienen seien, ungeschoren davonkämen. Jeder einzelne werde aufgefordert, seine Stimme hierzu abzugeben – das werde eine einstimmige Erklärung geben. Brigitte schreibt dazu: »Natürlich hätte ich noch die Möglichkeit gehabt, eine Gegenstimme abzugeben, die einzige… aber dazu gehörte Mut, und den hatte ich nicht mehr nach diesem Tag.«
Diese restriktive Politik der Partei, die die Richtung für die nächsten Jahre weist, treibt auch die Verlagsleute in die Verzweiflung. Sie wissen, daß es keine gleichgeschaltete Literatur geben kann, die diesen Namen verdient; überall sehen sie nur

Einschränkungen und eine Wüste, vor der ihnen graut. Darüber hinaus kann jeder Schritt existenzbedrohend sein, der vom vorgeschriebenen Wege abgeht. Eine Gratwanderung, bei der Abstürze vorbestimmt sind.
Bei einer Konferenz im Verlag Neues Leben findet Brigitte einen in seinen Grundfesten erschütterten Lewerenz vor. Man hat ihn angewiesen, Gerd Biekers Buch »Sternschnuppenwünsche« einstampfen zu lassen. Die Kritik: Das Buch befördere einen Generationenkonflikt, weil junge Leute sich bemühen, Neuerungen in ihrem Betrieb durchzusetzen. Wagner vom ZK der SED und Helmut Müller vom Zentralrat bearbeiten die Schriftsteller und schwören sie auf die neue Linie ein. Eine hoffnungslose Lage. Verlegerische Verantwortung zu übernehmen ist gleichbedeutend mit Bedrohung der Existenz.
Abends trifft sie Lewerenz im Presseklub in desolatem Zustand. Er betrinkt sich vor Verzweiflung. Sie ist erschrocken, sieht Caspar in ihm, der sich ebenfalls aus Verzweiflung zu Tode säuft. Sie will ihm das Manuskript zunächst nicht anvertrauen, weil sie selbst nicht mehr weiß, wie es ihrer »Franziska« ergehen wird in diesem Tollhaus. Sie besteht auf ihrem Konzept, und natürlich vertraut sie ihm schließlich doch ihr Manuskript an. Zunächst ist ihm nicht ganz wohl dabei – er habe es natürlich mit »Plenumsaugen« gelesen, sagt er. Aber dann ist er doch überwältigt und des Lobes voll.
Die quälend langsame Arbeitsweise ist für Brigitte untypisch. Jetzt, im Februar 1966, brütet sie seit drei Jahren über den ersten vier Kapiteln. Zwar hat sie durchaus glückliche Schreibzeiten, aber die Hemmnisse scheinen doch zu überwiegen. Sie sind weniger privater Natur – denn noch ist das Verhältnis zu Jon ungetrübt – als vielmehr gesellschaftlicher Art. Einmal ist es die Furcht vor Sanktionen, die sie beutelt, wenn sie tut, was sie sich vorgenommen hat: ihre Wahrheit zu sagen, die nicht die Wahrheit der Partei ist? Also trotz allem den Lernprozeß weiterzuverfolgen, den sie seit Jahren durchmacht, und die

Erziehungs- und Einmischungsansprüche der Partei zu ignorieren?
Aber die andere Schwierigkeit ist wohl die hartnäckigste: Sie muß ihre eigene Programmierung überwinden – ihre Schere im Kopf – und eine lang geübte, halbwegs freiwillige Selbstbeschränkung aufheben? Eine Selbstbeschränkung, hervorgerufen durch drohende Sanktionen und die Furcht, nicht gedruckt zu werden, die mittlerweile ein Eigenleben bekommen hat und im Unterbewußtsein verankert ist.
Neben all diesen Hemmnissen gibt es noch das Ringen um die Form, um die Qualität, die sich ja ebenfalls vom Bisherigen wesentlich abhebt. Bewundernswert ist die Zähigkeit, mit der sie ihre einmal gefaßten Beschlüsse durchzuführen versucht, ihre Erkenntnisse umzusetzen bemüht ist, diese schier unüberwindlich scheinenden Schwierigkeiten angeht. Und das alles mit der trostlosen Aussicht auf den neuen politischen Kurs, der penetrant wie nie zuvor die Konzepte der Intellektuellen einem tagespolitisch ausgerichteten Zickzackkurs unterwirft und ihren Geist in einem kleinlichen Mief erstickt.
Natürlich ist sie bei aller Beharrlichkeit immer wieder Schwankungen und Zweifeln unterworfen. Ihre Kraft wird so sehr von alldem gefordert, daß sie nur Reste für ihre Produktion rettet.

18. KAPITEL

Immer wieder Geldnöte

Weihnachten verbringt die ganze Familie in Burg. Lutz ist da mit Frau und Sohn, Dorli mit Uwe, Uli mit Sigrid und Brigitte mit Jon. Natürlich wird gestritten, daß die Wände wackeln. »Übrigens war es wie meist bei Ost-West-Streit: Die Ostpartei blieb viel zu höflich und sachlich; die Westpartei redete mit dem alleinigen Anspruch darauf, recht zu haben ...« Das übliche Verhalten des reichen Verwandten gegenüber den armen Schluckern.

Es herrscht ein entsetzlicher Krach, alle sind abwechselnd beleidigend oder beleidigt, am Rande der endgültigen Entzweiung. Die Angeheirateten sind fassungslos und befürchten das Schlimmste. Aber kurz vor der Katastrophe sind plötzlich alle wieder miteinander versöhnt. »Jon meint, wir seien eine Horde, ein Stamm ... auf niedriger Kulturstufe ...« Brigitte dazu: »Wir hängen alle sehr aneinander, das ist alles.«

Lutz hat noch ein Geschenk für Brigitte. Er sagt ihr, als sie einmal allein miteinander reden – da geht es plötzlich in Ruhe –, daß er niemals, auch nicht in Zeiten der härtesten brieflichen Auseinandersetzungen, aufgehört habe, sie zu lieben.
Der Abschied ist lärmend. Sie trennen sich alle versöhnt und liebevoll wie immer.

Brigitte schreibt am fünften Kapitel: »Ich habe mir vorgenommen, ohne Selbstzensur zu schreiben, ohne an die Folgen zu denken – einfach so, nach meiner Wahrheit.« Es klingt beschwörend.
Wolfgang Schreyer ist für sie so etwas wie ein Fels in der Brandung. Er schickt ihr die Abschrift eines Briefes, den er an v. Kügelgen geschrieben hat, den Chefredakteur des *Sonntag*, in Verteidigung eines Aufsatzes von Heym, »Die Langeweile von Minsk«. Er bezeichnet in diesem Brief v. Kügelgen als einen »konservativen Soz.« und Heym als einen »linken Sozialisten«, der »zu denen gehöre, die sich in den letzten elf Jahren neue Gedanken gemacht haben«. Nach einem Besuch bei Schreyer klagt sie, er sei ein bissiger alter Einzelwolf, der sich nicht helfen lassen wolle, keine Verbündeten suche, ja sie gar vergraule. Schreyer aber will niemandem schaden. Er nennt sein Verhalten aus »Vernunft und Anstand« geboren.
Maetzig, der so bereitwillig zu Kreuze gekrochen ist, wird von Ulbricht im *Neuen Deutschland* vom 23. Januar 1966 eines offenen Briefes gewürdigt, der allein deshalb erwähnenswert ist, weil er den unsäglichen Satz enthält: »Die Schatten, die der Schriftsteller und Künstler sieht, wirft das Licht des umfassenden Aufbaus des Sozialismus.« Jon gräbt zum Trost – gibt es den? – Dokumente vom 5. Plenum der SED im Jahre 1951 aus, in denen Brecht scharf angegriffen und herabgewürdigt wird, »alles in allem ein recht begabter, aber volksfremder Bursche«. Ebenso beweist Jon Brigitte und Dieter Dreßler, daß eine Formalismusdebatte, in ebendiesem Plenum vorgetragen, Jahre

später nur noch lächerlich wirkt. Aber Brigitte findet es nicht nur lächerlich, sondern auch schrecklich: »Das ist nicht Mißtrauen, das ist erbitterte Feindschaft gegen die Kunst.«
Einige Tage später erlebt Dieter Dreßler zusammen mit Brigitte, die er um ihre Begleitung gebeten hatte, in Cottbus bei der Abnahme seines Wandbildes eine böse, vorbereitete Abschußszene. Der »Volkszorn« ist wieder einmal mobilisiert worden, wird aufgeheizt von den Funktionären, das Bild als »Dreck« bezeichnet und vollständig niedergemacht.
Das gesunde Volksempfinden verlangt hörbar nach wahrheitsgetreuen Abbildungen, nach Schönheit. Dieter Dreßler erhält Auftragssperre. Ein Boykottaufruf geht an alle Abteilungsleiter für Kultur in den Städten. Er ist ruiniert. Brigitte, die an ihren Auftritt im Bezirksverband nach dem 11. Plenum denkt, bei dem sie, von Dieter Dreßler unterstützt, massive Kritik angebracht hatte, befürchtet, Dieter und sich selbst eben doch damit geschadet zu haben. Sie selbst ist ja auf diese Weise nicht kaltzustellen, aber Dieter bekommt die Folgen zu spüren.
Ihr wird nach diesem Erlebnis Hoyerswerda immer mehr verhaßt, auch weil die Behörde, ebenfalls Volksempörung vorgebend, erwartet, daß sie ihre Wohnung mit ihrem Ehemann teilt, Jon sein Zimmer also aufgeben und zu ihr ziehen solle. Sie entschließt sich nunmehr, den Umzug nach Neubrandenburg energisch zu betreiben. Der Schriftsteller Joachim Wohlgemuth bestätigt ihr bei einem Treffen in Berlin, daß sie hochwillkommen sei. Sie ahnt nicht, daß noch eineinhalb Jahre vergehen werden, bis es endlich soweit ist.
Neuerdings interessiert sich die Staatssicherheit wieder für sie und auch für Dieter Dreßler. Beiden wird nachgesagt, eine Untergrundbewegung unter den Künstlern aufzubauen. Brigitte hat ihre traumatischen Begegnungen mit der Staatssicherheit nicht vergessen, und sie findet es nicht nur lächerlich, sondern schrecklich. »Wir gelten als das Haupt einer ›Untergrundbewegung‹ bei den Künstlern... Weil wir fragen«, schreibt sie. »Es

gibt Augenblicke, in denen ich das Gefühl habe, der Hals werde mir zugedrückt.«

Brigitte befindet sich in finanziellen Schwierigkeiten. Früher hat sie ja bei ihrer Produktion auch den Erwerb im Auge gehabt. Das ist nun anders. Sie ist nur noch an diesem Roman interessiert. Ihre finanzielle Situation kann sie nicht davon abbringen, den künstlerischen Auftrag, den sie sich selbst gegeben hat, zu erfüllen. Sie sieht auch keine Möglichkeit für Teilpublikationen und Lesungen, wie sie vor dem 11. Plenum noch möglich waren angesichts der anhaltenden politischen Denunziation der Künstler.
Der Verlag *Neues Leben* lehnt ab, ihr ein Stipendium zu gewähren, um keinen »Präzedenzfall« zu schaffen. Lewerenz ist dagegen machtlos. Sie setzen ihre Hoffnung auf den neuen Verlagsleiter. Der abgelöste Minister für Kultur, Bentzien, wird als neuer Chef erwartet. Er gewährt ihr tatsächlich ein Stipendium für ein halbes Jahr. Allerdings mit der Auflage, dann 250 Seiten des Buches abzuliefern. Im Mai 1967 soll sie das Manuskript fertiggestellt haben. »Ich weiß nicht, ob ich es bis dahin schaffe, bin jetzt erst mal in Panik und arbeite wie verrückt. Angst um Qualität. Gebe Gott, daß ich nicht krank werde.«
Sie hängt sich eine Leistungstabelle über den Schreibtisch, glaubt, wenn es so mit ihrem augenblicklichen Schreibfluß weitergeht, könne sie die 250 Seiten glatt schaffen.
Die *NDL* bittet, ihr das Manuskript für einen Teilabdruck zur Verfügung zu stellen. Der neue Chefredakteur, ein Dr. Neubert, der Wolfgang Joho abgelöst hat, lehnt nach dem Studium des Textes unter Komplimenten ab. Er bemängelt, das Manuskript habe problematische Stellen, die man angesichts der Erfahrungen mit dem Bräuning-Vorabdruck, um Mißverständnissen vorzubeugen ... Nun, vielleicht könne sie statt dessen über ihre Schaffensprobleme berichten. Brigitte kontert, sie habe keine, sie schreibe ja ein Buch.

»Problematisch«, schreibt sie. »Wofür ist die Literatur denn zuständig, wenn nicht für Probleme? Ein widerliches Land.«
Der nächste Volkszorn dräut schon. Jetzt geht es um den bis vor kurzem noch zur Rechten Ulbrichts sitzenden Erik Neutsch und die Verfilmung seines Buches »Die Spur der Steine«. Der Film ist mit Erfolg in den Kinos angelaufen und von der Kritik gelobt worden. Nachdem Walter Ulbricht ihn gesehen und abgelehnt hat, drängt der bis dahin im verborgenen wesende Volkszorn nunmehr auftragsgemäß an die Oberfläche und erregt sich über den – zunächst vom anderen freudig zustimmenden Volk übersehenen – Tatbestand, daß die Rolle der Partei in dieser Verfilmung entstellt wurde.
Christa Wolf geht es mit »Fräulein Schmetterling« nicht besser. Dieses Werk gestalte nicht das sozialistische Menschenbild und sei eine grobe Verfälschung des sozialistischen Lebens. Und so weiter ... und immerzu erregen sich die Verantwortlichen darüber, daß die DDR nie einen Filmpreis einheimst.
Hoyerswerda versucht es nun mit Schmeichelei. Ein gewisser Namokel wirbt um Brigitte, sie möge doch im Bezirksverband bleiben und nicht wegziehen. Nun, Brigitte kann sich noch recht gut an das Vorjahr erinnern, als derselbe Herr sie bei der Ideologiekommission angeschwärzt hatte, weil sie keinen Agitationsartikel gegen den Erhard und seine Pinscheranwürfe gegen westdeutsche Intellektuelle schreiben wollte. Brigitte hatte das abgelehnt mit der Begründung, daß sie vollständig uninformiert sei, nur die ihr vorgelegten Auszüge kenne, die Verhältnisse in Westdeutschland jedoch gar nicht, weil sie nicht hinfahren dürfe. Außerdem waren ihr die Ausfälle Ulbrichts gegen die Schriftsteller bei der »Aussprache« 1962 noch in Erinnerung und die neuerlichen auf dem 11. Plenum noch im Ohr. Derselbe Namokel hatte sie bei der verweigerten Zustimmung zu der Diskriminierung Heyms hämisch daran erinnert, daß sie ja damals bei der Pinscher-Debatte schon Schwierigkeiten hatte.
Nun, die Bezirksleitung hat plötzlich die Liebe zu ihren Künst-

lern entdeckt, sie »trieft vor Zuneigung... Widerlicher Verein.« Frau Apel, Ratsvorsitzende des Bezirks, bietet ihr sogar ein Haus in Boxberg an, wo Jon arbeitet. »Merkwürdige Leute, die denken, man sei durch Lebensstandard zu kaufen.«
Dieselbe Bezirksleitung wird sie unerbittlich bis in ihre neue Heimat mit Verleumdungen und bösartigen Beschuldigungen verfolgen, wenn sie Hoyerswerda den Rücken gekehrt haben wird. Nach dem Motto: »Und willst du nicht mein Bruder sein, so schlag' ich dir den Schädel ein.«

Das Verhältnis Brigittes zu Jon scheint unverändert zu sein. Von Zeit zu Zeit erfahren wir, daß die Liebe zwischen ihnen aufregend ist und sie immer wieder Neuland entdecken, daß ihre gegenseitige Anziehung nach Brigittes Aussage weiterhin in der gleichen Faszination besteht. Daß auch die Konfrontation ihrer unterschiedlichen Wesensarten keine grundlegenden Probleme aufwirft, sondern stete Anregung bedeutet. Wieweit Jon seine Erziehungsversuche aufgegeben hat, erfahren wir nicht. Aber offenbar kann Brigitte sie verkraften und empfindet sie nicht mehr als vernichtend. Jons scharfer und kühler Verstand und ihre Intelligenz und Spontaneität scheinen sich zu befruchten. Brigittes politische Äußerungen im Tagebuch verleugnen zwar nicht ihre Gefühle, haben aber an Präzision und Aussagekraft gewonnen. Sicher liegt das auch daran, daß sie älter wird und sich entwickelt.
Jon dagegen beginnt, gewiß angeregt von Brigitte, zu schreiben, wenn auch mit geringem Erfolg – was nicht unbedingt an der Qualität seiner Texte liegen muß. Brigitte hat ihm das Schreiben finanziell ermöglicht und ihn von seiner Arbeit als Traktorfahrer erlöst, weil sie glaubt, daß beides kräftemäßig nicht zu vereinbaren sei. Nach seinen Mißerfolgen hat er wieder eine Beschäftigung als Traktorfahrer angenommen. Dazu gehören auch Spätschichten; so bleiben ihnen vor allem die Sonntage, die sie gemeinsam genießen.

Die Sicherheit in der Ehe glättet schließlich auch dieses Liebesverhältnis. Kein Daniel mehr, der Jon bedroht und Brigitte leiden läßt, keine Heimlichkeiten mehr. Diese Tabuverletzungen und Aufregungen gehören nun der Vergangenheit an, und so haben sie ihrer Liebe das Fieber und den Wahnsinn genommen und sie auf ihren wesenhaften Kern zurückgeführt, dessen Vorhandensein und Beständigkeit sich jedoch erweisen müssen. Allerdings gesteht Jon ihr, daß er ihrer immer noch nicht sicher sei. Er befürchtet, daß sie sich im Grunde ihres unruhigen Herzens nach den vielfachen Anregungen der Großstadt sehnt und nach der Anbetung von Männern, daß ihr die Einsamkeit mit ihm in der Abgeschiedenheit dieser Kleinstadt nicht genügt. Brigitte ist betroffen. Gewiß sind ihr ein paar Wochen Trubel willkommen mit allem, was dazugehört, aber wenn sie wieder zu Hause ist, vermißt sie das nicht. Ihr abenteuerliches Leben mit »Franziska« ist aufregend genug und nimmt sie ganz gefangen. Gewiß gibt es daneben die Sonntage mit Jon, und sie braucht sie und genießt sie, aber Jons Eifersucht sollte sich auf dieses Buch richten, das sie so ganz in Anspruch nimmt.
An Franz Kain, den österreichischen Schriftsteller, den sie beim Internationalen Schriftstellerkongreß in Weimar kennengelernt und der sich heftig in sie verliebt hat, schreibt sie einmal: »Dich erschreckt meine Hingabe an die Arbeit. Mich auch, manchmal, wenn ich spüre, daß diese einzige große Liebe so viele andere Gefühle und Sehnsüchte erstickt hat.«
Eifersucht auf ihre Schreibarbeit war von Anfang an bei Jon vorhanden, wenn auch nicht so ausgeprägt wie bei Daniel, der sein eigenes Talent durch Brigittes Erfolge immer wieder in Frage gestellt sah.
So ist denn ein Lob von Jon, das schwer zu erringen ist, für Brigitte eine besondere Befriedigung.
Sie fährt mit Jon nach Neubrandenburg zur Bezirkstagung der Schriftsteller, die sie um eine Lesung gebeten haben. Lubos, Leiter des Bezirks, macht einen guten Eindruck auf sie: »... nicht so

ein Kulturbeamter, der sowieso alles besser weiß.« Ihre Kollegen Joachim Wohlgemuth, Helmut Sakowski und Margarete Neumann gefallen ihr auch. Aber es ist nicht schwierig, Brigittes Sympathie zu erwerben. Sie kommt den Menschen mit naivem Vertrauen entgegen, das durch Enttäuschungen, die sie immer wieder erfährt, nicht zu besiegen ist. Allerdings kann sich diese Sympathie sowohl freundschaftlich vertiefen als auch in Abneigung verwandeln, wie es in Hoyerswerda vielfach geschehen ist. Sie ist zur Freundschaft fähig, doch hier wertet sie sorgfältig und nicht unkritisch.

Nach ihrer Lesung sind alle sehr beeindruckt. Sakowski ist begeistert, Wohlgemuth meint, so möchte er auch schreiben können, Lubos ist entzückt. Nur Margarete Neumann macht eine Ausnahme. Sakowski behauptet, sie sei eifersüchtig, und prophezeit den »Streit der Königinnen«.

»Am meisten bewegt hat mich aber die Reaktion von Jon; er kannte das Kapitel noch nicht und war ganz erschüttert... wenn Jon mich mal lobt, dann muß wirklich was dran sein.«

Brigitte hat im Sommer – einem kalten, verregneten Sommer – neben kurzen Euphorien lange Zeiten der Depression, in denen sie kaum schreiben kann und auch das Tagebuch nicht anrührt. Natürlich hat sie wieder Zweifel an ihrer Fähigkeit, die Handlungen in den Griff zu kriegen, Charaktere gültig zu formen. Es wächst ihr alles über den Kopf.

Hinzu kommen ihre Geldsorgen. Sie befindet sich in der vertrackten Situation, daß Geldzuwendungen vom Buch abhängen, das sie nicht zu bewältigen glaubt – und das ihr zudem einen ungebührlichen Zeitaufwand abverlangt, sie aber mit Rücksicht auf den selbstauferlegten Zwang zur Qualität nicht davon abgehen kann. Außerdem war und ist sie immer äußerst ungeschickt in der Auswahl ihrer Männer, die arm sind wie sie selbst. In der Liebe wie in ihrem Leben ist sie ohne jedes Kalkül, in einer Weise ihrem Gefühl folgend, die beispielhaft oder abschreckend ist – je nach Charakter des Bewertenden.

Die Künstler in der DDR umgab immer das Flair des Privilegiertseins. Selbst die eigene Bevölkerung glaubte daran, wie sich bei der Wende zeigte. Hier wurde wohl vor allem das Privileg zu reisen angeführt, das einigen wenigen zuteil wurde. Aber selbst das war Brigitte Reimann, einer Autorin mit der immerhin höchsten Auszeichnung für Schriftsteller der DDR, dem Heinrich-Mann-Preis, nicht beschieden. Auch den Bürgern in Westdeutschland teilte sich das Bild des privilegierten, in patriarchalischem Wohlwollen des Staates finanziell geborgenen Schriftstellers mit, wie sich in entsprechenden Anwürfen bei der Kampagne gegen Christa Wolf, ebenfalls nach der Wende, erwies. Zwar erfuhr man von den nach Westen übergewechselten Schriftstellern schon, daß sie in der DDR verfolgt waren und unter der Partei zu leiden hatten; trotzdem erhielt sich der Glaube hartnäckig, daß Autoren in der DDR ohne wirtschaftliche Sorgen leben und arbeiten konnten.

Nun ist ja unbestreitbar, daß unterschiedliche Institutionen den Schriftstellern in der DDR mit Stipendien über finanzielle Schwierigkeiten hinweghalfen. Die Verlage waren dabei nicht anders als im Westen gehalten, ihre Vorschüsse zu verrechnen oder unter Umständen zurückzuverlangen, konnten aber wohl auch Stipendien für ihre Autoren beantragen, wie der neue Verlagsleiter des *Nl*, Bentzien, mit dem Stipendium für Brigitte bewies. Stipendienmittel standen vor allem dem Schriftstellerverband, aber auch zum Beispiel der Gewerkschaft zur Verfügung, sie wurden aus Kulturfonds gespeist. Außerdem wurden den Schriftstellern von ihrem Verband kostenlose Aufenthalte in Schriftstellerheimen gewährt.

Natürlich gab es solche Stipendien vorzüglich für die bewährten Leute, die bereits veröffentlicht und eine Leistung erbracht hatten. Auch Brigitte mußte sich in diese Kategorie hocharbeiten – hochhungern –, bevor sie in den Genuß solcher Zuwendungen kam. Aber das ist bei dem irrlichternden Sendungsbewußtsein, verbunden mit Selbstüberschätzung, die viele Anwärter auf diesen Beruf auszeichnet, ja durchaus notwendig.

Auch sind für einen Stipendiumsantrag Gutachten notwendig, die über den in Arbeit befindlichen Text Auskunft geben, die Weiterarbeit als begrüßenswert bezeichnen und dies begründen. Die zweite Schiene der Schriftstellerförderung waren kostenlose Aufenthalte in schöngelegenen Häusern wie in Petzow, Sacrow, Reinsberg.
Das klingt alles recht positiv. Aber generell von Sicherheit und Privilegiertsein des Schriftstellers zu sprechen ist bei den vielerlei Bedingungen, die zuvor erfüllt werden müssen, unzutreffend. Außerdem dürfte auch diese Zuwendungspolitik nicht gerade ein üppiges Leben garantiert haben.
Aber hier gibt es für Brigitte einige zusätzliche Hürden. Ein Aufenthalt im Schriftstellerheim würde sie von Jon trennen. Allerdings hatte Jon dies gerade als Bewährung von ihr gefordert. Er verlangt eine Bestätigung für ihre Treue. Brigitte aber will nicht nach Petzow. Es sind nicht die Männer, schreibt sie, sondern die »Zauberbergatmosphäre«. Eine Luft, die einen schwebenden Zustand von Verantwortungslosigkeit herstellt. Sie will bei Jon bleiben und bei ihrem Buch. Auch hier zeigt sich wieder ihr unbeugsamer Charakter. Ihr Lebenszusammenhang ist ihr immer wichtiger als äußere Umstände wie Geldnot oder eine böswillig urteilende Umgebung. Sie fügt sich nicht.
Eine andere Schwierigkeit liegt in ihrer langsamen Arbeitsweise. Sie ist zwar willens, Auflagen des Verlagsstipendiums, die Ablieferung betreffend, zu befolgen, aber letzten Endes ist ihr doch die Qualität wichtiger. Auch ist sie außerstande, ihre Depressionen, die sie am Weiterschreiben hindern, aus eigener Kraft zu überwinden.
Im Mai des Jahres 1967 erwirkt Verlagsleiter Bentzien über den Bezirksverband des DSV für ein halbes Jahr ein neues Stipendium für Brigitte, das der Kulturfonds in Höhe von 600 Mark im Monat gewährt.
Der Fördervertrag war ihr zunächst fast aufgedrängt worden. Nach einer Lesung jedoch zögern die Funktionäre in Cottbus.

Die Parteifunktionäre halten das Buch für zu intellektuell, die vom Rat des Bezirks finden es grau in grau, auch fürchtet man ein zweites »Kaninchen«. Brigitte erfährt diese Einreden durch eine Freundin und lehnt daraufhin den Fördervertrag schroff ab, obwohl sie – ihr letztes Stipendium ist sieben Monate zuvor ausgelaufen – dringend Geld braucht. Sie stellt fest, daß offenbar nichts weniger erwünscht sei als die »Schilderung von Alltag und normalem Leben«. Vielmehr werde die »Königsebene« vorgezogen. Eine verzwickte Bewußtseinslage für einen sich sozialistisch nennenden Staat.

Nur Bentziens Eingreifen rettete ihr ein weiteres Auskommen.

Der Umzug nach Neubrandenburg nimmt in ihren Vorstellungen Gestalt an.

19. KAPITEL

Einfach Leben ballen

Inzwischen geschieht allerlei in der großen Politik. Die Weltraumkapsel Sojus I stürzt mit Oberst Komarow ab. Ein Weltraumflug zur Feier des 50. Jahrestags der Oktoberrevolution ist gescheitert. Brigitte ist betrübt, eine Hoffnung darauf, daß etwas »Großes« geschieht, ist enttäuscht worden. Dabei zeigt sie die unzerstörte Solidarität mit der östlichen Hälfte der Welt, trotz aller Kritik an ihrem dahindümpelnden, von kleinkarierten Einschränkungen bestimmten DDR-Leben.

Dort, in der DDR, ist gerade der VII. Parteitag zu Ende gegangen. »... wenig über Kultur, gottlob. Keine Kritiken – woran auch?«, da sich auf dem Bücher- und Filmemarkt nichts bewegt: Schweigen im Land, Lähmung.

Im Sechstagekrieg hatte die östliche Welt die arabische gegen Israel unterstützt – auch hier eine indirekte Niederlage.

Eine bedeutsame Nachricht kommt aus Westberlin: die Rebel-

lion der studentischen Jugend. Sie wird eine neue Ära in Westeuropa einleiten. Anlaß ist der Schahbesuch in Westberlin, gegen den friedliche Demonstrationen stattfinden. Es sind nicht die ersten Demonstrationen während der einwöchigen Reise Pahlewis durch die Bundesrepublik, aber hier in Berlin werden persische Polizeikräfte eingeflogen, die sich am Straßenrand postieren und auf die Demonstranten mit langen Stöcken einschlagen, während die deutsche Polizei diesen Verletzungen des Hoheitsrechts nicht nur tatenlos zuschaut, sondern ihrerseits mit Gewalt gegen die Demonstranten vorgeht. Bei der Verfolgung der Menge, die sich vor den Schlägern durch Flucht in Sicherheit zu bringen sucht, erschießt ein verfolgender berittener Polizist einen Studenten: Benno Ohnesorg. Der gilt als unpolitisch und war aus Zufall und Neugier in die Demonstration geraten. Der Polizist wird später von einem Gericht freigesprochen.
Diese Demokratie nach Gutsherrenart wird die Folgen solcher Vorfälle zu tragen haben. Die Nachrichten über diese Vorgänge werden im ganzen Land, vor allem von der studentischen Jugend, empört aufgenommen und ziehen eine ungeahnte Eskalation und Radikalisierung nach sich. Der andauernde Vietnamkrieg wird eine Steigerung dieser Radikalisierung bewirken, an deren Ende die RAF steht. Viele Intellektuelle gelangen zu einer amerikafeindlichen Haltung und einer linken Orientierung und bringen dem Osten kritisches Wohlwollen entgegen. Die Regierung Brandt reagiert auf die Belastungen mit den Notstandsgesetzen – was Brandt später immerhin als einen Fehler bezeichnet hat – und radikalisiert damit auch liberale Teile der Bevölkerung. Die DDR-Regierung hat ihre Bevölkerung dagegen fest im Griff. Jedes Aufbegehren wird unterdrückt.

Jon hat eine Arbeit in Boxberg angenommen und kommt dadurch nur noch zweimal in der Woche nach Hause. Die Arbeit in der Technologie-Abteilung des Kraftwerks macht ihm großen Spaß. Sie bietet ihm die Möglichkeit, zum Programmierer ausgebildet zu werden. Das eröffnet ihm eine neue Lebensperspektive, die er begierig verfolgt.

Brigitte ist dadurch viel allein und fühlt sich oft einsam. Die Arbeit an ihrem Buch erfährt weiterhin sowohl Höhepunkte als auch quälende Perioden der Schreibhemmung. In Petzow hat sie ein sogenanntes Werkstattgespräch mit Annemarie Auer.

Annemarie Auer ist eine Essayistin und Kritikerin, auch belletristisch begabt. Sie war längere Zeit Redakteurin der *NDL*, hat dort nach dem 11. Plenum gekündigt und ist jetzt freiberuflich tätig. Sie ist eine begabte Frau, auch durchaus von ihren Qualitäten überzeugt, und führt ein strenges Regiment über die jungen Schriftstellerinnen und Schriftsteller. Sie steht mit Brigitte schon lange im Briefwechsel, der durchaus freundschaftliche Züge hat, wenn auch das Übergewicht der Älteren – Annemarie Auer ist zwanzig Jahre älter als Brigitte – belehrend zur Geltung kommt. Sie wirkt auch als Lektorin, ist jedoch ohne die Einfühlungsgabe, wie etwa Walter Lewerenz sie hat, und durchaus imstande, eine Autorin zu verstören. Auch Christa Wolf hat ihre Ablehnung – nicht immer aus literarischen Gründen – zu spüren bekommen. Ihr Anspruch ist hoch gesteckt, und sie kann ihre anfänglichen Beurteilungen nicht immer aufrechterhalten. Sie ist von konservativer Geschmacksrichtung – ein Nachteil für Brigitte, die ja in der damaligen DDR-Literatur neue Töne anschlägt.

Sie erklärt Brigitte bei diesem Gespräch in Petzow, ihre Geschichte sei noch nicht deutlich, das Anliegen noch nicht ablesbar, eben keine Fabel vorhanden, die sie für unerläßlich hält.

Brigitte versucht vergebens, ihr deutlich zu machen, daß sie es genau so schreiben will: »Einfach Leben ballen«. Das Gespräch ist als Interview für den *Sonntag* gedacht, sprengt aber durch Annemarie Auers Belehrungen den Rahmen eines Interviews und kann so nicht gedruckt werden, wird also von Auer gründlich überarbeitet, so daß Brigitte in einem Brief, den sie mehr als

ein Jahr später an Christa Wolf schreibt, behauptet, daß »kein Antwortsatz von mir war (›die unwiderstehliche Dynamik des sozialistischen Alltags‹ – du lieber Himmel!) ... bei diesem Gespräch habe ich zum ersten Mal protestiert, wenn auch schüchtern, gegen die Dummerchen-Rolle. Protest wegen dieser Fabel-Sache ... wegen der zehnmal wiederholten Bemerkung, ich müßte dankbar sein, daß sie (A. A.) dieses unmögliche Buch absichert dadurch, daß sie darüber ein Interview macht.«
An Henselmann schreibt sie: »... ich bin sehr unzufrieden mit dem Interview und dem Ausschnitt aus einem Kapitel, der auf eine blöde Weise gekürzt ist ... ärgert mich die Kürzung, die sich Frau Auer erlaubt hat ... ein paar Stellen, die sie ›erotisch‹ oder, um ihren Lieblingsausdruck zu gebrauchen, ›flirteus‹ nannte ... Unsere ganze Zusammenarbeit war ein heilloser Roman, unser Verhältnis derart, daß ich es nur noch aus Literateninteresse ertrug, aus Freude an Freud ... Diese Beziehung besteht übrigens schon seit einigen Jahren; jetzt sind wir, wie's aussieht, ein für alle Male verkracht, vorher war ich so was wie eine gehaßliebte Tochter, die teils bemuttert, teils von Muttern niedergehalten wird. Schade, daß ich Ihnen – aus Gründen der Fairneß – nicht ausführlich davon erzählen kann; nur ein paar Einzelheiten ... bei ... Tagungen ... nimmt sie mich beiseite, um mir mitzuteilen, daß ich Gespräche und Gesprächspartner nur meinem Busen oder meinen flirteusen Augen zu verdanken habe, keineswegs aber meiner Intelligenz ... während der Arbeit am Interview lehnte ich mich zum erstenmal auf. Scheußliche Szenen. Sie hat das Buch nicht richtig gelesen (ohnehin lohnt's nicht: die deutsche Literatur ist mit Keller, na, sagen wir schon: mit Goethen gestorben), sie hat mich gar nicht zu Wort kommen lassen ... hat auch meine Antworten im Interview selbst geschrieben, hochgestochenes Zeug. Krach in der Redaktion. Ich bestand darauf, ›meine‹ Antworten wenigstens stellenweise ein bißchen zu ändern, schlichter zu formulieren ... darauf sagte mir Frau A., daß mein Buch mit Literatur

überhaupt nichts zu tun habe, der ›Sprachstand‹ miserabel sei und ich eine undankbare Person, weil ich nicht zu würdigen wisse, daß sich – wörtlich – ›eine anerkannte Literaturwissenschaftlerin die Mühe mache, sich mit einer drittklassigen Autorin abzugeben, von der maßgebliche Leute sagen, daß von ihr nichts zu erwarten sei‹. Danach war ich tagelang nicht mehr fähig zu arbeiten.«

So funktioniert die Betreuung oder Begleitung eines Autors natürlich nicht. Annemarie Auer hat diesen Auftritt später in einem Brief an Brigitte mit Bedauern bedacht.

Wer ist Annemarie Auer? Eine zierliche Person, blond, braunäugig, apart, mit lebhaftem, charmantem, geistreichem Wesen. Aus einem antifaschistischen Elternhaus stammend; unbegütert; auf sich allein gestellt; verheiratet mit einem liebenswerten, doch nicht sehr lebenstüchtigen – das meint in der Regel erwerbstüchtigen – Mann aus großbürgerlichem Haus. Schutzbedürftig, doch weitgehend ohne Schutz; mit einem starken Verantwortungsgefühl begabt und von strenger Disziplin; nicht ohne einen Hang zu Rechthaberei. Bei Gereiztheit oder Angriffen auf ihre Person – auch vermeintlichen – ist sie der Bosheit fähig. Dadurch und durch eine stark ausgeprägte Intellektualität nicht gerade jedermanns Liebling.

Annemarie Auer hat sehr darunter gelitten, den Roman ihres Lebens nicht geschrieben zu haben. Es ist ihre Tragik, daß ihre essayistische Begabung, ihre literaturwissenschaftliche Bildung, mit denen sie erfolgreich operierte und die ihr einen gewiß hochverdienten Ehrendoktortitel einbrachten, ihrem Ehrgeiz doch nie genügten. Vielleicht waren es in der Tat – wie sie beklagt – die Lebensumstände, die vielen Hemmnisse, die den Intellektuellen in der DDR, zumal denen ihrer Generation, das Leben schwermachten, die die Verwirklichung ihres Traums verhinderten. Doch waren es wohl auch charakterliche Anlagen, die sie hemmten: ihre eingefleischte preußische Pflichterfüllung, die ihr gegenüber den stets vom Weib allein erwarteten

Dienstleistungen keine Wahl ließ und ihr eine penibel wahrgenommene Verantwortung für den Haushalt auferlegte, zusätzlich aber auch den nach diesen goldenen Regeln eigentlich dem Mann zustehenden Kampf für den gemeinsamen Lebensunterhalt. Vielleicht fehlte ihr bei dieser Gemengelage die Durchsetzungskraft, die ein Romanautor gegen seine Umgebung behaupten muß.

Noch zu nennen wäre ihr eminenter Ehrgeiz. Und dieser Ehrgeiz, ohne den nichts Kreatives entstehen kann, war vielleicht andererseits das größte Hemmnis für ihr ersehntes Lebenswerk: Es hätte eben der überragende Roman werden sollen, jenseits aller Kritik, besser als alles, was ihr durch die Hände ging. Auch an solchem Anspruch kann man scheitern.

Das Verhältnis zwischen Brigitte und ihr bleibt bis zum Ende voller Spannungen, ist aber nicht völlig ohne Güte und Zuwendung.

Brigittes Lesungen werden zunehmend problematischer. Es gibt Einwände wie »unsozialistisch«, »negativ«, gar »zynisch«. Dieser plötzliche Sinneswandel des Publikums ist erstaunlich, und man fragt sich, wie er zustande kommt. Da Brigitte wieder verstärkt von der Staatssicherheit observiert wird, scheinen Verdachtsmomente, die in diese Richtung zielen, nicht abwegig zu sein.

Wie sehr müssen sie diese niederdrückenden Erlebnisse verunsichert haben. Sie, die zeit ihres Lebens kein starkes Selbstbewußtsein entwickeln konnte, stets von Zweifeln geplagt war. Wieviel Tapferkeit, aber auch Widerstandskraft sind nötig, immer wieder dagegen anzuschreiben.

Das traumatische Erlebnis mit Annemarie Auer wird zum Glück von einer angenehmen Arbeitsgemeinschaft aufgefangen. Sie schließt einen Vertrag mit der DEFA über ein Exposé für einen Film ab. Zwar sind die Verlagsleute des *NL* gar nicht einverstanden, weil die Zeit für das Buch verlorengeht, und Bentzien schreibt ihr seine Mißbilligung ziemlich unmißverständlich, aber schließlich willigt er doch ein.

Brigitte geht nun mit zwei jungen Regisseuren an die Arbeit und ist von ihrem wohltuenden Temperament sehr angetan. »Beide sind … voller beglückender Einfälle«, schreibt sie, »meine Uhrengöttinnen tragen plötzlich Hütchen, die Porzellandamen überreichen ihrem Herrn Pfennige oder spielen Flöte auf einer Zigarette – wo ich hinsehe, begeben sich in meiner Wohnung groteske Dinge.«
Leider wird aus dem Exposé kein Film entstehen. Es ist zu grau, sie »möchten lieber das sozialistische Menschenbild und eine fröhliche Wunschwelt«.

20. KAPITEL

Krebs

In der ČSSR wird derweil der große Versuch einer Rettung des sozialistischen Ideals versucht: eine sozialistische Demokratie. Prager Frühling wird man diesen Rettungsversuch nennen. Wie 1956 der Ungarnaufstand eine neue Zeit der Freiheit und Demokratie einzuläuten versprach, wird auch dieser Versuch im ganzen sozialistischen Lager als Hoffnung begrüßt. Brigitte schaut mit Neid und Hoffnung über die Grenze.
Am 5. Mai 1968 schreibt sie in ihr Tagebuch, daß sie seit zwei Wochen krank geschrieben sei, »wegen endogener Depression«. Sie hat Angst, über die Straße zu gehen, Angst vor Menschenansammlungen, kann nicht arbeiten, mag keine Briefe schreiben, fürchtet wie so oft, daß ihr Talent für ihr Vorhaben nicht ausreicht.
Sie wird ins Krankenhaus eingewiesen. Seit Monaten hat sie Freundinnen gegenüber geklagt, daß sie ein banges Ziehen,

wenn auch keine Beschwerden, im Brustbereich spüre. Sie hat auch mehreren Ärzten darüber berichtet und ist immer wieder mit überlegenem Lächeln abgewiesen worden. Schließlich bittet sie, man möge doch wenigstens eine Untersuchung an einer Gewebeprobe vornehmen, damit sie beruhigt sein könne. In der Klinik in Schwarze Pumpe diagnostiziert man, daß es sich um einen verkapselten Fadenrest handelt, der bei ihrer Operation zur Brustverkleinerung übriggeblieben war. Er wird mit örtlicher Betäubung entfernt. Nun ist sie erleichtert, weil sie befürchtet hatte, es sei vielleicht Krebs. Allerdings hat man Knoten im Gewebe festgestellt und Proben eingeschickt. »Soll die Angstpartie wieder beginnen?« schreibt sie.
Sie erwartet Jon im Hotel Glück auf, wo sie auch ihr Hochzeitsessen eingenommen haben, nachdem sie in Schwarze Pumpe geheiratet hatten. Die Vergangenheit kommt ihr in den Sinn, während sie wartet, denn der Umzug rückt nun näher. Es ist Freitag, der Tag, an dem sie sich immer mit Dreßler treffen, der in dieser Woche verreist ist. Sie wird ihn und seine Frau vermissen, und es beginnt schon wie Heimweh zu ziehen – nicht nach dem trüben Hoyerswerda, das ihr so viele Verletzungen zugefügt hat, sondern nach den Freunden, mit denen sie zusammengewachsen ist in dieser Zeit. »Alles schmeckt nach Abschied«, schreibt sie in ihr Tagebuch.
Mitten in ihre Umzugsvorbereitungen platzt die Nachricht vom Truppeneinmarsch der Sowjetunion und fünf weiterer Warschauer-Pakt-Staaten, unter ihnen die DDR. »Wieder einmal deutsche Uniformen in Prag.« Die DDR-Presse schreibt von einer Flut von Zustimmungserklärungen zu diesem Schritt. »... welche Hoffnungen haben wir auf das ›Modell‹ ČSSR gesetzt! Unfaßbar, daß immer noch mit diesen Methoden des Stalinismus gearbeitet wird... Wir sind so erbittert. Geplante Reise nach N. aufgeschoben, bin wie gelähmt.« Brigitte weigert sich, eine Zustimmungserklärung des Deutschen Schriftstellerverbandes, der diesen Einmarsch gutheißt, zu un-

terschreiben. »Diesmal kein – wenn auch nur formaler – Gehorsam.«

Es gibt Komplikationen mit dem Umzug nach Neubrandenburg. In ihre Wohnung hat sich ein anderer Bewerber eingenistet. Erst im September ist es endlich soweit, daß der Umzug vonstatten gehen kann.
Da erfährt sie, daß sie Krebs hat. Die rechte Brust muß abgenommen werden. Sie ist verzweifelt, versucht, sich mit Arbeit zu betäuben.
»Jon ist wunderbar«, schreibt sie.
Sie weint, als sie das häßliche, »verluderte« Krankenhaus sieht, in dem die Operation durchgeführt werden soll. Zudem sorgt sie sich um ihre Eltern und schreibt tapfere, optimistische Briefe nach Hause.
In Neubrandenburg wird sie nach wie vor mit Freuden erwartet. Sie hatte schon Befürchtungen, daß ihre Krankheit die neuen Freunde abschrecken würde. Sie setzen jedoch alle Hebel in Bewegung. Am längsten Hebel sitzt Henselmann, der seinen Freund, Professor Gummel in Berlin-Buch, mobilisiert, um für Brigitte ein Zimmer zu reservieren in einer Klinik, wunderschön gelegen und renommiert.
Der Professor nimmt die Operation selbst vor und versichert ihr, daß sie, wenn sie entlassen werde, gesund sei.
»Alles weggeschnitten. Achselhöhle völlig verstümmelt, muß erst wieder lernen, den Arm zu gebrauchen... Angst vor dem Augenblick, wenn der Verband entfernt wird. Muß ein schrecklicher Anblick sein.«
Zurück in Hoyerswerda, stürzt sie sich in die Arbeit. Lewerenz will einen Sammelband mit »Frau am Pranger«, »Das Geständnis« und »Die Geschwister« herausbringen. Sie übernimmt die Korrekturen, findet schrecklich, was sie geschrieben hat, nicht nur vom Stil her, sondern vor allem politisch: »Ich war ein gutgläubiger Narr.« Nach dem Erlebnis mit der ČSSR hat sich

alles geändert, offenbar glaubt sie nicht mehr, daß sich die Verhältnisse noch ändern können. »Verzweiflung«, schreibt sie, »manchmal Anfälle von Haß.«

Die Verweigerung ihrer Unterschrift unter die zustimmende Erklärung zum Einmarsch in die ČSSR zieht Kreise. Die Stasi hört sich um, es war sogar »einer der Herren mit den abstehenden Ohren bei Jon«, die Bezirksleitung ist auch schon unterrichtet worden, ebenso die Bezirksleitung Neubrandenburg. Dort ruft der Schrecken vor dem staatsfeindlichen Element Brigitte Reimann die Funktionäre auf den Plan. Aber die Schriftstellerkollegen, an der Spitze Helmut Sakowski, schlagen Krach und bedeuten den Herren, daß die Schriftsteller ihre Probleme selbst zu regeln wünschen.

Neue Diffamierungen und Lügen in Hoyerswerda verleiden ihr endgültig ihre langjährige Heimat, für die sie so lange gearbeitet und für die sie sich eingesetzt hat.

Die Studenten, die mit Demonstrationen und Flugblättern auf den Einmarsch reagieren, werden vor Gericht gestellt und für mehrere Jahre eingesperrt. »... lauter Prominentenkinder«, notiert Brigitte, darunter auch die Söhne von Havemann. Reiner Kunze ist am 21. August 1968, dem Datum des Einmarsches, aus der Partei ausgetreten. Keiner hat ihn zurückzuhalten versucht. Eine Einladung für Brigitte vom Kulturzentrum der tschechischen Botschaft, die Kunze dort bei Einsicht in eine entsprechende Liste gesehen hat, »vermutlich, weil ich nicht unterzeichnet habe«, wird abgefangen und erreicht sie somit nicht.

Am 18. November zieht sie um nach Neubrandenburg.

Die ersten Wochen sind schrecklich. Sie friert wie nie in ihrem Leben, weil die Elektroöfen nur lauwarm werden und abends kalt sind. Im Badezimmer hat es einen Rohrbruch gegeben, und so kommt zur Kälte noch die Feuchtigkeit. Ihre Füße werden nicht mehr warm, ihre Zehen sind erfroren, und sie bekommt keinen Schuh mehr an die Füße, so schwellen sie an. Sie kann nicht mehr schreiben, weil ihre Finger erstarrt sind. Sakowski erbarmt sich und schickt ihr einen Wärmestrahler – statt Blumen, sagt er –, der das Schlimmste verhütet. Als ihr Nachbar Müller, ein Parteifunktionär, davon erfährt, befiehlt er: Bis zum 20. Dezember hat Frau Reimann eine Heizung. Brigitte, die die Schlamperei der Handwerker von Hoyerswerda her kennt, glaubt nicht daran, die Zeit ist viel zu kurz. Aber es wird wahr, sie bekommt eine Gasheizung, und so ist das Fest gerettet. Ihre Wohnung gefällt ihr jetzt. Sie hat einen Garten mit Bäumen im Hintergrund und eine Terrasse – alles noch verschneit, aber im Sommer werden Vögel singen, und der Garten wird blühen. Sie hat kein Heimweh nach Hoyerswerda.

Dort geht die Diskriminierung weiter – mit den üblichen Lügen, der bösartigen Hetze. Das schließlich gezogene Fazit: Erleichterung, das »zersetzende Element« Reimann loszusein. Hämischer Hinweis, daß es in Neubrandenburg nicht anders gehe und sie weiterhin mit Ärger zu rechnen habe. Für diesen Ärger werden die im Gegensatz zu Brigitte »positiven Elemente« in Hoyerswerda auf eine rachsüchtige, miese Art und Weise sorgen.

Weihnachten kommt Jon. Sein Zimmer ist zwar beantragt, aber das Haus, in dem er ein Zimmer erhalten soll, noch nicht fertig. Sie genießen Familienleben »wissend, daß wir dies allenfalls ein paar Tage aushalten können«. In bezug auf Jon keine euphorischen Eintragungen mehr. Obwohl man doch annehmen könnte, daß seine langen Abwesenheiten eine Art Liebesstau hervorrufen würden. Das Verhältnis kühlt offenbar langsam, aber merklich ab. Zwar ist die Entfernung von Boxberg nach Neubrandenburg nicht unbeträchtlich, so daß allzu häufige Besuche nicht möglich sind, aber trotz ihrer Seltenheit sind die Begegnungen ohne Glanz, und es scheint, daß Jon sie nur widerwillig herbeiführt. Im Januar oder Februar soll er nach Neubrandenburg ziehen, dann ist seine Wohnung fertig. Er wird dann im Atomkraftwerk in Lubmin arbeiten.

Brigitte leidet unter ihrer Amputation. »Eine halbierte Frau. Das

Entsetzen morgens beim Aufwachen (ich träume jede Nacht von der Zerstückelung)... Jon bleibt dabei: Ihm macht es nichts aus... es hat sich nichts geändert.« Sie hat nun nicht mehr die Kraft, ihrem Leben mit Jon Impulse zu geben; das Selbstverständnis, das über ihre körperliche Anziehung stets funktionierte, ist unsicher geworden. Daran können Jons Beteuerungen nichts ändern, da sind – bei beiden – unbewußte Kräfte am Werk.

Brigitte nimmt ihre neue Heimat in Besitz. Sie streift durch Neubrandenburg, erläuft sich die Stadt mit ihren wunderschönen mittelalterlichen Wallanlagen aus dem 14. Jahrhundert, in die die bezaubernden Wiekhäuschen (Wachhäuschen) hineingebaut sind, helle Flecken in altem Gemäuer mit kräftig gezeichnetem Fachwerk. Die Anlage wird von einem grünen Streifen von Bäumen und Sträuchern begleitet. In Abständen findet man fünf schöne alte gotische Tore, die aus dem Stadtkern hinausführen. Die Neubrandenburger sind stolz auf diese besterhaltene und größte zusammenhängende Festungsanlage in Norddeutschland.
Die Menschen sind zutraulich und aufgeschlossen, ihre Fragen nach dem Weg werden nicht nur ausführlich beantwortet, sie erhält zugleich erschöpfende Auskünfte über die besten Bäcker oder Fleischer. Auch hiermit ist Neubrandenburg – anders als Hoyerswerda – reichlich versorgt. Sogar die Lokal- und Bezirksgrößen stellen sich nacheinander bei ihr ein, machen sich bekannt und trinken einen Schnaps bei ihr. Sie lernt mehr Funktionäre von Kreis und Bezirk kennen als in Hoyerswerda in all den Jahren. Sehnsüchtig bemerkt sie, es möge doch so bleiben. Sie sehnt sich nach Ruhe und ein bißchen Harmonie.
Silvester wird sie allein sein. Jon hat abgesagt; als Grund nennt er Herzbeschwerden. Ohne ihn mag sie nichts unternehmen. Sie arbeitet daheim und wünscht sich außer dem Abschluß ihres

Buches – die Treue und Liebe von Jon. »Und daß ich noch lebe, nächstes Jahr um diese Zeit.«
Der Winter wird schlimm für Brigitte. Sie ist allein und brauchte doch gerade jetzt den Beistand eines geliebten Menschen, den Beistand von Jon. Sie weint viel, ist verzweifelt, hat Angst, daß der Krebs sie wieder einholt. An Henselmann schreibt sie: »Worauf ich nicht gefaßt war: die entsetzlichen Träume jede Nacht, die Todesangst, die mich nie mehr verläßt, das Gefühl provisorischen Lebens ...« Und ins Tagebuch: »Dieser lange Winter ... und dann die einsamen Abende und die Todesangst, wieder Krebs zu bekommen ... Soviel wie in diesem Winter habe ich in drei Jahren nicht geheult. Aber jetzt, endlich, meldet sich wieder Lebenslust und so etwas wie Trotz, ein wütendes Verlangen ... mich nicht kleinkriegen zu lassen.«
Sie tritt die Flucht nach vorn an, stürzt sich in das Nachtleben von Neubrandenburg, das aus einer abgedunkelten, mit rotem Licht notdürftig erleuchteten Bar besteht. Zusammen mit Margarete Neumann, einer – wie Brigitte meint – recht begabten, aber nicht sehr erfolgreichen Schriftstellerin, einer skurrilen Gefährtin, die das Leben unbekümmert genießt, Liebschaften hat, mehrere Kinder, alle von anderen Vätern. Sie haust mit ihnen im Wald, zehn Kilometer von allen Versorgungseinrichtungen und Vergnügungsstätten entfernt. Mit ihr ist es immer kurzweilig, sie kennt Gott und die Welt. Brigitte ist wie losgelassen. Nach so langer Zeit der Abstinenz, einem meist fernen Jon und einem zurückhaltenden Leben ohne Männer, nur im Kampf mit ihrem Buch und der Furcht, erwachen ihre Lebensgeister, und sie lebt sich rücksichtslos aus. Sie trinkt zuviel, sie raucht zuviel, obwohl sie sich mit Mühe das Rauchen abgewöhnt hatte, sie hat wieder Affären, wenn auch keine Bettgeschichten, sie lebt und lebt und lebt, wie sie einmal an Annemarie Auer schrieb.
Brigittes Affären sind nie reine Flirts. Sie sucht sich immer Männer aus, die auch ihr Kopf akzeptiert, verliebt sich immer in Männer, mit denen sie nächtelange Gespräche führen kann,

natürlich unterbrochen von Zärtlichkeiten, natürlich nicht ohne dieses alte immer wieder neue Spiel mit der Liebe, das sie augenblicklich beendet, sobald sie bei dem anderen den Wunsch nach Dauer spürt oder Ansprüche wittert. Sie selbst ist frei davon. Nach kurzer Zeit – so nach den ersten Küssen – schickt sie die meisten ihrer Anbeter weg, so wie es immer war, und preist ihre Freiheit.

Keiner kann sich zudem mit Jon messen, keiner reicht an ihn heran. »Danach kommt nur in Frage: Liebe oder Abschied. Und Liebe? Aber nein. Sogar räumlich weit entfernt und abwesend ist mein lieber Herr stärker als ein gegenwärtiger und erreichbarer Anderer.«

Aber ihr lieber Herr kommt immer seltener – »wieder mal ein Computer kaputt.«

Sie schneidet sich ihr Haar ab, das ihr über den ganzen Rücken reicht. »Alle diese Männer, die mir ins Haar griffen...« Auch Franziska schneidet sich die Haare ab. »Manchmal tue ich Dinge, weil die Leute in meinem Buch sie getan haben – oder lasse ich sie etwas tun, was ich (vorläufig) nicht wage?«

Günter Ebert, Literaturkritiker und Schriftsteller, liest gerade ihre »Franziska«. Er ist sehr beeindruckt. Aber Daniel, dem sie das Manuskript auch zu lesen gegeben hat und von dem sie erwartet, daß es seinen Vorstellungen entgegenkommen müßte, daß er es gut finden würde, ist empört und meint, »die Leute seien alle krank an der Seele«.

Herzzerreißender Abschied von Jon nach einem kurzen Besuch. Bemerkt Brigitte wirklich nicht, wie sehr sie sich voneinander entfernen? Wie Jon sich von ihr entfernt? Seine Aufenthalte in Neubrandenburg werden immer seltener. Sie ist eifersüchtig auf seine Arbeit, denn wenn er kommt, ist er müde von der Reise, ihre Gespräche haben keine gemeinsame Erlebnisbasis mehr. Gereiztheit bleibt nicht aus, zudem wird Jons Wohnung nicht fertig. »... unsere Umarmungen sind wild wie aus Angst.«

Ihre Aufnahme in der neuen Heimat gestaltet sich weiterhin freundlich. Es gibt ein Fest, als Neubrandenburg zur kreisfreien Stadt wird. Sie fürchtet, daß das Gemisch von giftig kommentierten Wahrheiten und üblen Verleumdungen, das Hoyerswerda ihr in trüben Schwaden hinterherschickt, vielleicht bereits ihr neues Domizil verseucht hat und die gleiche mißtrauische Atmosphäre schafft, in der sie dort leben mußte. Aber sie findet eine wohlwollende Umgebung. Otto Gotsche, ihr alter Freund und Streitpartner, umarmt und küßt sie.

Am 28. Februar 1969 wird eine Vorstandssitzung des Deutschen Schriftstellerverbandes angesetzt, die als Vorbereitung zum VI. Schriftstellerkongreß gilt. Wie immer gibt es Zündstoff.

Es ist erstaunlich und bewundernswert, wie Schriftsteller der DDR trotz Restriktionen immer wieder Probleme angehen, von denen sie wissen, daß sie sie mühsam durchkämpfen müssen. Daß ihre Texte vielleicht vergeblich geschrieben sind, weil sie die Zensur nicht überstehen.

Horst Bastian beschwert sich. Er sollte ein Drehbuch über Heimkinder schreiben, das verworfen wird, weil es den Herren nicht optimistisch genug ist. Nun ist ja – wie wir auch aus der westlichen Situation für Heimkinder wissen – von deren Leben nicht viel Optimistisches zu berichten. Bastian erregt sich zudem über bestellte Leserbriefe zu dem Roman des Kollegen Alfred Wellm, »Pause für Wanzka«, durch die wie so oft eine Kritik von oben eingeleitet wird. Auch Eva Strittmatter meldet sich leidenschaftlich in dieser Sache zu Wort und ruft die Autoren auf, sich eine solche Behandlung nicht mehr gefallen zu lassen und sich gegen die vorauszusehenden Angriffe auf dem Kongreß zu wehren.

Dieser Appell ist nötig, wenn auch wie stets schließlich wirkungslos. Das Hauptreferat, das Max Walter Schulz auf dem VI. Schriftstellerkongreß vom 28. bis 30. Mai 1969 hält, ist alles andere als ermutigend. Man fragt sich ohnehin, wann je in der

bisherigen Geschichte der DDR eine Zusammenkunft, die sich mit schriftstellerischer Produktion befaßt, eine positive Grundstruktur gehabt hätte, zumindest was Bücher betrifft, über die sich zu reden lohnt. Um »Pause für Wanzka« gibt es wiederum bösen Streit, obwohl Horst Wellm für dieses Buch erst zwei Monate zuvor den Heinrich-Mann-Preis erhalten hatte.
Das Buch behandelt ein Tabuthema, das ebenso wie das abgelehnte Drehbuch Bastians den Erziehungs- und Bildungsbereich betrifft.
Ein Mathematikprofessor versucht, in seinen Schülern individuelle Verantwortung zu wecken, und stößt dabei auf den Widerstand seiner Kollegen. Ein heißes Thema. Die Schulerziehung, deren Grundsatz, die Erziehung zum kollektiven Denken, von den verantwortlichen Funktionären mit konformistischem Denken gleichgesetzt wurde, war immer ein – wenn auch unterdrücktes – Reizthema in der DDR. Jugendliche, die eigene Gedanken entwickelten, wurden in der Regel mißtrauisch beobachtet. Auseinandersetzungen mit ihnen waren nicht üblich. Diese bedenkliche Praxis wurde von vielen Intellektuellen mit Recht als geistige Verkrüppelung empfunden.
Der Verlag hatte nach dem 11. Plenum nur zögernd gewagt, diesen Roman zur Druckgenehmigung einzureichen. Margret Honecker, zu der Zeit Volksbildungsministerin, lehnte das Manuskript »vehement« ab. Ausgerechnet Walter Ulbricht genehmigt es nach einer Beratung (vielleicht hatte er sich über die Ministerin geärgert?), so daß der Verlag im Januar 1968 die Genehmigung zum Druck erhielt. Kurz vor dem Einmarsch in die ČSSR wurde das Buch gedruckt. Und anschließend wurde es von der Kritik wieder angegriffen; der Wind wehte schärfer.
Diese Eingriffe, ausgelöst durch ein kurzfristig sich wandelndes Politikverständnis, in naturgemäß langfristig gewachsene Produktionen, die mit einem unerläßlichen Engagement begonnen wurden, ist lähmend und unerträglich für die Literaten. Schließlich ist jede literarische Äußerung Problemen verpflich-

tet, die – einander ähnlich in ihrem Grundmuster – menschliche Gesellschaften immer wieder heimsuchen. Das Ergebnis: ohnmächtiger Zorn, oft auch Resignation und Abstumpfung. Wut und Verzweiflung aber besonders dann, wenn die eigenen Leute diese befohlenen Kursänderungen und die nachfolgenden Verdikte mit dem Brustton der Überzeugung vertreten und ihre Kollegen niedermachen.

Max Walter Schulz, selbst Schriftsteller, Vizepräsident des Deutschen Schriftstellerverbandes und in der Bezirksleitung der SED, schließt sich der befohlenen Kritik scharfrichtend an. Ebenso gilt sein Angriff der »Christa T.« von Christa Wolf: »unsere Lebensbewußtheit ... bezweifelt, gebrochenes Bewußtsein« und was nicht sonst noch alles ... »Diesmal hatten wir zwei Hauptschlachttiere: die Christa und den Reiner ...«, so Brigitte.

Niedergemacht wird auch ein Lyrikband, in dem alle kompetenten Lyriker der DDR vertreten sind: »Saison für Lyrik«. Hinweis auf die »Hohlheit und Nichtigkeit« der »sich genial gebärdenden Dichterlinge« von dem Kollegen Helmut Preißler.

»Aber wir ... waren alle artig und wohlerzogen (oder dressiert); trotzdem muß man die ganze Zeit noch einen Skandal erwartet haben. Als ich einen der Sekretäre am ersten Abend fragte, ob für den zweiten Kongreßtag ein Zwischenruf eingeplant sei, war der arme Mensch so verschreckt, als habe er den potentiellen Attentäter vor sich. Aus irgendeinem Grund zähle ich jetzt zu den schwarzen Schafen ...«

Ihre Haltung in der ČSSR-Frage dürfte, wie sie selbst vermutet, der Grund dafür sein, daß sie von den Funktionären, die sie so freundlich begrüßt hatten, nun geschnitten wird. Offenbar hat auch die rachsüchtige Verleumdungskampagne von Hoyerswerda ihr Ziel nunmehr erreicht. Aber andrerseits wird sie in einen Kreis von Schriftstellern aufgenommen, den sie schätzt und in dem sie sich wohl fühlt.

Brigitte trifft bei diesem Kongreß Max Walter Schulz – Joe, ihre

Liebe von Sacrow –, nachdem er sein Gemetzel beendet hat. Sie macht ihm Vorwürfe, denn er hat angegriffen, was ihr lieb und teuer ist. Sie versteht ihn nicht mehr. Aber die alte Faszination greift nach ihnen, und sie verbringen eine Nacht miteinander, die »Dämonen-Nacht«. Brigitte muß eine Menge vergessen, sie erkennt in dem »... massig gewordenen Karrieristen, der Reiner und Christa auslieferte«, ihre einstige Liebe wieder, »dreizehn Jahre jünger«. Am Morgen danach gesteht er, er sei am Rand seiner Kräfte gewesen, vielleicht hätte er sich ohne sie umgebracht. Sentimentalitäten nach einer Liebesnacht? Scham über das, was aus ihm geworden ist? Jedenfalls eine unglaubhafte Fabel für einen Mann, der gerade Literatur unerbittlich in Grund und Boden gestampft hat, der es aller Voraussicht nach auf Abruf wieder tun wird. Nach dieser Nacht schwört er Brigitte, alles werde er ändern. Bewußte Lüge? Oder mieser Opportunismus? Sentimentaler Gedankentribut an seine Zeit vor den Sündenfällen? Jedenfalls keine Wandlung, das wird die Zukunft lehren. Ein Schwur beim Mond, dem Wandelbaren. Christa Wolf sagt von ihm, er sei auch als Schriftsteller erledigt. »Ein Mann mit gebrochenem Rückgrat.« Joe aus Sacrow ist nun endgültig verschieden.
Brigitte weiß, es wird sich nicht wiederholen. »Soviel, zuviel wiederholt sich, man erkennt die Szenen wieder, mit einer Art Ekel, manchmal Belustigung darüber, daß das Leben so wenig Neues zu bieten hat.«

21. KAPITEL

Der Verrat

Jon holt sie in Berlin ab, und sie fahren zusammen nach Neubrandenburg. Sie hat sich von den widerstreitenden Erlebnissen in Berlin noch nicht erholt, ihre Haut ist dünn und verletzbar, außerdem ist sie schuldbewußt und dadurch erst recht reizbar, und Jon ist weit weg von ihr.

Es kommt zu heftigen Szenen, zu gegenseitigen Vorwürfen, das Wort »Scheidung« fällt zum ersten Mal, doch beim Abschied auf dem Bahnhof beteuern sie sich ihre Liebe.

Sie glaubt, daß Jon der sensiblere von ihnen beiden ist, wirft sich vor, von brutalem Egoismus zu sein, wie es Daniel ihr vorgeworfen hat. Gleichzeitig erkennt sie, daß sie im Grunde nichts von Jon weiß, daß sie die eiskalte Barriere seines Schweigens nicht überwinden kann. Wenn er kommt, hat er selten wirklich Zeit, um etwas mit ihr zu besprechen oder gar zu unternehmen. Seine Arbeit verfolgt ihn bis nach Neubrandenburg. »Ich habe

mich so von ihm entfernt... Unsere Sonntage in Hoyerswerda sind wie... die Erinnerung an eine andere Welt.«
An ihrem Geburtstag tut ihr die Entfremdung besonders weh. Sie weint die ganze Nacht, während er schweigend neben ihr sitzt und schließlich abfährt. »Ach, der steinerne Gast. Er spricht nicht, er spricht einfach nicht.« Sie ist ratlos und verzweifelt: »Zehn Stunden Schweigen, das ist die Hölle. Wenn ich nur wüßte, was uns zugestoßen ist.«
Im Oktober soll Jons Wohnung fertig sein. Noch ein Vierteljahr der Trennung.
Etwa Mitte August kommt aber dann die Wohnungseinweisung. Sie hat schon vorher nach ihm telefoniert, kann ihn aber nicht erreichen. Sie ist außer sich vor Sorge. Als er sich dann meldet, ist er wortkarg und erklärt, er habe sich ein paar Tage ins Private zurückgezogen. Schließlich sagt er ihr am Telefon, daß er komme und sie über alles sprechen wollen.
Über alles sprechen! Nun kann Brigitte sich nicht mehr hinwegtäuschen über das, was ihr bevorsteht. Sie beginnt zu begreifen, daß das Ende ihrer Ehe gekommen ist, aber sie glaubt noch nicht wirklich, was sie schon lange ahnt. Er hat kein beruhigendes Wort für sie und wiederholt nur, daß er kommen wird und mit ihr über alles sprechen will.
Die Aussprache wird so schlimm, daß Brigitte flieht und in der Stadt umherirrt. Nach Hause zurückgekehrt, muß sie erfahren, daß Jon abgereist ist, ohne nach ihr zu suchen und sich um sie zu kümmern. Sie reist ihm nach Hoyerswerda nach. Sie geht mit dem Messer auf ihn los, aber bringt es dann doch nicht fertig, ihn zu töten.
»Was soll ich tun? Ich kann nicht existieren, so, ohne Jon, mit einer zerschlagenen Seele, kaputtem Körper, zerstörtem Selbstbewußtsein. Ich will mich aufraffen, aber ich bin ausgezählt. Keine Reserven mehr. Soll ich um Erbarmen wimmern?«
Jon bringt sie nach Neubrandenburg zurück. In ihr steigt er wieder hoch, dieser Zwang, der sie überwältigt und den sie

nicht beherrschen kann, diese unaufhaltsamen würgenden Schreie, die ihr Bewußtsein ersticken und ihr die letzte Kraft rauben. Der Arzt muß kommen und sie beruhigen. Natürlich hat Jon das Seine dazugetan. Er hat ihr eröffnet, daß er nicht mehr mit ihr leben kann, daß er sie nicht mehr versteht. Daß sie für den jungen K. richtig war, aber jetzt untauglich ist für den gereiften Mann. Dieses Wort »untauglich« setzt sich in ihr fest und treibt sie um.

Die Grausamkeit, die dahintersteht, ist wohl auch erschrekkend. Brigitte ist in einer sehr labilen Verfassung. Ihre Brustamputation ist ja erst im Oktober des Vorjahres, 1968 also, durchgeführt worden, sie hat sie also noch kein Jahr lang überstanden, und die Angst verläßt sie seitdem nicht mehr. Wenn man bedenkt, wie sehr sie jetzt einen Menschen braucht, der sie tröstet und ihr das Gefühl gibt, daß er zu ihr steht, einen Menschen, der ihr Sicherheit – finanziell, vor allem aber gefühlsmäßig – gibt, dann ist dieses Versagen eines Partners, dieses egoistische Beharren auf eigenen Interessen schwer zu verstehen. Selbst wenn man Verständnis aufbringen mag für seine Situation, seine geschwundene Liebe, so ist doch dieser rücksichtslose, von eisigem Schweigen begleitete Liebesentzug, die Skrupellosigkeit, mit der er seine Gefühle offenbart, das Fehlen jeder Behutsamkeit, allen Mitgefühls nach so langer Zeit beiderseitiger Liebe nicht zu begreifen. Aber dann auch noch dieses Wort, das er ihr wie ein Urteil an der Rampe hinwirft – untauglich.

Es ist nicht möglich, Liebe mit dem Kopf zu steuern, sie aus rationalen Gründen, und seien es die besten, zurückzuholen, aber es ist möglich, den noch liebenden Teil schonend von sich abzulösen. Gewiß braucht man dazu Entschlossenheit, um nicht immer wieder Hoffnung zu wecken, und Schmerz ist immer unvermeidlich. Aber Großmütigkeit des Stärkeren gegenüber dem Schwächeren – wer liebt, ist immer der Unterlegene – ist möglich, die Vermeidung von Brutalität. Auch dann, wenn dieser Schwächere um sich schlägt und nicht begreifen will. Dabei ist jedoch der Teil der Liebe gefordert, der ihr, wenn sie den Namen verdient, zugehört: Freundschaft. Die Sexualität ist das Salz der Liebe – die Freundschaft ist ihr Brot.

Brigitte weiß nun, daß Jon eine andere Frau hat. Diesen schmerzlichen Schlag hätte sie überwinden können. (Sie erinnert sich an ihre »Dämonen-Nacht« mit Joe.) Ihre Hoffnung, ihn zurückgewinnen zu können, ist noch lebendig. Sie kämpft.

Jon packt jetzt immerhin Angst vor ihrer Verzweiflung; er fürchtet, sie könne sich etwas antun. Er bietet ihr an, mit der jungen Frau zu reden, und verspricht schließlich, sich von ihr zu trennen. Doch dann erfährt er – welch ein Zusammentreffen! –, daß sie ein Kind von ihm erwartet.

Dies begibt sich Anfang September 1969, und dieses Kind wird etwa Mitte März 1970 geboren werden. Er hätte also im dritten Monat der Schwangerschaft noch nichts von dem erwarteten Kind gewußt?

Brigitte hat einen Schock und bricht zusammen; sie kann zunächst nicht mehr sprechen, versucht mühsam, Worte zu formen. »Diese Nacht und der folgende Tag werden mir von der mir zugedachten Zeit in der Hölle abgezogen.«

Jon will sie beruhigen, erklärt, trotzdem wieder zu ihr zurückkommen zu wollen. Die sieben Jahre – ihre Person – das zählt für ihn, sagt er ohne Überzeugungskraft.

Es drängt sich der Vergleich zu Brigittes Trennung von Daniel auf. Welche Skrupel hatte sie, wie lange hat die Liebe zu Daniel sie bestimmt, ihrer Leidenschaft zu Jon zu widerstehen, mit welchem Aufgebot an Mitgefühl und Liebe, wenn auch unwiderruflich verstrickt, hat sie diesen Konflikt zu lösen versucht.

In Brigitte wächst etwas wie Trotz und Widerwille; keine sehr stabilen Gefühle zwar, denn sie werden unterbrochen von Perioden der Hoffnung. Wächst nicht auch die Gewißheit in ihr, daß ihr eigenes Gefühl dabei ist zu sterben? Wird ihr nicht bewußt,

daß sie einen Mann geliebt hat, den sie sich selbst erschaffen hat? Einen Mann, den es gar nicht gibt: Ben, Ben Trojanowicz, der Geliebte Franziskas?
Sie wacht eines Tages auf und sagt nein zu irgendeinem Kompromiß – nein, sie will nicht mehr. Zur Gewißheit wird dieses Gefühl, als ihre Schwester Dorli zu Besuch kommt. Sie erlebt so etwas wie ein Clan-Gefühl, diese Solidarität, die durch Zugehörigkeit zueinander, die Prägung durch das gemeinsame Elternhaus, Liebe und den Wunsch, zu beschützen und geschützt zu werden, entsteht. Sie träumt davon, wie ihre Brüder Vergeltung üben werden und ganz archaisch, ganz wild die Schwester rächen. Ihre eigenen Gefühle beschreibt sie als ein Gemisch von Empörung, Haß und Trauer um ihre verlorene Liebe. Am Ende – Vereisung.
Aber sie ist wieder sie selbst. Sie braucht nun keine Medikamente mehr, die sie in den Tagen der Verzweiflung im Übermaß geschluckt hat, um sie zu überstehen. »Nun, ich bin noch nicht ausgezählt, obgleich ich diesmal zu Boden gegangen bin wie noch nie.«
Die letzte Phase von Gemeinsamkeit findet in Gesprächen am Telefon statt. Sie spricht mit einem Mann, der sich eine sichere Stellung aufgebaut hat und sie nicht preisgeben will. Er müßte in Neubrandenburg noch einmal von vorn anfangen. »Ich habe einen Abenteurer geheiratet und finde einen Mann wieder, der sich nach Häuslichkeit, Kindern, einer fröhlichen, nicht anstrengenden Frau sehnt.« Sie trennen sich auch endgültig während eines Telefongesprächs. Brigitte ist ganz ruhig, zumindest äußerlich.
Aber sie ist sich ihrer Situation voll bewußt: ihrer körperlichen Versehrtheit, Schutzlosigkeit, Mittellosigkeit. Und vor allem: Wie soll sie dieses Buch weiterschreiben, diese Liebeserklärung an Ben, wie soll sie das Bild dieses Hans K., den sie Jon genannt hat und der Ben ist, aus ihrem Gedächtnis verbannen, wenn sie weiterschreibt? Wie soll sie den Abstand gewinnen, die Figur

des lebendigen Jon und des Ben zu trennen? Sie ist ein hohes Risiko eingegangen, hat alles auf eine Karte gesetzt, auf eine der unsichersten Karten: die große Liebe. Jetzt steht sie mit leeren Händen da. Aber sie müßte nicht Brigitte Reimann sein, wenn sie sich vom Schicksal besiegen ließe. Als sie der Dorli-Schwester ihren Roman erzählt, so erzählt, als spräche sie nicht von sich, sondern von einer Romanfigur, bemerkt sie, daß es »ein miserabler Roman« war.

Wie sehr, werden die Umstände der Trennung zeigen. Die materiellen Dinge werden eine üble Rolle spielen. Das Auto, das sie dringend braucht, einmal, weil sie körperlich hinfällig ist, und zum andern, weil sie es verkaufen könnte, wenn ihre chronische Geldnot zu groß wird, liefert Herr K. trotz vieler, immer dringlicherer Mahnungen nicht aus. Dafür hinterläßt er unbezahlte Rechnungen.

»Ach meine stolze Selbständigkeit! Aber wußte, spürte ich nicht immer, daß tief in mir ein zweites Ich sitzt, das verzweifelt um Hilfe schreit? Ich will nicht allein sein, lieber sterben. Meine Arbeit? Wie kann ich denn an einem Buch weiterschreiben, das eine Liebeserklärung an Benjamin-Jon ist?«

Natürlich wird sie Rückfälle haben, wird diese Zeit nicht abstreifen wie eine überflüssige Haut. Noch ist darunter nichts neu gebildet, ist sie wund. Sie wird Ablenkung, andere Menschen, Freunde brauchen, die ihr über ihre Panikanfälle hinweghelfen, wenn sie spürt, wie sie aufsteigen wollen, diese schrecklichen Schreie, die sie bis zur Erschöpfung anstrengen und niederwerfen.

Sie arbeitet wieder, bemerkt mit Erstaunen, daß die letzten zwanzig Seiten, die sie vor dieser Trennung niedergeschrieben hat, alles vorwegnehmen. Sie wußte die ganze Zeit, was auf Franziska und Ben zukam. »Ich weiß schon, daß der Schluß des Buches anders sein wird, als ich geplant oder gehofft habe (gehofft, weil ich Franziska bin).« Diese Bemerkung wirft auch ein Licht auf das mit vielfältigen Vermutungen umgebene fragmentarische Ende des Buches. Gewiß fordert ein Fragment jeden dazu heraus, das Ende selbst zu bestimmen oder zu erträumen. Gewiß aber auch sind die Philologen hier nicht zu verscheuchen, die versuchen, den Schluß mit künstlerischer oder sich aus dem Ganzen des Werkes ergebender Logik zu entwickeln. Bei Brigittes Buch, das in der ersten Fassung 1974 erschienen ist, kommen noch die politischen Kommentare hinzu, die eine Logik der besonderen Art für den Schluß des Buches bereit hatten. Für Brigitte aber scheint das Ende des Buches wieder ihrer und nur der ihr eigenen Konfession zugeordnet zu sein. Sie war Franziska, und ihr Leben und ihre Träume waren maßgebend für den Schluß. Und deshalb muß man sie entweder so gut kennen, daß man *ihren* Schluß nachvollziehen kann, oder aber sich seinen eigenen erträumen, weil man sich mit der Franziska identifiziert.

Sie trifft Christa Wolf in Berlin, und sie spricht mit ihr über das, was ihr zugestoßen ist. Christa beweist echte Freundschaft. Sie hört ihr zu, stellt Fragen, ist ganz für sie da. Sie glaubt nicht, daß diese Ehe zu retten war, Brigitte sei ein Typ, der Ausschließlichkeit fordere, der sich mit einer abgekühlten Leidenschaft nicht zufriedengeben könne. Sie erkennt, daß Brigitte in einer Beziehung, in der sie nicht ganz aufgehen kann, niemals glücklich wäre, daß sie ohnehin nicht für das Glück begabt sei, vielmehr ihre Arbeit brauche, Menschen, mit denen sie kommunizieren kann. Und Brigitte begreift, daß alle ihre Verbindungen, alle Freunde, die ihr wohltun und mit denen sie unverzichtbare Gespräche hat, von Jon niemals angenommen würden, daß er sie mit seinem finsteren Wesen vertreiben würde. Brigitte hat Christa Wolf einmal besucht und dort eine solche Atmosphäre von Liebe und Gelassenheit zwischen den Familienmitgliedern angetroffen, daß sie tief beeindruckt war. Sie erinnert sich sehnsüchtig an diese Harmonie und glaubt, in solch einer liebevollen Umgebung müsse einem alles leichtfallen. Aber sie erfährt von ihrer Freundin, daß auch sie ihre Selbstzweifel hat, ihre Schwierigkeiten mit der Produktion, Kämpfe mit dem Stoff. Es gibt keine Rezepte, die verläßliche Voraussetzungen schaffen.

Alle Freunde machen ihr ähnliche Vorhaltungen wie Christa, gestehen ihr nun, daß Jon für sie ein abschreckendes Wesen hatte, legen seine Schwächen offen und sind auf ihre Weise froh, daß sie ihn los sind; denn er habe sich zwischen sie und Brigitte gedrängt.

Henselmann triumphiert und zählt alle negativen Punkte in Jons Charakter auf. Dabei ist er von erstaunlicher Hellsichtigkeit. Er macht ihn vollständig nieder, so daß Brigitte, wenn auch halbherzig, ihn verteidigen muß.

Die Freunde haben das richtige Gespür. Es hilft Brigitte, daß sie so kompromißlos auf ihrer Seite sind. Außerdem gibt es da noch ihren kleinen schwulen Freund Jürgen, ihren »Pagen«, zehn Jahre jünger als sie, der bedingungslos in sie verliebt und fast dauernd um sie ist. So ist sie nicht ständig allein, wird abgelenkt. Auch taucht ein Mann auf, der im Typ Jon ähnlich ist, nur liebevoller und freundschaftlicher. Er flickt ihr zerstörtes Selbstbewußtsein notdürftig zusammen und hilft ihr über die schlimmste Zeit hinweg. Aber sie ist nicht über Jon hinweg. Hier zeigt sich wieder ihre Schwierigkeit, sich von geliebten Menschen zu lösen, die in ihrem Leben immer wieder Trennungen so schmerzhaft und langwierig macht.

22. KAPITEL

Das Ding

Die Arbeit am Buch ist zum Glück auch unterbrochen worden. Ein Glück deshalb, weil sie gewiß jetzt noch nicht die Kraft finden würde, die literarische Figur mit der ihres treulosen Geliebten zu verarbeiten. Sie hat einen Auftrag von der DEFA für ein Filmprojekt bekommen, sie soll ein Drehbuch für einen Dokumentarfilm schreiben: Straße als Ereigniszone, Beobachtungen über Tag und Nacht.

Erzählt werden die Vorgänge in Briefen an einen fernen Geliebten: »Wieder ein Sonntag ohne Dich, mein Lieber...« Sie ist stolz darauf, wieder arbeiten zu können und eben auch solche – literarischen – Briefe zu schreiben. Ihre notwendigen Telefonate mit Jon, nun Hans K., werden denn auch selbstbewußter, sie spricht mit ihm stolz wie eine Geheilte, obschon sie es nicht ist.

Allerdings werden die Dreharbeiten trotz schönen Wetters und

übriger erfüllter Voraussetzungen unterbrochen: Die Straßen sind rot von Fahnen, und sie können nicht weiterdrehen.
Die DDR rüstet sich, ihren XX. Jahrestag zu begehen. Es gibt Demonstrationen und Transparente, selbst Beatgruppen, die mit Strohhüten am Straßenrand stehen und Volkslieder verjazzen.
Aber dann, schreibt Brigitte, ging das Fanfarengeschmetter los und – »Bei aller Liebe zur DDR«, von diesem militanten Lärm wird sie in die Flucht geschlagen, obgleich sie eine nostalgische Wehmut überfällt, der Wunsch, dabeizusein, sich einzubringen.
Ende November erfahren sie, daß ihr Film in Gefahr ist, »zu sehr in Moll gehalten ... Und wo bleiben die großen Veränderungen in der Landwirtschaft ... und ... Sozialismus und seine Errungenschaften«? Und außerdem Beatmusik und Kofferradios, und der Krug soll singen?!
Brigitte fürchtet, daß der Film sterben wird, wenn sie nicht versuchen, Verbündete zu gewinnen. Aber sie ist wieder einmal politisch unliebsam, weil sie ihren Mund nicht hält. Die Stimmung gegen sie macht sich überall bemerkbar, oder besser: macht sich im Totschweigen bemerkbar. Alle Leute ziehen sich verlegen zurück, auch ein Stipendiumsangebot für das nächste Jahr wird zurückgenommen, die letzte Rate des auslaufenden nicht mehr überwiesen. Selbst Lewerenz schweigt. Sie ist in einer verzweifelten Situation und wird den Wagen verkaufen müssen, den sie noch immer nicht von Jon zurückbekommen hat. Arbeiten gehen kann sie nicht, denn sie ist in einer desolaten körperlichen Verfassung.
Gewiß denken manche, Zeitgenossen wie Nachgeborene: »Hätte sie denn nicht mal ...?« Nein, es ist ihr nicht gegeben, sie kalkuliert ihre Kritik nicht und nimmt überhaupt selten Rücksicht auf ihre Lebensumstände. Selten, weil gewiß auch sie in Situationen schwieg, die ihr aussichtslos erschienen oder die sie einschüchterten. Aber dieses Schweigen wird nicht diktiert von

finanziell begründeten Rücksichten. Sie ist nicht korrumpierbar, und sie war es nie. Ihrem Land, dem sie verbunden ist, zahlt sie mit echter Münze – leidenschaftliche und schonungslose Kritik. Das ist ihr notwendig, um das Gefühl der Zugehörigkeit nicht zu verlieren, nicht die Hoffnung, alles möge sich ändern zu einem demokratischen Sozialismus, der den Bürokratismus hinwegfegt.
Sie hat seit einiger Zeit schlimme Rückenschmerzen, vor allem ein Wirbel ist betroffen, so daß sie liegen muß und sich ohne Schmerzmittel nur wenig bewegen kann. Brigitte sind Rükkenschmerzen nicht fremd. Durch ihre Behinderung, die Verkürzung eines Beins, ist die Harmonie ihres Bewegungsapparates gestört, und sie ist eigentlich selten ohne Schmerzen. Jetzt aber schreibt sie an Christa Wolf: »Es ist schrecklich, in so einem zerbrochenen Körper eingesperrt zu sein. Bei jeder Bewegung könnte ich schreien vor Schmerz. Und das soll nun von Jahr zu Jahr schlimmer werden und schließlich in die Matratzengruft führen ... Herr K. ... hat sich jedenfalls zur rechten Zeit zurückgezogen.« Christa Wolf antwortet ihr und wäscht ihr den Kopf: Matratzengruft! Da gibt es Ärzte, die helfen können, notfalls einrenken. Sie empfiehlt ihr die Klinik in Mahlow, da ist sie nahe bei ihr, und sie kann sie besuchen.

Brigitte hat, während sie in der Gartenstraße in Neubrandenburg wohnt und einen Garten besitzt, eine besondere Liebe für ihn entwickelt. Die kleinen Dinge rühren sie, das unter ihren Händen Wachsende hütet sie mit Sorgfalt, pflanzt und pflegt, wenn es ihre Gesundheit zuläßt. Sie ist sehr glücklich über dieses Stückchen Natur, das ihr nahe ist. Irmgard Weinhofen, die alte Freundin aus Kindertagen, erzählt von Besuchen und Gesprächen auf der Terrasse, die Brigitte unterbricht, um irgend etwas an ihren Pflanzen zu richten. Sie schreibt in ihrem Tagebuch oft über ihren Garten und welche Momente reinen

Glücks sie mit ihm erlebt. »Es dämmert, ich kann schon die weiße Dahlie im Garten sehen ... Laub und Blumen und die langen Schatten im Garten bedeuten mir wieder etwas ... die Birken vorm Haus werden gelb.« Immer wieder erfahren wir etwas über ihren Garten. Er gehört ganz innig zu ihrem Leben. Aber sie wird sich für eine lange Zeit von ihm und ihren Freunden trennen müssen.

Eine Zeitlang arbeitet sie auch wieder und ist, wie immer, wenn ihr die Arbeit gelingt, glücklich. »Heute morgen war der Himmel ... von einem tiefen, unbeschreiblich schönen Blau. Da konnte ich mich auf einmal in eine Verliebte versetzen, die lachend aufwacht.« Nur die Liebesgeschichte mit Ben ist für sie nicht zu bewältigen. »... da muß ich ja immerzu den Jon sehen ... immer sind's Szenen zwischen ihm und mir. Wie soll ich über diese Hürde hinwegkommen?«

Aber bald schon nehmen die Schmerzen ihr wieder die Kraft. Über ihren Garten fallen die Krähen ein.

»Bin ins Bett verbannt worden – irgendeine Verletzung an der Wirbelsäule, es tut schauerlich weh.« Sie trinkt sehr viel, um sich zu betäuben, die Schmerzen wie ihren Kummer. Sie ist gereizt gegenüber ihren Freunden, zermürbt.

Schließlich bekommt sie in den ersten Tagen des neuen Jahres 1970 die telegrafische Nachricht, daß sie ins Krankenhaus in Mahlow aufgenommen wird.

In der Einsamkeit in Mahlow denkt sie wieder an Jon, und ihr törichtes Herz sucht wieder Hoffnung. Vielleicht wird Jon ja doch seines gegenwärtigen Lebens überdrüssig und kommt zu ihr zurück? Doch ihr stets auch wacher Verstand, der zwar ihrer Gefühle nicht immer Herr wird, aber doch ihre Gedankenflüge kontrolliert, hält dagegen. Würde sie ihn wirklich zurückhaben wollen? Was wäre mit ihren Freunden, die er vergraulen würde, »dieser intellektuelle Eisklotz«? Und sie, die es gewöhnt war, sich immer für ihre Partner verantwortlich zu fühlen, und die jetzt ihre Selbständigkeit genießt und die Erleichterung über ihr

Alleinsein ihrem Egoismus zurechnet, will sie ihn wiederhaben? Sie denkt an die Zeit, als sie damit rechnen mußte, daß er bald mit ihr leben würde. Damals hatte sie schon im Hinblick auf ihre Freunde Unbehagen gespürt. Und sie gesteht sich ein, daß sie ihn wohl auch zurückhaben will, um sich an ihm zu rächen. Aber es nutzt nichts, sie denkt jeden Abend an ihn, immer noch wird ihr Herz dann wie »von einer Faust zusammengepreßt … es gibt Szenen, die ich mir nicht vorstellen darf. Oder Räume, sein Zimmer … dann fühle ich mich am ganzen Körper wund … und fürchte mich davor, irgendwo anzustoßen und mir weh zu tun.«

Es ist nicht verwunderlich, daß sie diesem Auf und Ab, diesen wechselnden Stimmungen ausgeliefert ist. Sie befindet sich in einem sehr desolaten körperlichen Zustand. Ihre finanzielle Situation ist so schlecht, daß sie Panikanfälle hat. Herr K. gibt trotz aller Mahnungen den Wagen nicht zurück, und Brigitte fürchtet, daß er ihn bereits verkauft hat. Sie wäre längst müde, immer wieder nachzufragen, doch dies ist ihre letzte Reserve vor dem finanziellen Nichts.

Sie muß den Krankenhausaufenthalt über die zunächst vorgesehenen vier Wochen hinaus verlängern. Die Rückenschmerzen sind nicht besser geworden, und sie denkt auch schon daran, daß dies nicht mit rechten Dingen zugeht und es auf Krebs hinausläuft.

Kurz bevor sie entlassen wird, eröffnet ihr der Chefarzt, daß die Röntgenaufnahme vom Becken eine Geschwulst im Bauch zeigt. Es wird ihr versichert, daß keine Anzeichen für Metastasen vorhanden sind, jedenfalls nicht an der Wirbelsäule oder anderen Knochen. Die Untersuchungsergebnisse sind noch nicht vollständig.

Sie wird aus dem Krankenhaus in Mahlow entlassen und fühlt sich gut erholt. An Christa Wolf schreibt sie: »… als gäbe es wirklich eine Parze, die es ausgerechnet auf dich abgesehen hat und sich andauernd neue Gemeinheiten ausdenkt.«

Sie meint, daß »das Ding« vielleicht für die Rückenschmerzen verantwortlich sei.
Sie ist »frühlingssüchtig« und beschreibt »seitenlang einen taufeuchten Garten und einen Junihimmel und derlei Köstlichkeiten«.
Die Untersuchung in Buch zeitigt ein günstiges Ergebnis: Es sind »keine Anzeichen von Krebs zu finden«.
Aber der Frühling ist jetzt, Anfang März 1970, noch nicht in Sicht, Tauwetter wird von neuen Wintereinbrüchen abgelöst. Die Wirtschaftslage in der DDR ist schlecht. Die Energieversorgung ist nahe dem Zusammenbruch, die Versorgung mit Holz und Kohle mangelhaft, und die Zeichen stehen auf Verschärfung der Lage.
Am 19. März besucht Willy Brandt Erfurt, und er wird von der Bevölkerung emphatisch begrüßt. Aus Sicht der DDR ist der Zeitpunkt nicht besonders geschickt gewählt. Die schlechte Versorgungslage verschärft die sonstige Unzufriedenheit, und die Ovationen vor dem Erfurter Hof nehmen den Charakter politischer Demonstrationen an. Am anderen Tag hat die Partei ihre Leute mobilisiert, und neben der Internationale gibt es Sprechchöre, die »Anerkennung!« rufen.
Die Freunde telefonieren miteinander und besprechen die politische Lage. Alle knüpfen Hoffnungen an das Treffen, wenn auch unbestimmte. Brigitte schreibt: »... ich weiß nichts von meinem Volk, meinen Zeitgenossen und möglichen Lesern ... Und was Politik angeht – also diesen Staat, diesen Sozialismus –, bin ich bald hochmütig (abseits, allein, kritisch, krittelnd, skeptisch), bald fühle ich mich jämmerlich, unentschlossen, tief im Unrecht ... Wer sind die Leute um mich herum? Wie fühlen sie sich, wo stehen sie, machen sie es sich bewußt?«
Den nächsten Brief schreibt Margarete Neumann an Christa Wolf und teilt ihr mit, daß Brigitte mit starken Rückenschmerzen in das Kreiskrankenhaus in Neubrandenburg eingeliefert wurde und nicht aufsitzen kann, um ihr zu schreiben.

Dann schreibt Brigitte wieder selbst, dankt Christa für ihren Besuch und teilt ihr mit, daß sie zum ersten Mal »mit dieser Kobaltkanone beschossen worden« sei.

Brigittes Krankengeschichte ist diffus. Es ist anzunehmen, daß der Verdacht der Ärzte auf Krebs schon länger bestand, aber die Rückenschmerzen, die sie ja ihr Leben lang begleitet hatten, zunächst eine falsche Richtung wiesen. Als der Verdacht sich dann verdichtete, wollte niemand Brigitte unterrichten. Die Untersuchungsmethoden waren noch nicht so verfeinert wie heute. So hatten die Ärzte zunächst auch keine absolute Gewißheit, zum andern scheute man sich oft, den Patienten ein Todesurteil zu verkünden, das sie der Verzweiflung ausliefern mußte.

Der Film, den sie mit Scharioth gedreht hatte und der als zu sehr »in Moll« gehalten befunden wurde, hat nun Vorabnahme in Berlin, weil immer noch Zweifel gegenüber der Grundstimmung herrschen, da ja »unser sozialistisches Leben ringsum so überaus heiter und optimistisch ist«. Obwohl für die Wiedergabe nur ein kleiner Bildschirm zur Verfügung steht, ist selbst der »stupide (und übervorsichtige) Chef« nunmehr von dem Film überzeugt und lobt ihn.

Sie arbeitet wieder am Buch. Sie geht den schwierigen Prozeß an, Jon zu überwinden und Ben von ihm getrennt zu sehen. Der Charakter des Buches ändert sich: Zwei Menschen, die nicht zueinander passen – Selbstaufgabe? – ein vergeblicher Versuch. Der Jon der Realität, der sich nicht nur von Brigitte so weit entfernt hat, sondern auch von sich selbst, vielleicht auch in Wahrheit von seinem von Brigitte geschaffenen Pseudo-Ich, müßte es ihr eigentlich leichtmachen. Er ist die verkörperte Unverschämtheit, macht ihr Vorwürfe, die Vergangenheit betreffend, unter die er ja einen Schlußstrich gezogen hat, desavouiert ihr Zusammenleben. Offenbar will er von Brigittes ständigen Mahnungen, ihr den Wagen zuzustellen, ablenken. Sie benötigt ihn in ihrer Hinfälligkeit, die sie demütigt, weiß nicht, wie sie anders um die Hilfe ihrer Freunde bitten soll, wenn sie sich fortbewegen will oder Einkäufe machen soll. Andrerseits erübrigt er nicht einen einzigen Tag, um alle anstehenden Dinge zu besprechen, auch was die Scheidung betrifft. »Nicht diesen einen Tag für eine Frau, mit der er sieben Jahre gelebt hat.«

Die Freunde beeilen sich, das immer noch verklärte Bild jenes Jon der Vergangenheit zu zerstören, und ihre Urteile sind so übereinstimmend, so hart, fast gleichlautend von so vielen unterschiedlichen Menschen wie Christa Wolf, Dieter Dreßler (der ihn ja besonders lange kennt), Günter Ebert, selbst von Margarete Neumann, Bruder Lutz und ihrer gütigen Mutter, daß es sie überrascht und sie ihn vor sich und den anderen verteidigt. Sie glaubt, daß er mit ihr anders war, vielleicht, weil er selbst dem Bild entsprechen wollte, das sie von ihm hatte.

Ende März muß sie wieder ins Kreiskrankenhaus Neubrandenburg, ein Bandscheibenvorfall, »mörderische Schmerzen«. Vier Wochen muß sie bleiben, dann anschließend nach Berlin-Buch, dann für drei Wochen Verlegung in die Rössle-Klinik, ohne Schreibmaschine, ohne arbeiten zu können. Sie ist hier nicht allein und muß sich mit Geräuschen und dem Geschwätz von Mitpatientinnen abfinden, die ihr keinen klaren Gedanken gestatten. Arbeiten kann sie dann wieder in der Klinik in Buch, man gibt ihr ein Einzelzimmer wie vorher. Sie erhält Bestrahlungen. »... manchmal denke ich, daß ich in Wirklichkeit Krebs habe.« Sie soll mindestens zwei Jahre lang ihren Beruf nicht ausüben, aber das ist ihr gleichbedeutend mit überflüssig, zu nichts mehr nutze zu sein, und sie meint, daß dann für ihre Person dieser Aufwand an Fürsorge und Geldmitteln ungerechtfertigt sei.

Die Eltern kommen zu Besuch und wollen sie mitnehmen nach Burg, dort soll sie leben und gepflegt werden. Aber für sie bedeutet das Kapitulation – lähmendes Entsetzen.

Lewerenz besucht sie, und sie sprechen über einen Stoff für ihr nächstes Buch ...

Während sie in der Klinik liegt, wird sie in Abwesenheit von Jon geschieden.
Sie wird noch einmal mit Spritzen traktiert, die ihr Immunsystem stabilisieren sollen. Sie sagt dazu: »Muß sich um injizierte Beulenpest gehandelt haben, der Wirkung nach zu urteilen.«
Am 7. Juni 1970 wird sie aus dem Krankenhaus entlassen. Sie hat zweieinhalb Monate in den verschiedenen Kliniken verbracht.
»Ein wundervoller Juni. Jeden Tag Sonne, Hitze, blauer Himmel. Die Blumen im Garten. Die ersten Erdbeeren. Eine Tigerlilie. Die Terrasse, die nachmittags im Schatten der Ahornbäume liegt... Ein Juni wie in der Kindheit, als immer die Sonne schien, an jedem gesegneten Sommertag.«
Es sind wieder Männer um sie. Sie hat sich wochenlang im Krankenhaus mit einer Liebesszene abgeplagt. Sie wußte nicht mehr, was das war, der Anfang einer Liebe: »Küsse, spielerisch und zärtlich und wild, und Begehren, und Angst, und Freude und Lachen vor Freude und Sentimentalität und Küsse und Streicheln.«
Sie hat keinen Anspruch auf Dauer, hat nicht mehr die Kraft, etwas aufzubauen, festzuhalten, unterschiedlicher Veranlagung eines Partners zu begegnen.

23. KAPITEL

Jürgen und Chris

Vorstandssitzung des Deutschen Schriftstellerverbandes in Berlin. Verurteilung, vorgetragen von einem jungen Germanisten, von Selbstverwirklichung und Verinnerlichung als spätbürgerlich und revisionistisch. Brigitte notiert: »Arme Franziska. An einem solchen Burschen wird sie sterben.«
Jürgen, ihr kleiner homosexueller Freund, der eine starke Bindung an sie hat, die von keiner Männerliebe überschattet werden kann, ist dauernd um sie, hilft ihr bei den Belastungen durch Haushalt und Schwermut. Ein merkwürdiges Verhältnis. Er will sie sogar heiraten, obwohl diese Ehe nicht »vollzogen« werden könnte, er ist nicht bisexuell. Jürgen ist auch eifersüchtig wie ein Liebhaber. Sie begleitet ihn in die Schwulenbar und ist die Attraktion des Etablissements. Sie kann tanzen ohne Schmerzen, lebt wieder exzessiv: zuviel Zigaretten, zuviel Schnaps, zuwenig Schlaf, ganz viel Erotik.

Christoph taucht aus dem Pulk der Bewunderer auf: klein, zart, verliebt über die Maßen. »Ein Kind, ein Mystiker, ein Mann mit zuviel Verständnis, ein Anbetender, ein zärtlicher Liebhaber.« Er nistet sich ein, soweit Brigitte es erlaubt, die zuviel Vertraulichkeit nicht erträgt und nicht verliebt ist, nur gerührt. »Ich habe ihn gewarnt, ich habe ihm alle abschreckenden Geschichten erzählt und mich noch übler dargestellt, als ich bin – es nützt nichts. Ich werde zum Wunder erklärt, zur Göttin erhoben ... und Haut wie Jade, von der Farbe japanischer Bronzen... Die meiste Zeit bin ich bedrückt... so einem darf man doch nicht weh tun.«

Christoph, der später wegen irgendwelcher Unregelmäßigkeiten vor der Polizei das Weite suchen wird, ist etwas Besonderes. Sie sagt ihm, sie sei eine halbierte Frau. Es fällt ihr schwer. Sie selbst ist voller Abscheu über ihre Verstümmelung und ist von Scham und Schrecken erfüllt. Das alles beseitigt dieser Herzensjunge mit zärtlicher Hand. Er erzählt ihr, daß im Orient in besonders schöne Teppiche absichtlich Fehler eingewebt werden, damit sie nicht durch ihre Vollkommenheit die Menschen einschüchtern, und diese Narben seien ihr Webfehler. Er findet sie wunderschön und vollkommen, und in seiner Bewunderung ist nichts von Mitleid. »Trotzdem lebe ich die ganze Zeit in Auflehnung gegen... diese ›Überheblichkeit der Sanften‹, wie die kluge Frau Henselmann das nennt.«

Er bleibt in den Nächten bei ihr – Brigitte schläft allein – und verschwindet am Morgen, weil sie es nicht erträgt, des Morgens nicht allein zu sein. »Nur in der Nacht vom Sonntag zum Montag waren wir zusammen, und vielleicht habe ich ihn in dieser Nacht geliebt. Wir haben miteinander geschlafen und Fiasko gemacht, wie Stendhal sagt... aber wahrscheinlich war gerade das so süß und bezaubernd, und wir waren schüchtern wie Fünfzehnjährige.«

Endlich, im Juli, kurz vor Brigittes 37. Geburtstag, fährt sie nach Rostock, und Uwe, Dorlis Mann, holt endlich das vermaledeite Auto. Es geht noch auf der ersten Fahrt wieder kaputt, aber endlich sind sämtliche Kontakte zu Herrn K. abgebrochen. Zwar überkommen Brigitte noch einmal, gewiß nicht zum letzten Mal, Erinnerungen an das Leben mit ihm, vor allem aber an ihre Trennung – wie auch nicht, da sie ja das Buch immer wieder mit der Vergangenheit konfrontiert.

Chris bringt ihr Geschenke aus Dresden mit, unter anderem ein wunderschönes Wurfmesser aus Toledo, schwer und scharf, und sie stellt sich vor, wie sie es benutzt hätte, wenn sie damals, bei ihrem letzten Besuch in Hoyerswerda, dieses Mordmesser in der Hand gehabt hätte. Wenn sie damals seinen Verrat an ihr vollständig durchschaut hätte: mit der anderen in ihrem Bett... und alle Spuren von ihr, Brigitte, vernichtet.

Nun, Herr K. gibt immer noch keine Ruhe. Offenbar sind irgendwelche ungeklärten finanziellen Dinge immer noch Anlaß für ihn, in Lamentationen auszubrechen und Brigitte Vorhaltungen zu machen, wie sehr ihn zum Beispiel der Besitz eines Autos immer belastet habe (das man ihm allerdings mühsam aus den Händen winden mußte). Wie sehr er darunter gelitten habe, der Prinzgemahl gewesen zu sein, der gefühlsmäßig und überhaupt über seine Verhältnisse gelebt, dabei ihre Launen und ihre Freunde habe ertragen müssen. Nach diesen Anklagen erfolgt dann das Lob des einfachen Lebens, das er nun zu führen das Glück habe. Hysterische Ausfälle, die Brigitte mit Gelassenheit zurückzuweisen in der Lage ist.

Einen Nachfolger, den sie ihm präsentiert, obschon nicht existent, quittiert er mit Betroffenheit. Plagt auch Herrn K. die nostalgische Erinnerung? Kann auch er diese Hochzeit in seinem Leben nicht so recht vergessen? Fing es schon damals an, als er ihr in einem unbewachten Moment gestand: »So wie mit dir ist es nicht«? Vielleicht auch hat der Herr K. das einfache Leben schon ein wenig satt – er beschwört die Familienidylle hier und an anderer Stelle zu oft und, unaufgefordert, das »einfache Leben« ein wenig zu häufig. Fehlt ihm nun Brigittes

Schmerz, den sie so oft demonstrierte, dem er zwar eiskalt begegnete, der sie aber gleichwohl mit ihm auf eine immer noch intime Art verbunden hat? Bestürzt ihn deshalb nun ihr zur Schau getragener Spott, ihre neue Sicherheit, die Verachtung, die sie für sein Glück im Winkel durchscheinen läßt, ihnen beiden früher als Spießerglück verpönt? Offenbar leidet auch Herr K. an der Trennung und unter der Gleichförmigkeit seines Lebens oder aber an den Szenen seiner Ehe. Es sei ihm gegönnt.
Lewerenz stellt sich zum 37. Geburtstag ein. Er wartet natürlich auf das Buch, aber er resigniert nicht vor ihrer Lustlosigkeit, wäscht ihr den Kopf und befürchtet, daß sie die Dinge laufen läßt, die Romankonzeption vernachlässigt und eher Tagebuch als Roman schreibt.
Sie setzt ihren Christoph an die Luft und kann endlich wieder arbeiten. Aber ihre Arbeit wird dauernd so sehr durch Freunde und die jungen Leute behindert, die sich an ihrer Schulter ausweinen, daß sie manchmal keinen Ausweg weiß, als ins Hotel zu ziehen, um unbehelligt zu sein.

24. KAPITEL

Doktor B.

Es ist Zeit für eine neue Liebe. Hans K. ist überwunden. Im Tagebuch notiert sie: »Noch früh am Morgen. Dr. B. schläft drüben, und ich kann endlich mal wieder schreiben.« Ein verhaltener Anfang. Sie ist entkräftet von den Kobaltbestrahlungen, die ihr ambulant verabreicht werden, so empfindet sie diesen ruhigen, zurückhaltenden Mann als angenehm und wohltuend. Sie erlebt Sicherheit und Ruhe bei ihm, ein Gefühl, das ihr bisher bei ihren Liebhabern fremd war, das auch ihr, Brigitte, nicht notwendig war, als das Leben noch auf fordernde Weise in ihr pulsierte.

Aber es dauert nur eine Woche, bis sie an Christa Wolf schreibt: »Ich bin völlig schwachsinnig vor Glück.« Sie beschreibt ihn als großen, dicken, dickschädeligen, schwerfälligen Mecklenburger. Er ist zehn Jahre jünger als Brigitte und erstaunt, daß er sich in »ein welsches Weib« verliebt hat. Leider ist er auch ein Trinker, wird aber, so scheint es, von der Liebe geheilt. Es sieht alles danach aus, daß ihr das friedvolle Glück beschieden ist, das ihr nun so nötig wäre. »So war es noch nie: jeden Tag mit einem Mann verbringen, ohne jemals gelangweilt oder gereizt zu sein; jede Nacht mit einem Mann schlafen ... und keine Angst haben ... weil diese starken und verläßlichen Arme mich festhalten.« Sie wünschen sich ein Kind.

Was weiß man denn von Kobaltstrahlen zu jener Zeit? Ist er nicht Arzt? Sie ist skeptisch gegenüber diesem Glück, glaubt nicht an ihre Befähigung zu Familie und Häuslichkeit, findet sich zu alt für ihn. Der Krebs, der schon durch die Behandlungsmethoden für heutige Patienten leicht zu diagnostizieren wäre, spielt in ihren Überlegungen keine Rolle. Oder verdrängt sie? Will sie nicht wissen, sich nicht eingestehen, daß sie unheilbar krank ist?

Sie trinken beide zuviel. Sogar Brigitte, die es sonst, entweder in verzweifelten Situationen oder auch aus reinem Spaß an der Sache, auch allein konnte, wird durch die Permanenz überfordert, aber noch gibt es keinen Grund zur Sorge für sie.

Allerdings fehlen ihr ihre Bücher, sie kommt nicht mehr zum Lesen, empfindet es als tiefgreifende Umstellung, eine Änderung ihres Lebens, die durch einen Partner geschieht und gravierend ist. Beglückend jedoch, daß nach dem Verdikt »untauglich« nun ein Mann da ist, der sie braucht und liebt.

Die leise aufkeimenden Bedenken sind noch keine Beeinträchtigung ihres Glücks. Noch teilt sich ihr seine Freude über die Häuslichkeit mit, »die er mehr sucht und genießt als ich«.

Durch die exzessive »Feierei« mit den Ärztekollegen, die für Brigitte auch keinen anregenden Freundeskreis darstellen, da sie sich für Kunst und Literatur überhaupt nicht interessieren, werden auch die häuslichen Mittel knapp. Sie kommen mit ihrem Geld nicht aus. »... ihre ewige und endlose Trinkerei geht mir auf die Nerven.«

Sie ist gerührt von B.s Anhänglichkeit. Mittags kommt er herüber, statt im Krankenhaus zu essen, und trinkt einen Kaffee bei ihr. Doch wird sie in ihrem Arbeitsfluß unterbrochen. Abends um sechs ist die Arbeit ohnehin zu Ende, weil ihr »Bär« dann heimkommt und sie mit Beschlag belegt. »Jetzt fühle ich mich zum ersten Mal in Sicherheit, und das ist schön und gefährlich. Ich lasse mich gehen. Irgend etwas muß geschehen, damit ich wieder aktiv werde.«

Anfang November 1970 fährt sie wieder nach Buch zu Professor Gummel. Sie hat unerträgliche Schmerzen. Die Diagnose: Wirbelkompression. Keine Besserung in Sicht, man kann die Schmerzen nur durch Spritzen erträglicher machen.

Lange hält eine solche Behandlung natürlich nicht vor. Brigitte wird wieder bettlägerig, verbunden mit den üblichen Schmerzen. Lewerenz schreit nach dem Buch: Die Gelegenheit ist günstig. Gerade jetzt sieht er eine Lücke in der dogmatischen Abwehr, durch die er es durchschmuggeln könnte. Keine Chance, Brigitte wird bis April 1971 in Buch bleiben müssen.

Ihre treueste Freundin in dieser Zeit ist Christa Wolf. Sie schreibt ihr Briefe, die sie aufmuntern und erheitern sollen, besucht sie, nimmt Anteil an ihrem Leiden. Es gibt einen besonders anrührenden Satz aus diesen Briefen. Nachdem sie ihr zuruft, wie sehr sie alle Brigittes Anwesenheit nötig haben, schreibt sie: »Denkst Du eigentlich, ich komme nur Dir zuliebe angelaufen, und merkst Du, daß es auch mir zuliebe ist?«

Auch Annemarie Auer, die ebenfalls eine Krebsoperation durchmachen mußte und der sie daraufhin – ihren alten Zwist begrabend – geschrieben hatte, revanchiert sich jetzt mit lieben und verständnisvollen Briefen.

Bei diesem Krankenhausaufenthalt haben die Ärzte eine Totaloperation bei Brigitte vorgenommen. Ursprünglich hatte man ihr ein gutartiges Myom bescheinigt, aber offenbar bestand die Gefahr, daß hier nun auch ein Krebs auftreten könnte oder bereits aufgetreten war.

Mit Datum vom 9. April 1971 verabschiedet sich Brigitte brieflich von Christa Wolf aus dem Krankenhaus. Sie ist zwar wieder bewegungsfähig, doch nicht ohne Schmerzen. Aber sie versichert Christa, »das... wiegt überhaupt nichts gegen das Glück, wieder über eine Straße gehen zu können oder ein Stückchen durch den Wald«.

Brigitte und Rudi B. entschließen sich, gegen Mitte Mai 1971 zu heiraten. Brigitte hat zwar gezögert und große Bedenken wegen des Altersunterschiedes angeführt, aber ihr »Bär« hat sie ihr ausgeredet. Schließlich kann sie in ihrer Situation wohl auch die Sehnsucht nach der Geborgenheit und Sicherheit, die diese Ehe ihr versprechen, nicht unterdrücken. Ihr Mann ist rührend besorgt um sie, erwartet aber auch, daß sie ihm ihre Zeit widmet, und so kommt sie mit dem Schreiben nicht gut voran. Bis Weihnachten soll das Buch endgültig fertig werden. Sie hatte es dem Verlag fest zugesagt, aber sie findet nicht die Kraft dazu.

Sie verfällt in eine schlimme Depression. Schon einmal war von einer endogenen Depression bei Brigitte die Rede, und auch dieses Mal scheint es ernst zu sein. Obwohl man annehmen könnte, daß nach so langen Leidenszeiten und Todesängsten eine Depression verständlich wäre, so sind diese Symptome doch bedenklich und haben wohl auch einen pathologischen Befund. Sie lebt in einem Dämmerzustand, wagt es nicht, unter Menschen zu gehen, fürchtet sich davor, eine Straße zu überqueren, ist aber genausowenig imstande, allein zu sein. Ihr Zustand ist so ernst, daß sie psychiatrische Hilfe in Anspruch nehmen muß. Annemarie Auer schreibt sie über ihre Franziska: »Ich habe völlig vergessen, was überhaupt in dem Buch steht und warum ich es geschrieben habe und was die ganze Schreiberei eigentlich soll. Vielleicht fällt's mir wieder ein.«

Daß Annemarie die gleichen Leiden durchzumachen hatte und sie besiegt hat, daß sie nach der Kraftlosigkeit und Verzagtheit, die sie nach ihrer Krebserkrankung und den damit zusammenhängenden anstrengenden Therapien durchlitt, wieder zum Leben gefunden hat, wieder schreiben kann und sich wohl fühlt, das gibt Brigitte ein wenig Mut. Und Annemarie schreibt ihr einfühlsam und liebevoll, weist hin auf ihre außergewöhnliche Vitalität, mit der sie schier alles packen könne, und daß sie – nach ihren Briefen zu urteilen – ihre Sinne durchaus beieinander habe. »Auch die Seele hat ihre Stoffwechselprobleme«, schreibt sie und rät Brigitte, auf die Hilfe ihres Psychiaters zu vertrauen – »ohne Selbstzensur«.

Christa Wolf schreibt ihr: »Ich würde Deine Depression ›reaktiv‹ nennen, eine Reaktion auf das Bombardement der letzten zwei Jahre, das nun erst, nachdem die Gefahr vorbei, Wirkung zeitigt. Vermutlich ist das ... normal ... denn wie könntest Du weiterleben und sogar noch weiterschreiben, ohne die Zeit wirklich in Dir verarbeitet zu haben? Wenn Du nun absolut nicht schreiben ›kannst‹ – wäre es nicht möglich, daß die Lähmung aus Deinem Unterbewußtsein kommt, das bestimmte Dinge einfach nicht wissen und erfahren und zugeben will ...?«

Nun, das scheinen alles richtige Vermutungen über ihre Psyche zu sein. Nach monatelang anhaltender Depression erholt sie sich und begibt sich wieder an ihr »Unglücksbuch«. Es fällt ihr auf, wie sehr sie immer wieder auf ihre Kindheit zurückkommt, mit der Sehnsucht »... nach einem Garten Eden (den man, wer weiß, nie besessen hat)«.

Wir erfahren von Günter Ebert, der als Literaturkritiker um ein Außengutachten gebeten worden ist, um ein weiteres Stipendium zu begründen, von den Stationen der Fertigstellung: Zum Zeitpunkt des Gutachtens am 1. August 1971 liegen ihm 569 Seiten vor. Am 16. April 1969 waren es 395, also die ersten acht Kapitel. Die Fremdheit zwischen Jon und Brigitte begann in dieser Zeit bedrohlich zu werden, während Franziska und Ben sich annähern und ihre Liebe füreinander entdecken.

Am 22. Oktober 1969 waren es 510 Seiten, elf Kapitel. Zu dieser Zeit ist ihr Liebesverhältnis brutal von Jon beendet worden, und Brigitte war in einem Zustand von Schmerz und Verlassenheit. Im Buch aber festigt sich die Liebe zwischen Franziska und

Ben Trojanowicz. Doch ist schon im Anfang der Geschmack von Abschied zu spüren: »Sieh mich an, Ben, sieh mich jetzt an. Manchmal brauche ich Mut, dir zu sagen: Ich liebe dich. Die Warnung: der Tropfen Bitterkeit, den ich auf deinen Lippen, in unseren Küssen schmecke.«

Am 14. September 1970 ist dann lediglich ein Kapitel hinzugekommen, das zwölfte. Brigitte schildert hier glückliche Erlebnisse mit Jon – eine nicht endende schizophrene Situation.

Günter Ebert vermerkt in seinem Gutachten, daß Brigitte dieses Kapitel im Krankenhaus verfaßt habe, dadurch jedoch kein Bruch im Dargebotenen entstanden sei. Er versichert, die Autorin werde das Manuskript, wie versprochen, bis zum Ende des Jahres abliefern, und bittet, ihr ein Stipendium zu gewähren.

Es ist natürlich unmöglich für Brigitte, diesen Termin einzuhalten. Die Depression bedeutet absolute Schreibhemmung, und im Dezember, nachdem sie sich erholt hat, erfolgt der letzte Schlag. Sie hört im Nebenzimmer die Kollegen ihres Mannes über ihren Zustand sprechen. Das Todesurteil: inoperabler Krebs im Rückenwirbel, sie wird nur am Leben erhalten durch die Operationen und Bestrahlungen. Bestätigt wird dieses Urteil durch die ahnungslose Fürsorgerin, die sie aufsucht, um mit ihr zu sprechen. Sie glaubt, Brigitte sei bereits unterrichtet.

Sie ist verzweifelt: »Dieses Gefühl, etwas Unabwendbarem ausgeliefert zu sein, nur noch eine bemessene Zeit zu haben... Zwei Jahre? Fünf Jahre?«

Ihre Ehe ist zu dieser Zeit durch die permanenten Alkoholorgien ihres Mannes schon in zerrüttetem Zustand. Sie faßt den Entschluß, sich von B. zu trennen. Nach einer Aussprache wird es vorübergehend besser; allerdings ist sie nun genötigt, ihm ihre Zeit zu widmen. Vorbei ist es mit dem Anspruch auf ungestörtes Schreiben. Aber es geht nicht gut. Rudi B. trinkt zwar nicht mehr soviel, aber sie verstehen sich nicht mehr. Brigitte will das Buch zu Ende schreiben und diese endlosen Störungen nicht länger ertragen.

Brigittes Mann ist ebenfalls in einer verzweifelten Situation. Er ist alkoholkrank; eine Krankheit, die keine gesellschaftliche Anerkennung findet und daher verbrämt oder versteckt, keinesfalls aber bemitleidet wird. Man kann ihm aber Mitgefühl nicht verweigern. Er hat Brigitte geheiratet mit dem Wissen um ihre Krankheit, und wenn er auch im Anfang noch eine vage Hoffnung auf Heilung gehabt haben könnte, so ist nicht zu vermuten, daß sie lange vorhielt. Er gesteht Brigitte denn auch, daß er schon seit März 1971 von ihrer tödlichen Erkrankung wisse, also zwei Monate vor ihrer Heirat. Er wird von Brigitte immer als besorgt und liebevoll geschildert, nur hat er nicht geahnt, was es bedeutet, mit einer Schriftstellerin verheiratet zu sein, die leidenschaftlich mit ihrem Stoff kämpft und ihre Zeit ihrer Produktion widmen möchte. Zumal diese Zeit – wie sie bei aller Hoffnung gefühlt haben muß – unwiderruflich verrinnt. Es ist verständlich, daß er abends, wenn er heimkommt, hofft, eine Partnerin zu finden und keine schreibende Frau, die sich durch seine Anwesenheit belästigt fühlt.
Solche Schwierigkeit haben alle künstlerisch schaffenden Menschen, besonders aber Frauen. Männerarbeit wird auch auf diesem Gebiet – auch vom Partner – wesentlich stärker respektiert. Brigitte aber hat – außer der Zeit mit Daniel – immer allein gelebt und über ihre Zeit verfügt. Gewiß hat auch Daniel seinerzeit unter ihrem Arbeitsegoismus gelitten, aber er hatte doch letzten Endes ein beruflich fundiertes Verständnis. Es ist Brigittes Fehler gewesen, noch einmal geheiratet zu haben, vor allem aber – wie in diesem Fall – eine bürgerlich ausgerichtete Ehe mit den bekannten Konsequenzen einzugehen, doch der Wunsch nach Schutz und Sicherheit waren bei ihrer Hinfälligkeit übermächtig. Trotzdem erscheint ihre Ungeduld nicht nur verständlich, sondern auch berechtigt. Um ihm Gesellschaft zu leisten, muß sie langweilige Fernsehdarbietungen über sich ergehen lassen, während die Arbeit, die ihr am Herzen liegt, liegenbleibt.

25. KAPITEL

Das dreizehnte Kapitel

Im Jahr 1971 ist Ulbricht von Honecker abgelöst worden. In der DDR ist eine leise spürbare Liberalisierung zu bemerken. Ein Beispiel, das Brigitte bewegt: Das *Neue Deutschland* gratuliert Franz Dahlem, einem alten Funktionär. In dieser Würdigung kommt auch sein Ausschluß aus dem ZK zur Sprache, der 1953 erfolgte, und Brigitte hört in diesem Zusammenhang zum ersten Mal, daß das *Neue Deutschland* von »falschen Anklagen« berichtet.

In der Verbandssitzung, die Brigitte wieder einmal besucht, ist von dem lauen Lüftchen allerdings wenig zu spüren. Offenbar mißtraut man dem bescheidenen Fortschritt und begrüßt noch einmal das 11. Plenum, das Brigitte empört »Hexenjagd« nennt, womit sie einen handfesten Krach mit den Kollegen provoziert.

Trotzdem: Sie scheinen von ihr fasziniert zu sein wie immer

schon. Helmut Sakowski: »Keiner von uns ahnte, wie sie litt, aber sie kam wie vor zwanzig Jahren zu den Tagungen; da saß sie unter uns, kerzengerade, streitbar wie eh und je, lachte wie immer und regte uns an und regte uns auf... Und Gespräche bis zum Morgen, als seien wir jung wie damals.«
Günter Ebert schreibt: »Sie bekämpfte den Schmerz mit Arbeit. Konnte sie nicht mehr sitzen, schrieb sie im Knien. Zuletzt nur noch im Liegen.«
Brigitte schreibt am 13. Kapitel, das noch heute die Gemüter erregt. Sie hat sich vorgenommen, ohne Kompromisse zu schreiben, obschon ihr natürlich klar ist, daß sie die lange geübte Selbstzensur nicht vollständig überwinden kann. Jedenfalls packt sie in das 13. Kapitel eine Menge politischer Probleme, geheime Anklagen über Ungerechtigkeiten, die sie nicht verwunden hat. Sie häuft diese Probleme auf die Figur des Trojanowicz. Lewerenz nennt das Kapitel »eine MG-Salve«.
»Inzwischen ist R. zu seinem Lehrgang zurückgefahren... und ich habe endlich die Geschichte vom Prozeß des Herrn Trojanowicz zu Ende schreiben können (nach den Modellfällen Kunze und Loest), hört sich arg an, jede Einzelheit stimmt, trotzdem ist es so unglaubwürdig.«
Dieses 13. Kapitel – wahrhaft ein Unheilskapitel – ist stark gekürzt worden und hat die Kritik der Nachgeborenen oder Außenstehenden auf sich gezogen, die in der Regel die schärfsten Kritiker einer Zeit sind, die sie nicht selbst erlebt haben.
Walter Lewerenz, den ich dazu gefragt habe, verteidigte sich nachdrücklich mit dem Hinweis, daß diese Kürzungen aus literarischen Gründen erfolgt seien. Wer die beiden Kapitel – das gekürzte und das ungekürzte – aufmerksam liest, mag ihm zustimmen. Man merkt dem ungekürzten Kapitel die Eile an, die die Autorin treibt. Brigitte Reimann hebt hier noch einmal zu einer Abrechnung an, in der sie politische Anliegen bündelt und Dinge, die sie bewegt haben, verarbeitet. In der Tat bekommt dem Text diese Aneinanderreihung von politischen

Ereignissen nicht. Aber für sie war das gewiß befreiend. Sie mag wie Ilja Ehrenburg gefühlt haben, daß ihr nur noch wenig Zeit bleibt und daß sie nun die Wahrheit schreiben muß. Walter Lewerenz meinte dazu auf Vorhaltungen lakonisch: »Ein Roman ist keine Stopfgans.«

Das ist richtig. Nur fragt man sich doch – von Withold Bonner hingewiesen auch auf allerlei kleinere Striche über die Länge des Buches –, ob das wirklich in jedem Fall der Grund für Kürzungen war. Sicher nicht; aber der Lektor wußte besser als jeder andere, der es im nachhinein zu wissen glaubt, was – noch – zumutbar war und was nicht mehr.

Allerdings fragt man sich auch, warum Walter Lewerenz nicht zugibt, was doch evident ist: daß dieses Buch ohne Streichungen gar nicht hätte erscheinen können – mit dieser Fülle von offenen und versteckten Wahrheiten und für die Funktionärsclique peinlichen Hinweisen sowie der freimütig geäußerten Sexualität. Dafür war denn doch das liberale Windchen zu schwach. Vielmehr ist zu bestaunen, was er alles *nicht* gestrichen, vielmehr gewagt hat, um das Buch in dieser immer noch brisanten Fassung durchzufechten. Niemand wird angesichts des Buches den Eindruck gewinnen, daß Lewerenz über Gebühr aktiv wurde, sozusagen in vorauseilendem Gehorsam gehandelt hat. Das zarte Pflänzchen Freiheit konnte flugs ausgerupft werden, und Autorin und Lektor hätten mitsamt dem Buch in Ungnade fallen können. Es wäre nicht das erste Mal gewesen. Und das hätte das Aus bedeutet für ein Buch, dessen Entwicklung zehn Jahre gedauert hat und das die Autorin unter Aufbieten ihrer letzten Lebenskraft zum Ende bringen wollte.

Auch Lewerenz lag sehr an dem Buch. Warum macht er solche Argumente nicht geltend? Warum auch wollen Kritiker das nicht sehen? Es ist nach dem Studium der Tagebücher von Brigitte Reimann ja offenbar, wie das Auf und Ab in den politischen Beurteilungen die Intellektuellen in der DDR gebeutelt hat.

Kurzum: Die Leser, die dem Verlag das Buch aus den Händen reißen werden, verdanken dem Einsatz von Walter Lewerenz das Erscheinen der »Franziska Linkerhand« im Jahr 1974. Es wird ein sogenanntes Kultbuch; denn die Lesenden der DDR sind sensibel genug und geübt darin, versteckte Provokationen, Kritiken und Wahrheiten zu erkennen.

26. KAPITEL

Franziska Linkerhand

»Franziska Linkerhand« ist die Geschichte der jungen Architektin Franziska, Schülerin des genialen Architekten Reger, in dem unschwer das Vorbild Henselmann zu erkennen ist, obwohl Brigitte ihn in ihren Briefen mit allerlei Listen darüber hinwegzutäuschen versucht.
Franziska geht mit idealistischen Vorstellungen über ihren Beruf in die Provinz nach Neustadt, um dort zu wirken. Allerdings stellen sich ihr nicht nur eingeübte Routine und graue Notwendigkeit entgegen, sondern auch ein bürokratisch erstarrter Stadtarchitekt, Schafheutlin. Der ist wenig erbaut von der neuen Mitarbeiterin, die voller großer Ideen über ihren Beruf steckt, deren Ursprünge Schafheutlin durchsichtig sind: Er wittert im Hintergrund den verhaßten Reger. Die langsame Annäherung der beiden Standpunkte, begleitet von der spröden und zurückhaltenden Liebe Schafheutlins zu Franziska, ist

eine Ebene dieses vielschichtigen Romans. Franziska sagt ihm einmal bei einem Spaziergang, daß sie alle ihn verändert finden, aufgeschlossener, menschlicher, und Schafheutlin trägt mit abgewandtem Gesicht und gerötetem Nacken Verse vor: »... über die Liebe zu einem, dem einzigen Menschen, die dem Wasser eines Springbrunnens gleicht, das in einem Strahl aufsteigt und sich teilt und in tausend Tropfen herabfällt auf die anderen.« Doch das Geständnis hat keine Konsequenz, und er zieht sich sofort wieder in sein Schneckenhaus zurück. In der gemeinsamen Arbeit jedoch finden sie nun auch Verwandtes. Schafheutlin erinnert sich an seine ungestüme Jugend, und Franziska begreift den Zwang von Notwendigkeiten.
»Glauben Sie, mir sind Ihre Träume fremd, nur weil ich verlernt habe, sie zu deklamieren?« sagt er zu Franziska, und er verweist sie nach wie vor in ihre Schranken. Sie aber, die, seit sie in Neustadt ist, nicht nur die Phantasielosigkeit der neugebauten Straßenzüge anprangert, sondern auch die Auswirkungen dieser Ödnis auf das Leben derer, die sie ertragen müssen, läßt nicht locker. Sie führt die wöchentlich zu beklagenden Gastoten und Selbstmörder an – Selbstmordraten gehören zu den Tabuthemen in der DDR –, die ihr Schicksal in dieser trostlosen Umgebung nicht meistern konnten, und hält ihrem Widerpart entgegen: »Es muß, es muß sie geben, die kluge Synthese zwischen Heute und Morgen, zwischen tristem Blockbau und heiter lebendiger Straße, zwischen dem Notwendigen und dem Schönen, und ich bin ihr auf der Spur.«
Die zweite Ebene ist die von Franziska und Ben, diesem Wunschbild eines Geliebten, dem sie sich wie einem Idol nähert. Sie muß erkennen, daß er grundverschieden von ihr ist, und gerade an diesem Gegensatz entzündet sich ihre Liebe zu ihm. In einer farbigen, sehnsüchtigen, entflammten Sprache, die zu Herzen geht, ohne Manierismen, direkt und bewegend, erzählt Franziska ihrem Idol die Geschichten ihrer Kindheit und Jugend: von Wilhelm, ihrem Bruder, der auch in der Gestalt des

Geliebten aufersteht; von dem Gefängnis ihrer Jugend, das sie mit dem ihrer Ehe getauscht hat, von ihrer Trennung, der anschließenden Vergewaltigung durch ihren Ehemann tausend Geschichten, in denen wir die Brigitte der Tagebücher wiederfinden.
Die Liebesgeschichte, von Anfang an problematisch, endet mit Abschied. Franziska verläßt Neustadt, kommt aber – so ist es beabsichtigt, bleibt jedoch des fragmentarischen Schlusses wegen unausgeführt – wieder zurück, jedoch nicht zu Ben.
Der Roman entfaltet seine starke Anziehungskraft auch heute noch durch die Identifizierungsmöglichkeiten, die er den Lesenden bietet. Die Leserinnen finden sich in der Franziska wieder. Das ist wohl der stärkste suggestive Reiz des Werkes. Es ist auf kompromißlose Weise subjektiv und erlaubt doch vielfältig Assoziationen.
Die Erzählerinnen wechseln ab. Einmal erzählt Franziska Ben ihre Geschichte und ihre Geschichten, dann die Autorin den Lesenden. Der Wechsel vollzieht sich manchmal mitten im Satz – verblüffend lebendig in der Wirkung und Hinweis auf die weitgehende Identität der beiden Erzählfiguren.

Aber noch ist es nicht soweit, noch kämpft Brigitte gegen ihre Schmerzen, mit dem Buch und um ihre Zeit. Der Krebs dringt weiter in ihre Rückenwirbel und macht sie immer wieder bewegungsunfähig. Dann schreit sie vor Schmerzen und nach ihrer Spritze und läßt sich ins Krankenhaus bringen, wenn nichts mehr geht.
Ihr Mann muß für drei Wochen zu einem Lehrgang, und sie ist glücklich über die geschenkte Zeit. Sie kann arbeiten, ihre Freunde empfangen. Sie helfen ihr, wenn sie Schmerzen hat, und die Freunde von Rudolf B. geben ihr Spritzen, weil sie nicht ins Krankenhaus will, sondern arbeiten, so gut es geht. Und es geht nicht gut. Sie schreibt im Liegen, im Stehen, im Sitzen, und manchmal, wenn nichts anderes möglich ist, kniet sie sich hin.

Am 19. Juli 1972 kommt sie wieder ins Krankenhaus nach Berlin-Buch, zwei Tage vor ihrem 39. Geburtstag. Sie kehrt danach noch einmal nach Hause zurück – eine kleine Galgenfrist. Christa Wolf schreibt ihr und besucht sie. Auch ihre Freunde besuchen sie. Henselmann hat ihr eine Perücke besorgt. Ihre herrlichen schwarzen Haare sind ihr durch die Behandlung ausgefallen, und sie ist noch immer eitel und will ihren Freunden nicht den Eindruck einer Todkranken machen. Sie müssen Kaffee kochen und mit ihr fröhlich sein, sie fragt nach den Kollegen und will Geschichten hören, ist neugierig wie je und arbeitet, zwischenzeitlich vom Morphium außer Gefecht gesetzt, arbeitet im Wettlauf mit der Zeit, die ihr noch bleibt.

Am 15. Januar 1973 schreibt sie ein paar Zeilen an Christa Wolf: »Liebe Christa, ich wollt Dir nur sagen, daß ich am Montag gen Buch ziehe. Ob's wieder so schön mit dem Zimmer klappt ... ich brauchte es so sehr fürs letzte Kapitel.« Sie hat noch 36 Tage zu leben. Das letzte, das 15. Kapitel wird nicht mehr vollendet werden.

Sie hat es in einer unvorstellbaren Anstrengung immer wieder versucht, aber es wurden dann doch nur eine Seite und wenige Zeilen; darüber hinaus kritzelte sie Unzusammenhängendes, Stichwortartiges in eine Kladde. Sie verdämmerte ihre letzte Lebenszeit, mit gnädigen Morphiumgaben vor den grausamen Schmerzen bewahrt.

Franziska-Brigitte: »Früher dachte ich an das Leben, an mein unbemessenes Leben, wie an den Hirsebrei im Märchen, du löffelst und löffelst und kommst nicht auf den Grund – wunderbar.«

Nun ist sie auf dem Grund angekommen. Am letzten Sonntag ihres Lebens hat ihr Bruder Lutz sie besucht. Brigitte ist zu dieser Zeit schon ohne genaue Wahrnehmung. Sie spricht von einem Reh, das sie neben ihrem Bett liegen sieht, und man interpretiert dies als Bild aus ihrer Kindheit, dem Märchen von Brüderchen und Schwesterchen. Dem letzten Brunnen konnte das durstige Brüderchen trotz aller Warnungen nicht widerstehen, und es wurde von dem genossenen Wasser in ein Reh verwandelt. Vielleicht hat sie ihrem Bruder Lutz, den sie in ihrer Kinderzeit für allerlei Dienste mit Geschichten belohnen mußte, oft dieses Märchen von einer anrührenden Geschwisterliebe erzählt.

Brigitte Reimann war ein durch und durch musischer und ein politischer Mensch. Politik, worunter alle Lebensumstände zu subsumieren sind, hat sie lebenslang reflektiert und in ihrem Werk verarbeitet, soweit man es ihr gestattet hat. Die Politik und die Liebe waren die Peitschen ihres Lebens, die ihre Begabung vorantrieben – Literatur, Kunst und Musik waren die Ernährer ihrer Seele. Schon früh, im Elternhaus, kam sie durch den Beruf und die Vorliebe ihres Vaters mit der Malerei und der Architektur in Berührung und entwickelte diese ersten prägenden Eindrücke ihr Leben lang fort. Im Gegensatz zum Vater liebte sie auch moderne Kunst, einschließlich abstrakter Malerei, während sie in der Literatur eine Vorliebe für die »schöne gelassene Prosa« der Russen und Franzosen bewahrte. Trotzdem gehörte ihre Aufmerksamkeit der Gegenwartsliteratur, und sie war »belesen wie keiner von uns«, wie Sakowski ihr nachsagt.
Die Musik war ihr großer Kraftquell. Sie liebte zwar auch die Klassik, aber ihrem Wesen gemäßer war die Liebe zum schwarzen Jazz, dem rasenden, lebenssüchtigen Sound der Underdogs, und zur traurigen, sehnsüchtigen Seele des Blues. Noch gegen Ende ihres Lebens, als die Freunde die Erschöpfte auf eine Couch betten mußten, verlangte es sie, Jazz zu hören, ganz heiß, ganz wild.
Brigitte Reimann stirbt am 20. Februar 1973 in der Klinik in Berlin-Buch. Ein außergewöhnlich lebensvolles, anziehendes, ehrgeiziges Menschenkind ist nicht mehr. Geschenkt die dumme Fabel von den Frühvollendeten. Ihre Entwicklung riß ab –

grausam und sinnlos. Verschwendet Kraft und Leidenschaft und die Befähigung, zu einer der großen Literatinnen zu werden.

Brigitte-Franziska fragt Ben: »Kannst du dir deinen Tod vorstellen, Ben, kannst du, meine ich, unbewegt über die Tatsache nachdenken, daß du sterben wirst – nicht die biologische Kategorie Mensch, die natürlichen Gesetzen folgt wie Tier und Pflanze, sondern du selbst, du Benjamin – und daß du ausgelöscht sein wirst, zurückverwandelt in Erde, ungetröstet … «

Anhang

DANKSAGUNG

Mein Dank gilt den Frauen vom Neubrandenburger Archiv, vor allem Heide Hampel, die stets auskunftsbereit war, aber auch Heidi Mielke. Sie sind mir während meiner Tätigkeit im Archiv in Neubrandenburg mit großer Hilfsbereitschaft und Freundlichkeit entgegengekommen. Dankenswerte Hilfe war mir auch die von Heide Hampel herausgegebene *Federlese*. Ich durfte im lieblichen Wiekhaus arbeiten, in dem das Archiv untergebracht ist, bis es in einem neuen Literaturzentrum, jenem im Wiederaufbau befindlichen Haus in der Gartenstraße in Neubrandenburg, in dem Brigitte Reimann ihre letzte Wohnung hatte, einen würdigen und vor allem weiträumigeren Rahmen findet.
Danken möchte ich auch Siegfried Pitschmann, der sich bei einem Treffen in Potsdam für ein stundenlanges, erschöpfendes Gespräch so freundlich zur Verfügung stellte und mir auch später Fragen bereitwillig telefonisch beantwortete.
Ebenso gilt mein Dank Walter Lewerenz, der mich in seiner Wohnung empfing und mir in freundlicher Weise dienliche Mitteilungen machte.
Mein Dank auch an Angela Drescher. Ihre vorzüglichen Editionen der Tagebücher von Brigitte Reimann im Aufbau-Verlag waren mir sehr hilfreich.
Darüber hinaus danke ich (ohne Wertung durch die Reihenfolge) Annemarie Stern, Heike Gottlieb und Andrzej Bodek ganz herzlich für ihre freundschaftliche und liebenswerte Unterstützung bei meinen Recherchen und genauso Aja Lenz für ihre zuverlässige Hilfe bei technischen Problemen.
Last but not least möchte ich auch meiner Lektorin Dr. Doris Mendlewitsch danken, die so schnell und kompetent – dabei immer freundlich – agiert hat.

Margret Gottlieb

ERLÄUTERUNGEN ZU NAMEN UND ZITIERWEISE

Die Familiennamen der Ehemänner Brigitte Reimanns wurden – außer dem von Siegfried Pitschmann (Daniel), dem zweiten Ehemann – aus persönlichkeitsrechtlichen Gründen nicht ausgeschrieben. Ich habe mich dabei an die Einschränkungen gehalten, die Angela Drescher in den Tagebüchern vorgegeben hat. Es handelt sich um Günter D., den ersten Ehemann; Hans K. (Jon), den dritten Ehemann; Rudolf (Rudi) B., den vierten Ehemann.
Bei den in Anführungszeichen aufgeführten, nicht immer nach Herkunft ausgewiesenen Zitaten handelt es sich um Tagebuchstellen von Brigitte Reimann. Die anderen in Anführungszeichen gesetzten Zitate werden jeweils nach ihrer Quelle benannt. Anmerkungen der Verfasserin sind in eckigen Klammern gesetzt.
Die Sekundärliteratur wurde nicht vollständig angegeben, sondern beschränkt sich auf eine Auswahl wichtiger Artikel, Rezensionen und Nachrufe.

Die Übersetzung des Mottos von Sappho stammt von Eva Demski.

LITERATURANGABEN

Quellen

Brigitte Reimann: Aber wir schaffen es, verlaß Dich drauf! Briefe an eine Freundin im Westen, herausgegeben von Ingrid Krüger, Elefanten Press Berlin 1995.

Brigitte Reimann: Ich bedaure nichts. Tagebücher 1955–1963, herausgegeben von Angela Drescher, Aufbau-Verlag, Berlin 1998.

Brigitte Reimann: Alles schmeckt nach Abschied. Tagebücher 1964–1970, herausgegeben von Angela Drescher, Aufbau-Verlag, Berlin 1997.

Brigitte Reimann: Kinder von Hellas, Verlag Neues Leben, Berlin. Kompass Bd. 377.

Brigitte Reimann: Ankunft im Alltag, Verlag Neues Leben, Berlin 1961.

Brigitte Reimann: Die Frau am Pranger, Das Geständnis, Die Geschwister. Drei Erzählungen, Verlag Neues Leben, Berlin 1965.

Brigitte Reimann: »Entdeckungsreise in unsere Gegenwart« in *Neue Zeit* v. 13. Juni 1963.

Brigitte Reimann: Das grüne Licht der Steppen. Tagebuch einer Sibirienreise, Verlag Neues Leben, Berlin 1965.

Brigitte Reimann: Franziska Linkerhand, Verlag Neues Leben, Berlin 1974.

Brigitte Reimann: Franziska Linkerhand, Aufbau-Verlag, Berlin 1998.

Brigitte Reimann – Hermann Henselmann, Briefwechsel, Verlag Neues Leben, Berlin 1995.

Brigitte Reimann – Christa Wolf: Sei gegrüßt und lebe. Eine

Freundschaft in Briefen, 1964–1973, herausgegeben von Angela Drescher, Aufbau-Verlag, Berlin 1993.
Brigitte Reimann in ihren Briefen und Tagebüchern. Eine Auswahl, herausgegeben von Elisabeth Elten-Krause und Walter Lewerenz, Verlag Neues Leben, Berlin 1983.
Brigitte Reimann: Die geliebte, die verfluchte Hoffnung. Tagebücher und Briefe 1947–1972, herausgegeben von Elisabeth Elten-Krause und Walter Lewerenz, Luchterhand Verlag, Darmstadt/Neuwied 1984.
Brigitte Reimann: Briefe an Wolfgang Schreyer vom 16. Februar 1963, 28. August 1966, 25. Dezember 1967, 14. Dezember 1970, 11. April 1972, im Brigitte-Reimann-Archiv, Neubrandenburg.
Brigitte Reimann: »Entdeckung einer schlichten Wahrheit«, in *Neues Deutschland* v. 8. Dezember 1962, Beilage »Die gebildete Nation« Nr. 49.
Brigitte Reimann: »Entdeckungsreise in unsre Gegenwart«, in *Neue Zeit* 13. Juli 1963.
Was zählt, ist die Wahrheit. Briefe von Schriftstellern der DDR, Mitteldeutscher Verlag, Halle (Saale) 1975.

Sekundärliteratur (Auswahl)

Améry, Jean: Geburt der Gegenwart, Verlag Otto Walter, Olten und Freiburg 1961.
Auer, Annemarie: »Ereignis und Vermächtnis« (zu Franziska Linkerhand) in *Neues Deutschland* 29. Juni 1974.

Birr, Ewald: »Das grüne Licht der Steppen«, in *Der Bibliothekar* 1965, H. 7, S. 749–750.
Bohm, Kathrin: Stellung der Architektur im industriellen Bauprozeß in der sozialistischen Gesellschaft, Magisterarbeit; wissenschaftl. Betreuerin Prof. Dr. Inge Stephan, 25. November 1996, im Brigitte-Reimann-Archiv, Neubrandenburg.

Bruyn, Günter de: »Elisabeth und die Liebe« (Parodie auf die *Geschwister*), in *Maskeraden*, Mitteldeutscher Verlag, Halle 1966, S. 17–20.

Ebert, Günter: »Konstruiertes Dreieck« (zu Ankunft im Alltag), in *Neues Deutschland* 20. Januar 1962.
Ebert, Günter: »Nachruf Brigitte Reimann«, in *Freie Erde* 28. Februar 1973.
Elten, Elisabeth: »Versuche zum Mut. Brigitte Reimann starb am 20. Februar vor fünf Jahren«, in *Norddeutsche Neueste Nachrichten* 16. Februar 1978.

Federlese, Brigitte Reimann 1933–1973. Fragen zu Person und Werk, Herausgeberin Heide Hampel, herausgegeben vom Literaturzentrum e.V., Neubrandenburg 1998.

Gundlach, Irmtraud: »Ankunft im Alltag«, in *Die Arbeit* 1/1962, S. 47.

Hage, Volker: »Rebellisch aus Lebensgier. Tagebücher 1955–1963 und 1964–1970«, in *Der Spiegel* 17/1998.
Heinrich-Mann-Preis für Brigitte Reimann, Stiftung Archiv der Akademie der Künste Berlin, Sign. ZAA 551.
Höpcke, Klaus: »Brigitte Reimann schreibt ihren ersten Roman«. Interview mit Brigitte Reimann, in *Neues Deutschland* 11. Juli 1964.

Jansen, Hans: »Gierig auf Leben – Spiegel der DDR. Brigitte Reimanns Tagebücher«, in *Westdeutsche Allgemeine Zeitung* 16. Juli 1998.

Lewin, Willi: »Um wessen Deutschland geht es?«, in *Neues Deutschland* 18. Mai 1963.

Lehmann, Wolfgang: »Die Geschwister«, in *Der Bibliothekar* 1963, H. 8, S. 832–835.
Liersch, Werner: »Mein Land gefällt mir immer weniger«, Tagebücher 2. Band, 1964–1970, in *Freitag* 3. Juli 1998.

Matt, Beatrice v.: »Gelebt und gelebt und gelebt«, Besprechung v. »Die geliebte, die verfluchte Hoffnung«, Tagebücher und Briefe 1947–1972, in *Frankfurter Allgemeine Zeitung* 17. April 1984.
Mechtel, Angelika: »Franziska Linkerhand«, in *Deutsche Volkszeitung* 10. Oktober 1974.

Raddatz, Fritz J.: »Tradition und Traditionsbruch in der Literatur der DDR« (zu Die Geschwister), in *Merkur* 1965, H. 7, S. 676–677.

Sakowski, Helmut: »Nachruf Brigitte Reimann«, in *Neue Deutsche Literatur* 1974, H. 1, S. 97–105.
Schmidt, Martin: »Ich habe gelebt und gelebt und gelebt«. Zum Gedenken an den 25. Todestag von Brigitte Reimann, in *Lausitzer Rundschau* 14. Februar 1998.
Sperr, Monika: »Poesie und Schönheit des grauen Alltags« (zu Franziska Linkerhand), in *Vorwärts* 20. Februar 1975.
Stempel, Hans: »Das Gewissen – ein Luxus«. Brigitte Reimanns späte Tagebücher, in *Frankfurter Rundschau* 4. Juli 1998.

Thöns, Peter: »Ankunft im Alltag«, in *Sonntag* 4/1962.

Vollnhals, Clemens: »Robert Havemann vor Gericht – Regie führte die Staatssicherheit«, in *Frankfurter Rundschau* 6. Juli 1998.

Weber, Antje: »Ein fremdes, wohlbekanntes Leben«. Die Schauspielerin Corinna Harfouch liest aus den Tagebüchern von Brigitte Reimann, in *Süddeutsche Zeitung* 8. Juli 1998.

Weyer, Elisabeth: Brigitte Reimann »Ich bedaure nichts«, in Hessischer Rundfunk 19. Juni 1998.

Wohmann, Gabriele: »Eine Lanze für das Leben« (zu Franziska Linkerhand), in *Die Welt* 10. Oktober 1974.

REGISTER